AF125886

CLAUDIA ROSSBACHER

Steirerblut

AUF HEIMATBESUCH Im Wald wird die nackte, grausam zugerichtete Leiche der Journalistin Eva Kovacs gefunden. Abteilungsinspektorin Sandra Mohr vom LKA in Graz ist alles andere als begeistert, dass ausgerechnet sie in dem rätselhaften Mordfall in der steirischen Krakau ermitteln soll. Schließlich hat sie ihrer Heimat nicht ohne Grund vor Jahren den Rücken gekehrt. Bisher hat Sandra vergeblich versucht, sich von ihren Wurzeln zu lösen und auch diesmal holt sie die Vergangenheit ein. An der Konfrontation mit der herrischen Wirtin Mizzi, deren gutmütigem Sohn Michl und dessen streng gläubiger Verlobten Franziska kommt sie genauso wenig vorbei, wie an der Auseinandersetzung mit der eigenen Familie.

Dass Sandra zudem mit einem neuen Kollegen, Chefinspektor Sascha Bergmann, zusammenarbeiten muss, vereinfacht die Ermittlungen nicht gerade …

© Hannes Rossbacher

Claudia Rossbacher wurde in Wien geboren. Nach einem Tourismusstudium war sie Model, Werbetexterin und Kreativdirektorin, bevor sie sich der Schriftstellerei zuwandte. Ihre Steirerkrimis waren allesamt Bestseller in Österreich und dienen als literarische Vorlagen für die erfolgreichen TV-Filme, die im ORF als steirische »Landkrimis«, in der ARD als »Steirerkrimis« ausgestrahlt werden. Die Wahlsteirerin durfte sich über zahlreiche Auszeichnungen wie den »Buchliebling«, »Bacchus-Preis«, »Fine Crime Award«, das »Goldene Ehrenzeichen des Landes Steiermark«, »Platinbuch« und den »Josef Krainer-Heimatpreis für Literatur« freuen. Zudem fungiert sie ehrenamtlich als »Steiermark-Botschafterin mit Herz«.
www.claudia-rossbacher.com

CLAUDIA ROSSBACHER

Steirerblut

KRIMINALROMAN

GMEINER

Personen und Handlung sind frei erfunden. Ähnlichkeiten mit lebenden oder toten Personen sind rein zufällig und nicht beabsichtigt. Die Ortsnamen St. Raphael und Aubach wurden von der Autorin geändert.

Bei Fragen zur Produktsicherheit gemäß der Verordnung über die allgemeine Produktsicherheit (GPSR) wenden Sie sich bitte an den Verlag.

Die automatisierte Analyse des Werkes, um daraus Informationen insbesondere über Muster, Trends und Korrelationen gemäß § 44b UrhG (»Text und Data Mining«) zu gewinnen, ist untersagt.

Immer informiert

Spannung pur – mit unserem Newsletter informieren wir Sie regelmäßig über Wissenswertes aus unserer Bücherwelt.

Gefällt mir!

Facebook: @Gmeiner.Verlag
Instagram: @gmeinerverlag

Besuchen Sie uns im Internet:
www.gmeiner-verlag.de

© 2011 – Gmeiner-Verlag GmbH
Im Ehnried 5, 88605 Meßkirch
Telefon 07575/2095-0
info@gmeiner-verlag.de
Alle Rechte vorbehalten
17. Auflage 2026

Lektorat: Claudia Senghaas, Kirchardt
Satz: Mirjam Hecht
Umschlaggestaltung: U.O.R.G. Lutz Eberle, Stuttgart
unter Verwendung des Fotos »gucklochherzerl«
von regine schöttl ©/aboutpixel.de
Druck: CPI books GmbH, Leck
Printed in Germany
ISBN 978-3-8392-1136-6

Für meine Mutter
† 05.08.2013

Der Lesbarkeit zuliebe wurde auf die gleichzeitige Verwendung der männlichen, weiblichen beziehungsweise diversen Sprachformen verzichtet.

PROLOG

Nackte Füße, morsches Geäst.
Ein Knacken – stolpern, fallen.
Die Arme schießen nach vorn. Instinktiv.
Weiches, feuchtes Moos.
Der Duft des Waldes. Modrig. Ein wenig nach Pilzen.
Hochrappeln, brüllt die Stimme im Kopf.
Weiterlaufen durch die kühle Nacht!
Weiterlaufen um dein Leben!

Die Tritte treffen hart.
Wieder und immer wieder.
Der Schmerz brennt längst nicht mehr.
Nur noch die Seele. Gedemütigt, verletzt, geschunden.
Die Stimme versagt.
Ein letzter Blick.
Bleiche Fratze im Mondlicht.
Ast in der Hand meines Mörders.
Kalt. So kalt.

KAPITEL 1

*Donnerstag, 16. September – St. Raphael im Krakau-
tal/Steiermark*

»Und? Was meint der Gerichtsmediziner?« Chefinspektor Sascha Bergmann starrte in seine Kaffeetasse,
als würde er die Antwort auf seine Frage darin lesen
können.

Warum sieht er mir nie in die Augen?, fragte sich
Abteilungsinspektorin Sandra Mohr nicht zum ersten Mal. Seit der ranghöhere Wiener Kollege vor drei
Wochen überraschend bei der Mordgruppe des Landeskriminalamts Steiermark in Graz aufgetaucht war, wich
er ihren Blicken aus. Langsam hatte sie die ständigen
Umstrukturierungen im Zuge der jüngsten Polizeire-
form satt. Kaum hatte sie sich an etwas oder jemanden
gewöhnt, war alles schon wieder anders. Und selten war
es besser als zuvor. Jetzt musste sie sich also mit Sascha
Bergmann zusammenraufen. Kein leichtes Unterfan-
gen, wie es schien. Irgendwie waren sie nicht kompatibel. Was bestimmt nicht an ihr lag, sondern vielmehr
an seiner Borniertheit, die ihr einen normalen Umgang
mit ihm unmöglich machte. Manchmal ertappte sie ihn
dabei, wie er sie beobachtete. Unauffällig, wie er wohl
meinte. Umso auffälliger war es dann, wenn er sich
blitzartig von ihr abwandte. Was – hatte sie sich schon

des Öfteren gefragt – was fürchtete er, das sie in seinen Augen entdecken könnte? Was hatte er vor ihr zu verbergen?

Sandra Mohr fuhr mit ihrem Bürostuhl einen halben Meter zur Seite, um die Papiere, die der Drucker eben ausgeworfen hatte, zu entnehmen. Dann rollte sie in ihre Ausgangsposition zurück und streckte sich nach vorn, um Bergmann seinen Ausdruck über beide Schreibtische zu reichen. Es war nicht nötig, sich eigens dafür vom Stuhl zu erheben. In dem gerade mal zwölf Quadratmeter großen Personal-Aufenthaltsraum der örtlichen Polizeiinspektion, der kurzerhand zum Büro des Ermittlerduos aus der Landeshauptstadt umfunktioniert worden war, gab es keine andere Möglichkeit, als die zwei alten, wuchtigen Holztische direkt neben dem einzigen Fenster Tischfront an Tischfront aufzustellen. Wenigstens würde sie so von ihrem provisorischen Arbeitsplatz aus nicht mitbekommen, wenn Bergmann wieder einmal diese einschlägige Kontaktbörse im Internet besuchte. Wie neulich im Grazer Büro, als ihr Blick zufällig auf seinen Bildschirm gefallen war. Dass er auf der Suche nach einer ernsthaften Beziehung war, schloss Sandra aus. Allem Anschein nach zählte dieses Portal zu jenen, die in erster Linie sexuelle Kontakte vermittelten, und Bergmann war schließlich verheiratet. Arme Frau. Ob sie wusste, was ihr Mann so trieb? In Sandras Augen war ihr neuer Kollege ein ziemlicher Kotzbrocken. Darüber konnte auch sein passables Äußeres nicht hinwegtäuschen. Jedenfalls nicht sie.

»Von der Gerichtsmedizin wissen wir, dass Eva Kovacs wesentlich massivere Verletzungen erlitten hat, als wir es am Tatort und auf den Fotos erkennen konnten«, kommentierte sie das Protokoll in ihren Händen. »Die linke Niere war gequetscht, die Milz ruptiert. Hämatome waren praktisch überall, und sie hatte mehrere Frakturen: Nasenbeinbruch, drei gebrochene Rippen und der zertrümmerte Schädel – die Todesursache, wie wir schon vor Ort angenommen haben.«

»Wir?«, fragte Bergmann, während er die Spitze seines Bleistiftes prüfte. Sandras Wangen nahmen Farbe an. »Na, der Max«, sie räusperte sich, »der örtliche Inspektionskommandant Max Leitgeb, die Notärztin, Frau Doktor Sortsch, und ich«, klärte sie den Kollegen auf.

Bergmann drehte seinen Bleistift einige Male im Spitzer herum. Als ihm die Mine spitz genug zu sein schien, sah er über Sandra hinweg auf die weiße Magnettafel hinter ihrem Rücken, die wie alles hier – außer ihren Laptops und dem Drucker – aus dem letzten Jahrtausend stammte.

Aus dieser Distanz konnte er auf den Fotos nicht viel erkennen, wusste Sandra, höchstens, dass die nackte Frau, die darauf abgelichtet war, mausetot war. Sie wusste aber auch, dass er die Bilder schon zuvor in Graz studiert hatte. Sie selbst hatte sie ihm gestern, an ihrem ersten Arbeitstag in St. Raphael, gemailt – nur ein paar Stunden, nachdem die tote Eva Kovacs aus Wien im Wald gleich hinter dem Gasthof ›Zur Goldenen Gans‹ entdeckt worden war. Sandra war umgehend nach dem Leichenfund in aller Herrgottsfrüh hierher aufgebrochen, während Bergmann in Graz auf die Tote und auf den einzigen Hinterbliebenen, Paul Kovacs, wartete, der seine verstorbene Ehefrau in der Gerichtsmedizin ein letztes Mal sehen wollte.

Dass sie diesmal ausgerechnet in ihrem Heimatdorf ermitteln musste, nervte Sandra. Von allen Einsatzorten auf der Welt, war der hier mit Abstand der unangenehmste für sie. Was hatte das Opfer bloß hierher verschlagen? Was suchte eine offenbar wohlhabende Frau in den besten Jahren in diesem gottverlassenen Kaff? Und wieso hatte sich die Kovacs nicht in einem dieser angesagten Wellness- und Beautytempel in der oststeirischen Thermenregion einquartiert?

Wenn sich schon Gäste nach St. Raphael verirrten, so waren es doch vor allem ältere, Ruhe suchende Leute, die hier ihre Sommerfrische genossen. Oder Wintersportler, die untertags die nahe gelegene Skiregion Kreischberg und – nach dem Après-Ski – die Straßen der Umgebung unsicher machten. Viele der Besucher waren schon seit Jahren oder gar Jahrzehnten Stammgäste und kamen in privaten Zimmern und Ferienwohnungen in der Umgebung unter. Oder eben im einzigen Gasthof des Ortes, ›Zur Goldenen Gans‹, den Maria Oberhauser vulgo Mizzi gemeinsam mit ihrem Sohn, dem Michl, führte.

Eva Kovacs hatte vor zwei Tagen, am Nachmittag des 14. September, bei der Mizzi eingecheckt. Die blonde Dame – laut Auskunft der Wirtin ›a typische Weanerin‹, was in deren Augen nichts Gutes zu bedeuten hatte – war zum ersten Mal hier aufgetaucht. Allein. Und nur für eine Nacht. Dennoch hatte es ein Doppelzimmer sein müssen. In schmalen Einzelbetten könne sie kein Auge zu tun, hatte sie der Mizzi erklärt. Und dass sie auf der Durchreise sei. Wohin sie unterwegs war, hatte die Dame aus der fernen Bundeshauptstadt jedoch nicht erwähnt.

Oberflächlich betrachtet war die kleine Ortschaft, in der die Fremde gelandet war, ein beschauliches Plätzchen. Die wenigen Häuser, die ins satte Grün der hügeligen Landschaft mit den angrenzenden Nadelwäldern eingebettet waren, wirkten allesamt gepflegt. Die frisch gefärbten Fassaden strahlten in kräftigem Gelb, zartem Pistaziengrün oder hellem Altrosa um die Wette. Die Fenster waren spiegelblank geputzt, die Holzbalkone und Vorgärten mit üppig blühenden Blumen geschmückt. Und die saubere Luft wirkte wie Balsam für feinstaubgeplagte Städterlungen. Doch Sandra war damals nicht grundlos aus dieser ländlichen Idylle geflüchtet.

Was also hatte jemand wie Eva Kovacs in St. Raphael gewollt? War sie wirklich nur auf der Durchreise gewesen? Beruflich oder privat? Ohne ihren Ehemann? Ganz offensichtlich hatte die Dame nicht zu jenen Tagesausflüglern gezählt, die um diese Jahreszeit durch die Wälder streiften, um nach Eierschwammerln oder Herrenpilzen zu suchen, mutmaßte Sandra. Weder im funkelnagelneuen BMW noch im Zimmer der Toten hatte sich geeignetes Schuhwerk für einen Spaziergang durch die steirischen Wälder befunden. Mizzis einziger Hausgast wäre mit ihrer ausschließlich hochhackigen Schuhkollektion nicht sehr weit gekommen, ohne sich zumindest den Knöchel zu verstauchen. Eine Sprunggelenksverletzung war jedoch eine der wenigen Blessuren, die an der Leiche des Opfers nicht diagnostiziert worden war. »Der Täter hat mehrmals auf sie eingetreten und sie anschließend mit einem Fichtenast erschlagen. Todeszeitpunkt zwischen zwei und drei Uhr 30 morgens. In der Kopfwunde haben sich Spuren von Fichtenrinde befunden. Die Tatwaffe selbst ist allerdings noch nicht aufgetaucht. Obwohl die Tatortgruppe den Tatort im Umkreis von etwa zwei Kilometern abgesucht hat«, berichtete Sandra weiter.

»Heimtückisch, so ein Fichtenwald«, merkte Bergmann an, »viel zu viele Fichten.«

Sollte das etwa witzig sein? Idiot! Sandra atmete tief durch. An seinen seltsamen Humor würde sie sich niemals gewöhnen. Aber aus der Fassung konnte er sie damit auch nicht bringen. »Der Täter muss sehr kräftig sein. Oder er war ziemlich wütend«, fuhr sie fort.

»Oder beides.«

Sandra schickte Bergmann einen grimmigen Blick hinüber, den er noch nicht einmal bemerkte. Stattdessen starrte er auf den Bericht und schien darauf zu warten, dass sie weitersprach.

»Wie es aussieht, hat er sie vom Gasthof hinüber in den Wald gejagt. Sie war wohl schon zu diesem Zeitpunkt nackt. Es wurden keine Kleidungsstücke am oder rund um den Tatort gefunden.«

»Die könnte der Täter ja auch nach der Tat mitgenommen haben.«

»Wäre möglich. In jedem Fall aber war sie barfuß im Wald unterwegs. Ihre Fußsohlen sind ziemlich lädiert. Außerdem hat die Tatortgruppe neben den Abdrücken des Schäferhundes und der Schuhe des Herrchens, die beim Morgenspaziergang quasi über die Leiche gestolpert sind, zwei weitere gefunden: die Fußabdrücke des Opfers und das Schuhprofil des mutmaßlichen Täters. Er trug Laufschuhe der Marke Nike. Vorjahresmodell, US-Größe 9,5 – das entspricht in etwa einer 43 – ein bisschen größer.«

»Die werden wohl einige Male über den Ladentisch gegangen sein.« Bergmann rollte mit dem klapprigen Bürostuhl zurück und hievte seine Füße, die in Nikes steckten, auf die Tischplatte. »Größe neuneinhalb, bitte sehr.«

»Und? Soll ich dich jetzt gleich festnehmen?«, meinte Sandra trocken.

Bergmann lachte. »Hey, du kannst ja richtig witzig sein.«

»Und du kannst deine Treter runternehmen«, sagte sie und widmete sich wieder dem Bericht. Bergmann machte keinerlei Anstalten, ihrer Aufforderung zu folgen, was Sandra auch gar nicht erwartet hatte. »Er muss mehrmals Geschlechtsverkehr mit ihr gehabt haben. Die Spermamenge, die sichergestellt wurde, spricht dafür«, fuhr sie fort.

Bergmann räusperte sich und nahm nun doch die Füße vom Tisch. »Alles von einem Täter?«, fragte er sichtlich interessiert und rollte wieder nach vorn.

»Ja. Alles von einem einzigen Mann.«

»Nicht schlecht.«

»Wie bitte?«, fuhr Sandra ihn an.

»Nicht wichtig.«

Doch wichtig. Himmelherrgott! Was ging nur im kranken Gehirn ihres Partners vor, fragte sie sich ärgerlich.

Diesmal war es an ihm fortzufahren. »Mehrere Ejakulationen also ...«

Sandra nickte mit schmalen Lippen. Bergmann war der Letzte, mit dem sie über multiple Orgasmen sprechen wollte.

»Bevor oder nachdem er ihr den Schädel eingeschlagen hat?«, murmelte er.

»Bitte?«

»Ich habe mich gerade gefragt, ob er sie in lebendigem und danach vielleicht noch einmal in totem Zustand gefickt hat«, wurde Bergmann deutlich. Für Sandras Geschmack viel zu deutlich.

»Penetriert hat, wollte ich sagen«, korrigierte er sich übertrieben artig. Sein verbaler Ausrutscher schien ihm keineswegs leidzutun, urteilte Sandra, während sie beobachtete, wie er einen Schluck von seinem Kaffee nahm, der längst kalt sein musste. Wollte er sie mit dieser geschmacklosen Formulierung provozieren? Sie dachte gar nicht daran, darauf einzusteigen. »Das werden wir wohl nur vom Täter selbst erfahren. Der Gerichtsmediziner hat lediglich festgestellt, dass sie noch gelebt haben muss, als sie Geschlechtsverkehr hatte«, beantwortete sie seine Frage, um einen ruhigen Tonfall bemüht.

»Irgendwelche Spuren im Zimmer des Opfers?«, fragte er weiter.

»Jede Menge Fingerabdrücke und Haare.«

»Nicht weiter überraschend in einem Hotelzimmer«, ätzte Bergmann. »Ich meinte Blut oder Sperma.«

»Blut- und Spermaspuren sind in einem Hotelzimmer aber auch nicht sonderlich überraschend«, konterte Sandra.

Bergmann verzog die Mundwinkel zu einem säuerlichen Grinsen und schwieg.

Sandra fuhr fort: »Die Bettwäsche war unbenutzt und sauber, bis auf ein blondes Haar am Kopfpolster. Möglicherweise von der Toten. Kein frisches Sperma weit und breit, auch kein frisches Blut. Jedenfalls nichts, was die Tatortgruppe vor Ort ausmachen konnte. Nur da und dort vereinzelt alte Spuren auf der Matratze, wie sie eben in fast jedem Hotelzimmer zu finden sind. Aber vielleicht kann uns das DNA-Gutachten mehr verraten.«

»Bei so einem Spurenchaos würde ich mit keinem aussagekräftigen Ergebnis rechnen.«

Mit dieser Annahme lag Bergmann wahrscheinlich richtig, musste Sandra ihm insgeheim zustimmen. »Besonders ärgerlich ist die Tatsache, dass die Böden im Erdgeschoss des Gasthofs zwischen sechs und sechs Uhr dreißig am Tatmorgen aufgewaschen wurden, damit sie bis zum Frühstück trocknen konnten«, berichtete Sandra weiter. »Das war eine knappe Dreiviertelstunde vorm Eintreffen der Tatortgruppe. Noch dazu wird in der ›Goldenen Gans‹ ein Spezialmittel zur Reinigung der Steinböden verwendet, wie man es auch in Krankenhäusern einsetzt. Die Wirtin hat zu Protokoll gegeben, sie habe ja nicht ahnen können, dass sie mit ihrer frühmorgendlichen Putzaktion die Spuren eines Kapitalverbrechens zuverlässig entfernt.«

»Na, sauber.« Bergmann wirkte ein wenig enttäuscht, dass Sandra auf sein Wortspiel nicht reagierte. Mit ernster Miene fuhr er fort: »Wir gehen also davon aus, dass der Täter sein Opfer durch den Wald gehetzt und dort vergewaltigt hat – möglicherweise noch mal post mortem«, fasste er zusammen.

»So sieht es aus. Aber warum ist das Opfer mitten in der Nacht nackt oder zumindest barfuß aus dem Haus gerannt?«

»Wenn sie keine Schlafwandlerin war, hat wohl ihr Mörder sie dazu veranlasst, nehme ich an. Kann ich mir ihre Sachen mal ansehen?«

Sandra blickte auf die Uhr. »Das kannst du gerne tun. Bis auf die sichergestellten Gegenstände wie Handy, Wertgegenstände und so weiter ist noch alles in ihrem Zimmer. Die Nummer zwei im Erdgeschoss. Beide Schlüssel befinden sich bei den Asservaten. Genau wie die Wertsachen der Toten. Frau Schreiner ist noch exakt eine halbe Stunde im Dienst.«

Bergmann kratzte sich am unrasierten Kinn und zeigte zur Tür. »Schreiner? Du meinst Blondie vis-à-vis?«, fragte er mit einem Augenzwinkern.

Sandra nickte. »Ihr Büro ist gegenüber. Und sie heißt Schreiner. Petra Schreiner. Nicht Blondie.«

Wieder lachte er über einen Witz, der keiner war, stellte Sandra irritiert fest.

»Wie sieht es mit ähnlichen Verbrechen aus?«, kehrte Bergmann noch immer lächelnd zum Fall zurück.

»Die Serientätertheorie können wir getrost ad acta legen. Die Daten des Bundeskriminalamts wurden inzwischen abgeglichen. Es gibt keine auffälligen Parallelen zu irgendwelchen Tötungsdelikten in der Vergangenheit. Weder hier in der Steiermark noch irgendwo anders in Österreich.«

»Auch nicht im benachbarten Ausland?«

»Nichts, was in der Datenbank aufzufinden wäre.«

»Was ist mit ortsfremden Personen? Ist im fraglichen Zeitraum irgendjemand aufgefallen, der nicht hier ansässig ist?«

»Soweit wir wissen, nein. Niemand hat in den letzten Tagen einen Fremden zu Gesicht bekommen. Außer der Kovacs natürlich. Die wurde dafür gleich von ein paar Leuten gesehen.«

»Kein Wunder. Sie muss ein heißer Feger gewesen sein in ihrem knallroten Z4 M Roadster.«

»Sie war definitiv eine auffällig attraktive Erscheinung, und sie hielt sich anscheinend zum ersten Mal in St. Raphael auf. Niemand hat sie hier je zuvor gesehen. Zumindest keiner von denen, die der Leitgeb und ich bisher einvernommen haben. Ich frage mich schon die ganze Zeit, was sie ausgerechnet an diesen Ort verschlagen hat.«

»Diese Frage werden wir am besten ihrem Mann stellen. Und noch ein paar andere dazu. Er hat sich für morgen angekündigt.«

»Der Kovacs kommt hierher?«, fragte Sandra überrascht.

»Ja. Gegen zehn Uhr vormittags. Er möchte sehen, wo es passiert ist. Und die Sachen seiner Frau abholen. Eigentlich hatte er das schon für heute vorgehabt. Er wollte gleich von Graz herfahren. Aber dann musste er doch noch mal nach Wien zu einem wichtigen Geschäftstermin.«

»Er musste zu einem Geschäftstermin?«, wiederholte Sandra ungläubig. »Nachdem seine Frau bestialisch ermordet wurde? Scheint mir ziemlich gefühlskalt zu sein, dieser Herr Kovacs. Was macht er denn beruflich?«

»Immobilienentwickler. Er ist Architekt, Diplomingenieur. Ihm gehört die Kovacs Projektentwicklung & Consulting GmbH. Die Firma operiert nicht nur in Österreich höchst erfolgreich, sondern auch in Osteuropa. Momentan baut er gerade ein riesiges Einkaufszentrum in der Slowakei. Soll noch um einiges größer werden als das in Vösendorf bei Wien.«

»Verstehe. Dann war er es wohl, der den feudalen Lebensstil seiner Ehefrau finanziert hat. Ihr Gehalt hätte dafür nämlich nicht ausgereicht. Sie war Journalistin beim Clinch-Magazin, hat im Monat an die 3.900 Euro brutto verdient, plus Spesen. Ihre Sachen zählen nicht gerade zu den billigsten. Der neue BMW M Z ...« Sandra stockte.

»Z4 M Roadster«, sprang Bergmann prompt ein.

»Wie auch immer. Der Wagen war auf die Kovacs GmbH zugelassen. Ihre Rolex war mit Diamanten besetzt, und der Brillant auf ihrem Ring von beachtlicher Größe und Reinheit. Nicht zu vergessen: die Designer-Kleidung, die wir im Zimmer gefunden haben. Alles nur vom Feinsten.«

Bergmann nickte. »Herr Kovacs scheint ebenfalls zu wissen, was gut und teuer ist: feiner Anzug, teure Armbanduhr – Marke weiß ich nicht – ist wohl eher dein Spezialgebiet. Auch er fährt einen BMW, 7er Limousine, titansilber metallic.«

»Und wie ist er sonst so, der Herr Kovacs? Wie hat er sich denn bei der Leichenidentifizierung verhalten?«

»Er wirkte ziemlich gefasst. Ein wenig steif und etwas

blass um die Nase. Insgesamt ein sehr beherrschter Typ, denke ich.«

»Da bin ich aber mal gespannt auf morgen.«

»Wir werden uns den feinen Herrn zur Brust nehmen. Sag mal, du kennst doch hier fast jeden. Gibt es unter den Einheimischen jemanden, dem du ein derart brutales Verbrechen zutraust?«

Sandra strich eine hellbraune Haarsträhne hinters Ohr und lehnte sich zurück. Selbstverständlich hatte sie sich diese Frage längst selbst gestellt. »Ich weiß nicht. Ich war 18, als ich von hier weggezogen bin. Und seither vielleicht fünfmal zu Besuch.«

»Trotzdem kennst du doch viele Leute von Kindesbeinen an.«

»Das schon.«

»Also?«

Sandra schwieg einen Moment lang, bevor sie antwortete. »Es gibt da vielleicht ein, zwei Typen, die wir uns vorknöpfen sollten.«

»Gut. Schreib sie für morgen auf die Liste.«

»Hab ich schon. Ich glaube allerdings nicht wirklich daran, dass ein Einheimischer unser Mann ist. Ich meine, wer von denen sollte ein Motiv gehabt haben? Wie gesagt, die Kovacs war völlig fremd hier. Außerdem hat es seit über 50 Jahren kein Gewaltverbrechen in diesem Ort oder in der näheren Umgebung gegeben. Kein Mord, kein Totschlag …«

»Kein Sexualdelikt?«, unterbrach Bergmann sie.

»Nichts Aktenkundiges.«

»Und abseits der Akten?«, hakte er nach.

Sandra fühlte die Hitze in ihre Wangen steigen. Nach

all den Jahren konnte sie immer noch nicht begreifen, dass der Missbrauch an ihrer ehemaligen Klassenkameradin Franziska Edlinger durch deren Vater unter den Teppich gekehrt worden war. Zwar hatte damals der ganze Ort darüber getuschelt, aber dennoch weggesehen. Auch Sandra hatte geschwiegen. Unter Androhung harter Strafen. Das war eine jener Begebenheiten, die sie ihrer Mutter heute noch vorwarf. Was wohl aus Franziska geworden war? Und aus deren widerlichem Vater? Sie beschloss, Max nach dem Schicksal der Edlingers zu befragen.

»Gab es nun etwas oder nicht?«, unterbrach Bergmann ihre Gedanken.

»Nun ja, es gab da eine ziemlich unschöne Geschichte in den frühen 90ern. Ein Vater hat seine älteste Tochter über Jahre hinweg sexuell missbraucht«, erzählte sie.

»Und?«

»Nichts und. Es wurde keine Anzeige erstattet.«

»Aber dein Vater war doch Gendarm hier im Ort.«

»Mein Vater hatte damit nichts zu tun. Er hat sich schon Jahre zuvor nach Fürstenfeld versetzen lassen.«

»Und du?«

»Was ich?«

»Na, was hast du getan?«

»Ich war damals 14 Jahre alt. Was hätte ich denn deiner Meinung nach tun sollen?«

»Deine Freundin darin bestärken, ihren Vater anzuzeigen, zum Beispiel.«

»Sie war nicht meine Freundin. Aber glaube mir, genau das habe ich mehrmals versucht«, antwortete Sandra in einem schärferen Ton als beabsichtigt.

»Offenbar warst du nicht sehr überzeugend.«

»Sag mal, klagst du mich etwa an? Ich muss mich doch nicht vor einem oberg'scheiten Wiener rechtfertigen, der überhaupt keine Ahnung vom Leben in einer kleinen Ortschaft hat«, fuhr sie ihn an.

»Hoppla, ein Gefühlsausbruch«, bemerkte Bergmann sichtlich amüsiert.

Da war es wieder: dieses selbstgefällige Grinsen!

Ganz ruhig, Sandra, komm wieder runter, versuchte sie sich zu beruhigen. »Entschuldige, Sascha. Aber du hast wirklich keine Ahnung, was am Land so alles läuft. Du kennst doch nur die geschönten Klischees auf den bunten Postkarten und in den Tourismusprospekten.«

»Dann erzähl mir halt, was hier so alles läuft.«

»Im Moment konzentriere ich mich darauf, einen Mordfall aufzuklären.«

»Und wenn das eine mit dem anderen unmittelbar zusammenhängt?«, blieb Bergmann stur.

»Du glaubst doch nicht ernsthaft, dass sich ein Kinderschänder für die Kovacs interessiert hätte?«

»Wohl kaum. Sie war Mitte 30. Nicht gerade im richtigen Alter für jemanden, der es mit Kindern treibt.«

»Eben. Außerdem muss der Edlinger inzwischen weit über 60 sein. Wahrscheinlich ist er gar nicht mehr kräftig genug für so eine Tat.«

»Wahrscheinlich auch nicht mehr potent genug. Denk an die Spermamenge. Wie oft hintereinander kann man eigentlich noch in diesem Alter?«

»Das kann ich dir leider nicht beantworten. Aber wenn du darauf bestehst, finde ich es für dich heraus.«

»Nicht nötig. Setz ihn auf die Liste. Dann fragen wir ihn morgen selbst.«

»Das kannst du gerne übernehmen.« Sandra fuhr ihren Laptop herunter, der an diesem Abend ausnahmsweise einmal im Büro bleiben würde. »Willst du Max Leitgeb bei den morgigen Einvernehmungen dabeihaben? Er kennt die Leute hier in- und auswendig.«

»Ich denke, wir kommen auch ohne deinen Dorfpolizisten klar. Er soll lieber ein Auge auf die Landjugend werfen, damit ihr nichts Böses widerfährt.«

Schon wieder dieses spöttische Grinsen! Das reichte für diesen Tag. Sandra stand auf, nahm ihre Handtasche und die Lederjacke und schubste den Stuhl mit dem Knie unter den Schreibtisch. »Ich denke, wir sind fertig für heute. Ich bin nämlich zum Abendessen eingeladen«, verabschiedete sie sich.

»Lass mich raten … Max, richtig?«

Sandra schlüpfte wortlos in ihre Jacke, ohne Bergmann eines Blickes zu würdigen. Dennoch konnte sie fühlen, dass er sie beobachtete. Woher zum Teufel wusste er das? Sie hätte doch genauso gut bei ihrer Familie essen können. War sie für Bergmann wirklich so leicht zu durchschauen?

»Muss ich denn wirklich ganz allein in der verqualmten Gaststube mein Abendessen einnehmen?«, fragte er gespielt vorwurfsvoll.

»Du rauchst doch selber. Außerdem brauchst du ja nicht hier zu übernachten. Fahr heim nach Graz und komm morgen wieder«, schlug sie ihm vor, während sie durch die Tür ging, ohne sich umzudrehen.

»Meinst du, es wird spät werden, Liebling?«, rief er ihr übermütig hinterher.

Sie hatte nicht vor, sich noch weiter von diesem arroganten Idioten provozieren zu lassen. Es ging ihn überhaupt nichts an, dass ihr Ex sie zum Essen eingeladen hatte. Die Tatsache, dass sie nach all den Jahren wieder ein Date mit ihrer Jugendliebe hatte, fühlte sich auch so schon schräg genug an. Da konnte sie auf Bergmanns beißende Kommentare getrost verzichten. Nicht dass sie Schmetterlinge im Bauch gehabt hätte, aber ein wenig nervös war sie nun doch. Schließlich war die unvermeidliche berufliche Begegnung am Tatort und in der Polizeiinspektion etwas völlig anderes gewesen als das bevorstehende private Treffen in Max' Wohnung. Warum hatte sie seine Einladung überhaupt angenommen? Was, wenn er mehr von ihr wollte, als nur über längst vergangene Zeiten plaudern? Würde sie mit ihm schlafen, wenn er darauf aus war?

Der gute alte Max. Sie hatte ihn von heute auf morgen verlassen, kurz nachdem sie nach Graz gezogen war, um wie er – und wie schon ihr Vater davor – die Polizeischule zu absolvieren. Sie wollte ihr neues Leben in der Stadt ohne Einschränkungen genießen. Weit weg von allem, was sie an St. Raphael erinnerte, an ihre Mutter und ihren Halbbruder Mike. In Gedanken versunken trat Sandra hinaus in die Dämmerung und zog fröstelnd den Reißverschluss ihrer Jacke zu. Herrlich, diese frische Luft! Das war wirklich eines der wenigen Dinge, die sie an St. Raphael schätzte. Obwohl es da auch noch ein paar andere Dinge gab, wie die intakte Natur und einige nette Menschen wie Max. Sie würde heute Abend nicht mit ihm schlafen. Auch wenn sie sich noch so sehr nach körperlicher Nähe sehnte. War es wirklich schon ein halbes Jahr her, dass sie Sex gehabt hatte, überlegte Sandra, während sie hinter dem Steuer des Dienstwagens Platz nahm.

Max öffnete ihr die Tür des alten Bauernhauses. »Wie schön, dass du schon hier bist! Komm doch rein in die gute Stube«, begrüßte er sie im Vorzimmer. Sandra ließ sich aus der Jacke helfen und zog aus alter Gewohnheit ihre Straßenschuhe aus. Max bückte sich nach den Gästepantoffeln und stellte sie kommentarlos direkt vor ihre Füße.

»Das sieht ja toll hier aus«, meinte sie ehrlich begeistert und schlüpfte in die Filzschlapfen.

»Nicht wahr? Unglaublich, was der Architekt aus den alten Gebäuden gemacht hat«, stimmte er ihr zu.

Bei Sandras letztem Heimatbesuch vor drei Jahren hatten sich die meisten der verlassenen Wirtschaftsgebäude noch in einem erbärmlichen Zustand befunden. Inzwischen waren daraus stilgetreu renovierte Wohnhäuser geworden, die, in der sanften Hochtalsenke gelegen, in neuem Glanz erstrahlten. So viel hatte sie schon am Vortag im Vorbeifahren erkennen können. Nun staunte sie, wie gemütlich die große Stube wirkte, in der seinerzeit geschlafen, gegessen, gewohnt und gefeiert worden war. Max diente das geräumige Zimmer als Wohn-, Ess- und Arbeitsraum. Die ursprünglichen Deckenbögen und der uralte Schiffboden waren liebevoll restauriert worden, genauso wie die Rauchkuchl mit dem antiken Herd im Nebenraum, die ansonsten zur modernen Küche umfunktioniert worden war. Max schob die Auflaufform mit dem Sterz ins Backrohr und öffnete eine Flasche Schilcher von der weststeirischen Weinstraße. Während er einschenkte, erzählte er, dass der Bauherr beinahe an der Renovierung der völlig verrußten alten Wände verzweifelt wäre. Schlussendlich hatte er dann doch noch den Tipp eines alten steirischen Maurers angenommen, der ihm zu Kuhmistmörtel geraten hatte, um den Originalzustand der Wände wiederherzustellen. Und siehe da, es hatte tatsächlich funktioniert.

Nachdem sie angestoßen und den fruchtig-reschen Schilcher gekostet hatten, führte er Sandra auf die Terrasse, hinter der ein romantischer Garten mit Schwimmbiotop angelegt worden war. Leider war es zu kalt, um draußen zu sitzen und das idyllische Ambiente zu genießen. Sandra musste Max versprechen, im nächsten Sommer wiederzukommen, um hier mit ihm und den Kumpels von früher seinen Geburtstag zu feiern.

Wenn es etwas gab, worauf Sandra noch weniger Lust hatte, als hier in der Kälte herumzustehen und in Max' schmachtende Augen zu blicken, dann war es, mit seinen immerzu durstigen Freunden abzufeiern. Dennoch willigte sie ein, zu kommen, bevor sie ihm fröstelnd in die Wohnung folgte. Bis zu seinem Geburtstag im Juli blieb ihr noch genügend Zeit, um eine passende Ausrede zu finden, warum sie es doch nicht zur Feier schaffen würde.

»Wer wohnt denn sonst noch hier?«, fragte sie.

»Niemand. Nur ich.«

»Ich meinte, dort drüben, im anderen Teil des Gehöfts. Dort hat doch vorhin Licht gebrannt.«

»Ach so. Da wohnt der Matthias mit seiner Frau und der Kleinen.«

»Dein Bruder hat Familie? Das wusste ich gar nicht.«

»Du weißt einiges nicht, was hier in der Zwischenzeit passiert ist. Wie denn auch? Du bist ja nie da.«

Das klang beinahe wie ein Vorwurf ihrer Mutter. Sandra ließ sich seufzend neben Max auf das bequeme Ecksofa fallen. »Was soll ich denn hier? Es reicht doch, wenn ich alle paar Jahre mit meiner Mutter und ihrem missratenen Sohn in die Haare gerate. Wenn ich nur an Mike denke, wird mir schlecht ... Meinst du, dass er ...? Ach, lassen wir das heute Abend lieber. Der Matthias ist also verheiratet?«

»Ja, mit einer Kärntnerin aus Wolfsberg. Anita heißt sie. Hübsche Frau, Volksschullehrerin. Er hat sie bei irgend so einem Pädagogen-Seminar kennengelernt.«

»Na, das passt doch perfekt.«

»Kann man so sagen. Sie unterrichtet an der hiesigen Volksschule. Matthias ist dort mittlerweile Direktor.«

»Und Bürgermeister, ich weiß. Das hab ich sogar in Graz mitbekommen. Die beiden haben eine Tochter?«

»Ja, die Leni. Ein süßes Dirndl. Sie feiert nächste Woche ihren zweiten Geburtstag.«

»Klingt nach Bilderbuchfamilie.«

»Ist es auch. Der Matthias ist wirklich zu beneiden.« Max seufzte und hatte plötzlich diesen wehmütigen Zug um die Mundwinkel, den Sandra noch von früher kannte. Er hatte sich schon mit 19 Jahren eine Familie gewünscht, als sie gerade mal 16 gewesen war. Der Gedanke an eigene Kinder hatte ihr damals Angst gemacht. Und auch heute war er für sie – trotz ihrer 31 Jahre – immer noch unvorstellbar. Irgendwie fühlte sie sich einfach nicht reif genug für eine Familie.

Außerdem bot das Leben einer Kriminalpolizistin viel zu wenig Raum für eigene Kinder. Wieder ein Mann, mit dem sie nicht kompatibel war, dachte Sandra. Hatte sie sich nicht dasselbe erst vor ein paar Stunden gedacht, wenn auch in einem völlig anderen Zusammenhang? Wie kam sie bloß darauf, ausgerechnet jetzt an Bergmann zu denken, ärgerte sie sich. Ihr chauvinistischer Partner würde es glatt noch schaffen, aus ihr, der das Thema Gender-Mainstreaming gehörig auf die Nerven ging, eine Feministin zu machen.

»Möchtest du noch Wein zum Essen? Ich glaube, der Sterz ist jetzt fertig. Zumindest riecht er so«, unterbrach Max ihre Gedanken an Bergmann.

»Ja, gern. Ein Achtel vertrage ich schon noch.«

»Nicht, dass du mir nachher betrunken Auto fährst. Ich bin zwar nicht im Dienst, aber im Falle des Falles wäre es meine Pflicht, dich bis morgen früh hier festzuhalten«, scherzte er und verschwand in der Küche.

»Das hättest du wohl gern«, murmelte Sandra vor sich hin und nippte am Schilcher.

Nach dem Essen machte es Max ihr nicht gerade leicht, standhaft zu bleiben. Seine Lippen waren so weich wie früher, sein Duft immer noch vertraut. Jede Faser ihres Körpers sehnte sich danach, seine harte Männlichkeit in sich aufzunehmen. Doch Sandras Wille, sich der Lust nicht einfach hinzugeben, war stärker. Als ihr Verlangen beinahe unerträglich wurde, stand sie auf und ließ Max enttäuscht und wütend auf dem Sofa zurück.

Wohin hätte Sex mit dem Ex auch führen sollen?, fragte sich Sandra auf der Heimfahrt immer wieder.

Außer zu einer kurzfristigen körperlichen Befriedigung und zur neuerlichen Erkenntnis, dass es für sie keinen Weg zurück gab. Auch wenn Max sich das vielleicht noch so sehr wünschte. Warum hatte sie ihn überhaupt so nahe an sich herangelassen, ärgerte sie sich über die eigene Schwäche. Dies war jedenfalls der letzte Abend gewesen, den sie mit Max privat verbracht hatte, schwor sie sich, als sie die ›Goldene Gans‹ erreichte.

Viertel vor zwölf brannte noch Licht in der Gaststube. Sandra beschloss, den Wagen am Parkplatz hinter dem Gasthof abzustellen und das Haus über den Hintereingang zu betreten, um möglichst unbemerkt in ihr Zimmer zu gelangen. Sie hatte keine Lust, angetrunkenen Gästen zu begegnen. Oder ihrem Partner, der mit Sicherheit einen zynischen Kommentar für sie übrig hatte. Oder – was das Schlimmste überhaupt gewesen wäre – ihrem Halbbruder Mike, der sich gerne mal am Stammtisch volllaufen ließ.

Wenn es bloß nicht so stockdunkel hier wäre, dachte sie und begann sich langsam, Schritt für Schritt, entlang der gartenseitigen Hausmauer vorwärtszutasten. Bis sie das wütende Bellen vor Schreck erstarren ließ. »Mephisto? Ganz ruhig. Ich bin's doch nur!«, rief sie in den finsteren Garten. Gott sei Dank! Die Zwingertür war geschlossen, sonst wäre der Schäferhund längst an ihrem Bein gegangen. Sandra setzte sich wieder in Bewegung, während Mephistos Bellen in ein noch viel furchteinflößenderes Knurren überging.

»Nach dem Schäferstündchen ein Schäferhündchen«, hörte sie eine Männerstimme sagen. Mephisto schlug erneut an, und Sandra sah zum Balkon hinauf. Dort oben stand Bergmann und zog an einer Zigarette. Die Glut leuchtete zwar nicht hell genug, um sein Gesicht erkennen zu können, aber so ein dämlicher Spruch fiel nur ihm ein. Außerdem lag sein Balkon direkt neben ihrem.

»Witzig, Bergmann! Mach wenigstens das Licht an, damit ich die verdammte Türe endlich finde!«, rief sie ihm zu. Im selben Moment ging die Hintertür auf, und Michl trat aus dem Haus ins Freie. Rasch ging Sandra auf ihn zu. »Ich bin's, Michl: Sandra! Ich hab den Lichtschalter nicht gefunden.«

»Sandra! Warum schleichst du dich denn über die Hintertür rein? Vorn ist doch eh noch offen. Kusch, Mephisto! Jetzt halt's schon zamm!«, rief er dem Hund zu und ließ seinen Hausgast eintreten.

»Zum Glück ist der im Zwinger«, meinte Sandra erleichtert und blieb im Vorraum, der einerseits zum Korridor im Erdgeschoss, andererseits zum Treppenhaus führte, stehen. Michl sperrte die Tür hinter sich zu. Sandra mochte Hunde, aber vor Schäferhunden hatte sie gehörigen Respekt. Immerhin gingen die meisten Bissverletzungen auf das Konto dieser Rasse. Die gefährlichsten Exemplare waren jene aus der Polizeizucht, die schon als Junghunde ausgesiebt wurden, weil sie sich charakterlich nicht für den Dienst eigneten und deshalb an Privatpersonen abgegeben wurden. In den falschen Händen waren diese Tiere wie ungesicherte Waffen, die jederzeit losgehen konnten. Im besten Fall fielen sie irgendwann andere Hunde oder das eigene Herrchen an, im schlimmsten kleine Kinder. Sandra war als junge Polizistin mit einigen tragischen Fällen konfrontiert worden, die sie von Mal zu Mal vorsichtiger werden hatten lassen.

»Untertags ist der Mephisto ganz ein Lieber. Nur im Finstern kann er nicht zwischen Gästen und Einbrechern unterscheiden. Deshalb sperren wir ihn in den Zwinger, bevor's dunkel wird.«

»Er schlägt also immer an, wenn sich nachts wer hinterm Haus aufhält?«

»Ja. Manchmal sogar bei mir und der Mutter. Kommt ganz auf den Wind drauf an. Ich glaub, er sieht schlecht im Dunkeln. Er erkennt uns wohl erst am Geruch oder an der Stimme.«

»Dann müsstet ihr ihn doch auch in der Mordnacht bellen gehört haben. Die Spuren deuten zweifelsfrei darauf hin, dass Eva Kovacs und ihr Mörder am Zwinger vorbeikamen, bevor sie durch euren Garten in den Wald liefen.«

»Also ich hab nichts gehört. Ich hab tief und fest geschlafen.«

»Wo liegt denn dein Zimmer?«

»Ganz oben. In der Mansarde. Auf der Straßenseite.«

»Verstehe. Und in der Früh bist du dann mit dem Hund in den Wald spazieren gegangen«, wiederholte Sandra seine Aussage, die er unmittelbar nach dem Leichenfund zu Protokoll gegeben hatte.

»Eigentlich wollte ich dort gar nicht hin. Aber als ich den Zwinger aufgesperrt hab, ist der Mephisto hinausgerannt wie ein Irrer und gleich abgezischt in den Wald. Ich hab befürchtet, dass er Wild gewittert hat und bin so schnell ich nur konnte hinter ihm her. Gott sei Dank hab ich die Taschenlampe dabeigehabt. Es war ja noch stockfinster.«

»Der Hund hat leider ganz was anderes gewittert. Schlaues Kerlchen ...«

»Magst du noch was trinken? Wir haben gleich Sperrstund.«

»Nein danke, Michl. Ich bin müde und muss morgen früh raus. Wir werden noch einige Leute befragen. Mit dir und der Mizzi tät ich gern beim Frühstück anfangen. Passt euch viertel nach sieben?«

»Wir haben dir und dem Max doch gestern schon alles erzählt, was wir wissen.«

»Mein Kollege Bergmann hat aber auch noch ein paar Fragen an euch. Das ist doch okay, oder?«

»Ja, klar. Brauchts ihr die Branka und den Vilko auch noch einmal?«

Sandra verneinte. Weder hatte sie an das Hausmädchen noch an den schwulen slowenischen Koch weitere Fragen. Als Täter schieden für sie beide aus. Branka hatte ein Alibi – ihr Mann hatte bezeugt, dass sie die ganze Nacht neben ihm geschlafen hatte. Und Vilko kam mit seiner sexuellen Gesinnung, dem zarten Körperbau und Schuhgröße 41 für die Tat ebenso wenig infrage. Sandra glaubte ihm, dass er die Mordnacht schlafend in seinem Bett verbracht hatte, auch wenn es dafür keinen Zeugen gab.

»Trinkst du Tee oder Kaffee zum Frühstück?«, erkundigte sich Michl.

»Tee mit Zitrone. Ach ja, noch was: Wird Franziska morgen wieder da sein? Sie arbeitet doch bei euch, oder nicht?« Das hatte ihr Max erzählt und noch einiges mehr über die Familie Edlinger. Oder das, was von ihr noch übrig war.

»Ja, wieso?« Michl wirkte überrascht.

»Ich frage ja nur, weil ich sie noch nicht gesehen habe, seit ich hier angekommen bin.«

»Ach so. Die Franzi hat nicht arbeiten können mit ihrem verstauchten Knöchel. Der war richtig dick angeschwollen. Aber jetzt geht's ihr schon wieder besser.«

»Wobei hat sie sich denn verletzt?«

»Beim Radlfahrn. Sie ist blöd umgeknickt beim Absteigen.«

»Oje. Na dann, bis morgen.«

»Gute Nacht, Sandra.« Michl ging vorbei an den beiden Türen, die zu den Gästetoiletten führten, in Richtung Gaststube.

Sandra nahm die Treppe in den ersten Stock. Auf halbem Weg stand Bergmann plötzlich vor ihr. »Mein Gott, Sascha! Musst du mich so erschrecken? Mir hat der Hund schon gereicht. Was machst du denn hier im Treppenhaus?«

»Ich wollte nach dir sehen. Nachdem ich das Balkonlicht eingeschaltet und noch mal hinuntergeschaut habe, warst du plötzlich verschwunden.«

»Michl Oberhauser hat mich hereingelassen. Er hat wohl den Hund gehört.«

»Das hab ich doch längst mitbekommen.«

»Hast du etwa gelauscht?«

»Was dachtest du denn? Ich bin Polizist … Komm, gehen wir auf mein Zimmer. Wer weiß, wer uns hier alles zuhört«, flüsterte er.

»Es war ein langer Tag, Sascha. Ich wollte gerade liegen gehen«, protestierte sie.

»Was wolltest du? ›Liegen‹ gehen?«, fragte er grinsend.

»Schlafen gehen, meinte ich. ›Liegen‹ ist der steirische Ausdruck dafür.« Kaum war sie hier, fiel sie automatisch in das ländliche Kauderwelsch ihrer Kindheit zurück.

»Liegen gehen«, wiederholte Bergmann kopfschüttelnd, und Sandra wunderte sich, dass ihm diesmal kein blöder Kommentar über die Lippen kam.

»Was soll ich überhaupt bei dir im Zimmer?«, fragte sie, während sie ihm über die letzten Stufen in die erste Etage folgte.

»Mir bei einem Glas Zweigelt gestehen, dass ich morgen spätestens um sieben Uhr 15 beim Frühstück erscheinen soll, um die Wirtin, ihren Sohn und eine gewisse Franziska, die einen verstauchten Knöchel hat, einzuvernehmen.« Bergmann sperrte die Tür auf und betrat sein Zimmer.

»Das weißt du also schon alles von deinem Lauschangriff«, antwortete sie lächelnd und drehte sich auf dem Absatz um. »Gute Nacht, Sascha«, verabschiedete sie sich und ging eine Tür weiter, um kurz danach in ihrem Zimmer zu verschwinden.

KAPITEL 2

»Sie haben den Hund also gehört, sich aber nichts weiter dabei gedacht?«, wiederholte Bergmann die Antwort der Wirtin. »Dass er überhaupt gebellt hat, fällt Ihnen reichlich spät ein.«

»Das Hundsviech schlägt in der Nacht wegen jeder Fliege an. Das ist doch nichts Besonderes«, rechtfertigte sich Mizzi, die mit den beiden Kriminalbeamten am Frühstückstisch saß, nachdem zuvor ihr Sohn noch einmal ausführlich befragt worden war.

»Fliegen pflegen des Nächtens zu schlafen«, belehrte Bergmann sie und versuchte aufs Stichwort, die Stubenfliege auf dem Tisch mit der bloßen Hand einzufangen. Das lästige Insekt war schneller als er. Es entkam, um wenig später wieder auf dem Tischtuch zu landen und das Frühstück fortzusetzen. Franziska Edlinger servierte Bergmann die zweite Tasse Kaffee. Mizzi starrte den Kriminalbeamten immer noch verständnislos an.

»Michl hat uns schon erzählt, dass Mephisto nachts oft bellt«, erklärte Sandra.

»Noch eine Frage, Frau Oberhauser: Wieso haben Sie eigentlich in aller Herrgottsfrüh die Böden im Erdgeschoss aufgewaschen?«

36

»Franziska war nicht da. Also hab ich das übernommen.«

»Um sechs Uhr morgens?«, fragte Bergmann ungläubig.

Mizzi zuckte mit den Schultern. »Damit die Böden noch vor dem Frühstück trocken sind«, bestätigte sie erneut. Was aus ihrem Mund so selbstverständlich klang, konnte Bergmann nicht begreifen. »Aber warum denn dieser Aufwand? Wegen eines einzigen Frühstücksgasts?«, fragte er verständnislos.

»In meinem Gasthof ist es immer sauber. Egal, wie viele Gäste da sind. Wir sind ja hier nicht im Saustall. Aber wenn Sie es genau wissen wollen: Zuerst wollte ich nur die Gaststube aufwaschen, das war nämlich dringend notwendig. Und weil ich schon mal dabei war, hab ich gleich den ganzen Flur, die Gästetoiletten und den Korridor sauber gemacht.«

»Alles in einem Aufwasch quasi«, meinte Bergmann.

»Ist Putzen vielleicht ein Verbrechen?«, fragte Mizzi missmutig.

»Nein. Natürlich nicht«, antwortete Sandra und sah dabei die ankommende Franziska an. »Hast du nachher noch ein paar Minuten Zeit für mich?«, fragte sie die große, stämmige Frau, die mit ihr die Schulbank gedrückt hatte. Franziskas schwammiges Gesicht wirkte noch blasser, als sie es in Erinnerung hatte. Ihre klobige Hand zitterte, während sie die Kaffeetasse vor Bergmann abstellte. Sie nickte stumm, dann humpelte sie in Richtung Küche, in der sie schließlich wieder verschwand.

»Sie ist mit den Nerven völlig am Ende«, berichtete

Mizzi. »Du weißt doch, dass sie sehr sensibel auf so was reagiert. So ein grausliches Verbrechen …«, sagte die Wirtin zu Sandra.

»Meinen Sie damit den Mord an Eva Kovacs oder den Missbrauch an Frau Edlinger durch den eigenen Vater seinerzeit?«, fragte Bergmann und beobachtete seelenruhig, wie der Zucker aus dem bunt bedruckten Säckchen in seinen schwarzen Kaffee rieselte.

Das war einer jener wenigen Momente, in denen Sandra die Kaltschnäuzigkeit ihres Kollegen bewunderte.

Mizzi schnappte nach Luft und sah erst Bergmann, dann Sandra an. »Hast du ihm das unbedingt erzählen müssen?«, fragte sie vorwurfsvoll.

»Ja, Mizzi. Als Kriminalbeamtin musste ich das tun. Aber falls es dich beruhigt, der Missbrauch an der Franzi ist längst verjährt. Es gab damals weder eine Anzeige noch einen offiziellen Strafantrag, wie du dich sicher erinnerst.«

Bergmann sah Sandra von der Seite an und wandte sich wieder ab, bevor sich ihre Blicke treffen konnten. Sandra wusste selbst, dass ihre Antwort fast wie eine Entschuldigung geklungen hatte. Dieses verdammte Kaff und seine Bewohner ließen sie immer wieder in alte Verhaltensmuster zurückfallen. Ob sie es wollte oder nicht. Sie fürchtete sich schon davor, was das morgige Mittagessen bei der Mutter in ihr auslösen würde. Hoffentlich blieb ihr wenigstens Mike erspart. Es reichte schon, dass er für heute auf dem Programm stand, wenn auch nur dienstlich, was die bevorstehende Begegnung zumindest ein wenig erträglicher erscheinen ließ.

»Was wurde eigentlich aus dem alten Edlinger? Lebt der Mann noch?«, fragte Bergmann.

»Ja«, antwortete Sandra, die Max am Abend zuvor ausführlich zu den Edlingers befragt hatte. Bevor sie wie ein alberner Teenager mit ihm herumgeknutscht hatte, worüber sie sich heute noch mehr ärgerte als gestern. »Franzis Mutter ist inzwischen verstorben, die Geschwister sind längst weggezogen«, konzentrierte sie sich wieder auf den Fall. »Fritz Edlinger hat vor einigen Monaten einen Schlaganfall erlitten«, erzählte sie weiter. »Er kann seither weder sprechen noch sich bewegen. Die Franzi wohnt bei ihm im Haus und pflegt ihn.«

»Sie kümmert sich um ihren alten Vater, so gut sie kann. Wie es sich für eine brave Tochter eben gehört.« Mizzi nickte zustimmend.

Brave Tochter? Sandra traute ihren Ohren nicht. Selbst Bergmann schien zu dieser Aussage kein spontaner Kommentar einzufallen. Hatte Franziska ihrem Peiniger wirklich verziehen und opferte sich, nach allem, was er ihr angetan hatte, auch noch für ihn auf? Oder war sie so sehr ihrer Opferrolle verhaftet, dass sie noch immer nicht anders konnte, als den Bedürfnissen des Täters zu entsprechen? Selbst wenn dieser nur dahinvegetierte und gar nicht mehr in der Lage war, sich zu äußern.

»Der Fritz hat außer der Franzi auch noch eine mobile Pflegehilfe«, fuhr Mizzi fort. »Die Frau Gerlinde von der Caritas schaut morgens und abends bei ihm rein. Das haben die beiden dem Michl zu verdanken. Überhaupt hilft er ihnen, wo er nur kann. Er ist ja so ein braver Bub, mein Michl. Weißt du übrigens schon, dass er die Franzi im nächsten Mai heiraten wird?«, meinte sie zu Sandra. Bevor sie antworten konnte, war Bergmann zur Stelle. »Na, gratuliere.«

Am Tonfall erkannte Sandra, dass sein Sarkasmus zurückgekehrt war. Die Welt war wieder in Ordnung.

»Wie meinen S' denn das?«, fragte Mizzi skeptisch. Auch ihr war nicht entgangen, dass seine Glückwünsche nicht ganz ehrlich gemeint waren.

Bergmann ließ den Löffel langsam in seiner Tasse kreisen und folgte mit den Blicken der rotierenden Flüssigkeit. »Das meine ich genau so, wie ich es gesagt habe«, erwiderte er emotionslos.

»Hören Sie mal: Die Franzi ist ein braves Dirndl. Auch wenn sie manchmal schwache Nerven hat. Und mein Michl ist ein herzensguter Kerl. Wissen Sie, wir am Land halten noch zusammen, egal was passiert. Gemeinsam schaffen wir nämlich alles. Da könnts ihr Stadtleut euch noch einiges abschneiden. Ihr kennts doch nicht einmal eure nächsten Nachbarn!«, schimpfte die Wirtin.

Sandra wusste nur allzu gut, was Mizzi meinte. Genau vor dieser eingeschworenen Dorfgemeinschaft, der man einfach nicht entkommen konnte, war sie damals geflüchtet.

»Beruhigen Sie sich bitte, Frau Oberhauser. Ich weiß doch, dass bei Ihnen die Welt noch in Ordnung ist. Solange man alles Unangenehme vertuscht. Dummerweise haben wir es hier mit einem Mord zu tun. Der lässt sich nicht so einfach unter den Teppich kehren. Tut mir leid. Da müssen wir hart bleiben.« Bergmann hatte es auf den Punkt gebracht. Das hatte gesessen.

Mizzi stand die Zornesröte im Gesicht. »Tun Sie, was Sie tun müssen. Aber behandeln Sie uns gefälligst mit ein wenig mehr Respekt. Mir ist es wurscht, wer Sie sind. Von einem Großkopferten wie Ihnen lass ich mich nicht beleidigen. Auch nicht, wenn Sie ein Kriminaldings-was-weiß-ich-denn-was sind. Sind Sie jetzt endlich fertig mit Ihrer depperten Fragerei? Ich muss nämlich in die Kuchl.«

»Geh, Mizzi. Der Herr Chefinspektor hat es doch nicht so gemeint.« Natürlich hatte Bergmann es genau so gemeint. Warum, um alles in der Welt, versuchte Sandra schon wieder zu schlichten?

»Warum denn so versöhnlich heute, Frau Kollegin? So kenn ich dich ja gar nicht«, fragte Bergmann, nachdem die wütende Wirtin in der Küche verschwunden war.

»Ich mag auch nicht, was St. Raphael aus mir macht. Deswegen bin ich unter anderem von hier weggezogen.« Sandra seufzte. So ehrlich hatte sie ihm nicht antworten wollen. Zum Glück schwieg er, während sie ihren Tee austrank. Sie musste ihr altes Ich ganz schnell wieder begraben.

Franziska kehrte aus der Küche zurück und hantierte hinter der Schank.

»Ich befrage noch schnell Franziska Edlinger, bevor wir aufbrechen. Alleine, wenn du nichts dagegen hast. Ich befürchte nämlich, dass deine Befragungsmethoden bei ihr einen Nervenzusammenbruch auslösen könnten«, flüsterte Sandra ihm zu.

»Hältst du mich denn wirklich für so unsensibel? Das enttäuscht mich aber schon ein wenig.« Bergmann griff in die Jacke, die über der Lehne seines Stuhls hing, und zauberte eine Zigarette hervor.

»Geh doch schon mal hinaus eine rauchen. Ich komm dann gleich nach«, schlug Sandra vor.

»Bin schon fort.« Bergmann kippte den restlichen Kaffee in einem Zug hinunter und steckte sich die Zigarette in den Mundwinkel. Dann stand er auf und strebte der Tür entgegen.

»Aber bitte nicht im Auto rauchen«, rief Sandra ihm hinterher.

Bergmann winkte ihr, ohne sich umzudrehen, und verließ den Gasthof durch den Haupteingang.

Sandra wandte sich an Franziska. »Magst du dich nicht kurz zu mir setzen? Es dauert bestimmt nicht lang.«

Franziska sah sie unsicher an, stellte das saubere Glas ab, das sie eben aus der Spülmaschine genommen hatte, und humpelte zu Sandra an den Tisch.

»Ich muss dich fragen, was du am 15. September zwischen zwei und halb vier Uhr morgens gemacht hast. Reine Routinefrage, du brauchst dir keine Sorgen zu machen«, versuchte Sandra ihr Gegenüber zu beruhigen.

Franziska räusperte sich, bevor sie leise antwortete. »Ich war in meinem Bett und habe geschlafen.«

»Kann das irgendjemand bezeugen?«

Franziska schüttelte den Kopf und sah auf ihre rissigen Hände. »Der Vater kriegt nimmer viel mit. Die Gerlinde – das ist seine Pflegerin – hat sich kurz nach zwanzig Uhr bei mir verabschiedet. Das weiß ich so genau, weil kurz darauf meine Lieblingskrimiserie angefangen hat.«

»Und danach bist du nicht mehr aus dem Haus gegangen?«

Franziska schüttelte den Kopf, während sie die Krümel am Tischtuch zusammenkratzte. »Nein. Ich hab mich am Heimweg verknöchelt. Beim Radlfahren«, erklärte sie.

»Und der Michl war in der Tatnacht auch nicht mehr bei dir auf Besuch?«

Franziska sah Sandra erschrocken an und bekreuzigte sich. In ihren Augen standen Tränen. Das Verbrechen schien ihr wirklich schwer zuzusetzen. Immerhin war sie selbst ein Opfer sexuellen Missbrauchs, vergegenwärtigte sich Sandra und beschloss, das Gespräch in eine erfreulichere Richtung zu lenken. »Schon gut, Franzi. Ich meinte ja nur, weil ihr doch im kommenden Mai heiraten wollt. Ich finde das übrigens großartig. Gratuliere euch beiden von Herzen!« Sandra schenkte ihr ein ehrliches Lächeln.

Franziska wischte sich mit dem Handrücken über die Augen und bedankte sich kaum hörbar. Ihre bleichen Wangen hatten auf einmal eine rosige Farbe angenommen, was ihr – wie früher so oft – eine gewisse Ähnlichkeit mit Miss Piggy verlieh, wenngleich sie heute keine hellblonde Lockenmähne mehr trug, sondern eine aschblonde, ausgefranste Kurzhaarfrisur, die vor allen Dingen eines war, nämlich praktisch. Franziska lächelte zaghaft. »Kann ich dann den Tisch abräumen?«, fragte sie.

»Sicher, gleich. Wir sind hier sofort fertig. Nur noch eine Frage: Hattest du Kontakt mit Eva Kovacs? Ich meine, bist du ihr jemals persönlich begegnet – vor ihrem Tod?«

Noch einmal bekreuzigte sich Franziska. Sandra erinnerte sich daran, dass ihr Gegenüber immer schon sehr religiös gewesen war. Ob der Glaube ihr auch geholfen hatte, ihr Schicksal zu bewältigen und ihrem Peiniger zu vergeben? Oder war ihre Gottgläubigkeit der Grund, dass sie ihren Vater geradezu zwanghaft ehrte, wie es die zehn Gebote forderten, obwohl er der Letzte war, der Respekt verdiente?, grübelte Sandra.

»Ich bin dieser Frau nur ein einziges Mal begegnet. Die Mizzi hat mich gleich nach ihrer Ankunft in ihr Zimmer geschickt, um ihr einen Kaffee zu bringen. Sie hat mir dafür zehn Euro gegeben. Der Rest ist für mich, hat sie gesagt.«

»Ziemlich großzügig. Und wann war das?«

»Um halb fünf, in etwa.«

»Und wie lange hast du an diesem Tag gearbeitet?«

»Bis sechs, dann bin ich nach Hause gefahren.«

»Mit dem Fahrrad – und hast dir dabei den Knöchel verletzt«, wiederholte Sandra.

Franziska nickte.

»Hast du einen Hausschlüssel vom Gasthof?«, wollte Sandra wissen.

»Nein. Die Mizzi mag nicht, dass die Angestellten Schlüssel haben.«

»Die Branka hat also auch keinen?«

»Die schon gar nicht. Die Branka ist doch Ausländerin, da ist die Mizzi ganz besonders vorsichtig.«

Sandra beschloss, die Bemerkung zu ignorieren. Die Vorurteile gegenüber Ausländern, auch wenn diese längst österreichische Staatsbürger waren, waren den St. Raphaelern einfach nicht auszureden. Das hatte sie schon damals immer wieder vergeblich versucht und es irgendwann aufgegeben.

»Und wo warst du gestern und vorgestern?«

»Zu Hause. Wegen meinem Knöchel. Ich hab immer wieder für die arme Frau gebetet.« Franziska bekreuzigte sich zum dritten Mal an diesem Morgen.

»Wann und wie hast du denn von der Tat erfahren?«

»Gleich in der Früh, so um halb acht – von der Gerlinde.«

Die stille Post von St. Raphael funktionierte also immer noch hervorragend. »Alles klar, Franzi. Noch eine Bitte hätte ich an dich: Kannst du heute irgendwann in der Polizeiinspektion vorbeischauen? Wir brauchen deine Fingerabdrücke.«

Franziskas Augen weiteten sich erneut vor Schreck.

»Auch das ist reine Routine. Die Abdrücke vom Michl und der Mizzi haben wir schon am Mittwoch genommen. Die von Vilko und Branka auch. Jetzt fehlen nur noch deine, damit wir die Spuren aus dem Gästezimmer abgleichen und jene des Täters herausfiltern können.«

Franziska nickte. »Na, gut. Dann schau ich am Nachmittag vorbei, gleich nach dem Mittagessen.«

»Fein. Wir sehen uns also später.« Sandra erhob sich, um mit Bergmann in die Polizeiinspektion zu fahren. Die morgendlichen Befragungen hatten sie keinen Schritt weitergebracht. Weder Michl noch Mizzi oder Franziska hatten ihnen brauchbare Hinweise liefern können. Vielleicht würde Mike für neue Erkenntnisse sorgen, dem sie auf ihrem Weg ins Büro einen Überraschungsbesuch abstatten wollten. Es war anzunehmen, dass ihr arbeitsloser Halbbruder noch im Bett lag und seinen Rausch ausschlief. Zum ersten Mal war Sandra dankbar, dass Bergmann an ihrer Seite war, um die Befragung zu übernehmen.

Nach zweimaligem Klingeln stand Sandras Mutter in der offenen Haustür. »Sandra? Was machst du denn hier um diese Uhrzeit?«, fragte sie sichtlich verwundert. »Du wolltest doch erst morgen kommen.«

»Hallo, Mama. Das ist mein Kollege, Chefinspektor Sascha Bergmann. Wir müssen dir und Mike ein paar Fragen stellen.«

»Wegen der Toten im Wald?« Sandras Mutter beäugte Bergmann von oben bis unten. Ihr Blick blieb schließlich an seinem rechten Knie hängen, das durch ein kleines ausgefranstes Loch in den ausgewaschenen Jeans hervorblitzte. Die Mutter war bereits angezogen und frisiert und wirkte wie immer sehr gepflegt, wenngleich sie nicht geschminkt war. Make-up fand sie billig. Sie überließ es lieber den Damen des horizontalen Gewerbes, sich das ›Gsicht anzuhiasln‹, wie sie das Schminken nannte. Sandra wusste, dass die zerrissene Hose des Beamten der Mutter ein Dorn im Auge war. Wie alles, was nicht in ihr ordentliches Weltbild passte. Sogar die weich gespülten Unterhosen musste die Mutter noch bügeln.

»Guten Morgen, Frau Feichtinger. Dürfen wir eintreten?«, fragte Bergmann. Offensichtlich war ihm das Namensschild an der Tür nicht entgangen. Sandra hatte ihm nicht erzählt, dass sie als Einzige in der Familie den Namen ihres leiblichen Vaters trug, der inzwischen verstorben war. Anfangs hatte sie eine Adoption durch den Stiefvater trotz ihres zarten Alters vehement abgelehnt. Später war das nicht mehr nötig gewesen, da auch er der Mutter ziemlich rasch abhandengekommen war – kaum, dass Mike das Licht der Welt erblickt hatte.

»In Gottes Namen, kommen Sie halt rein. Aber ziehen Sie sich die Schuhe aus!«, keifte Helga Feichtinger.

»Mama, wir sind im Dienst. Du kannst doch von einem Polizisten nicht verlangen, dass er die Schuhe auszieht«, protestierte Sandra.

»Warum denn nicht? Oder wascht mir die Polizei nachher den Boden auf?«

»Wenn du ernsthaft darauf bestehst, mache ich das morgen«, bot Sandra der Mutter an.

»Nicht nötig. Das schaffe ich gerade noch allein«, meinte Helga Feichtinger schnippisch und führte die beiden Kriminalbeamten in ihren Straßenschuhen in die Küche. »Der Mike schläft aber noch«, fügte sie beleidigt hinzu.

»Das dachte ich mir schon. Kannst du ihn bitte aufwecken?«, fragte Sandra und nahm ihren Platz auf der Eckbank ein.

»Bist du verrückt? Du weißt doch, wie grantig er wird, wenn man ihn so früh aus dem Bett holt.«

Dieser Nichtsnutz soll gefälligst seinen faulen Hintern aus dem Bett bewegen, hätte Sandra ihr am liebsten entgegengeschleudert. Es war unglaublich, was Mike sich alles erlauben durfte, ohne dafür auch nur den geringsten Vorwurf der Mutter zu riskieren. Ganz im Gegensatz zur Tochter, die ihr nie etwas recht machen konnte.

Bergmann nahm ebenfalls auf der Küchenbank Platz und sah auf seine Armbanduhr. »Acht Uhr sieben. Das wird Ihr Sohn schon verkraften. Und wir seine schlechte Laune mit Sicherheit auch«, mischte er sich ein.

»Wenn Sie meinen ...« Helga Feichtinger verließ die Küche.

Bergmann starrte sehnsüchtig auf die Filtermaschine, deren Glaskanne zu fast drei Viertel gefüllt war. »Meinst du, ich kann noch einen Kaffee bekommen?«

»Klar.« Sandra stand auf, nahm ein lilafarbenes Häferl mit Halloween-Motiven aus der Kredenz und füllte es mit Kaffee. Das gute Geschirr wurde, seit sie denken konnte, im Wohnzimmerschrank aufbewahrt. Wie unpraktisch das war, fiel ihr an diesem Morgen zum ersten Mal auf.

»Schwarz, bitte. Mit Zucker.«

»Ich weiß ... Ich finde gerade keine andere Tasse«, entschuldigte sie sich und stellte das Häferl und die Zuckerschale vor ihn auf den Tisch.

»Macht doch nichts. Passt irgendwie ins Gesamtbild«, meinte er grinsend.

Wo er recht hat, hat er recht, dachte Sandra.

»Trinkst du denn niemals Kaffee?«, erkundigte er sich, während er sein Getränk zuckerte.

»Ab und zu mal einen Espresso nach dem Essen. Ansonsten trinke ich lieber Tee.«

»Deine Mutter muss mal sehr hübsch gewesen sein.«

»Wenn man auf den herben Typ steht ... Und sag jetzt bitte nicht, dass ich ihr ähnlich sehe«, warnte sie ihren Kollegen.

»Na ja, nicht besonders ...«

»Danke.«

»Es ist mir schon aufgefallen, dass es zwischen euch gewisse atmosphärische Störungen gibt.«

»Ach ja? Warte mal, bis du Mike erst kennenlernst.«

»So schlimm?«

»Viel schlimmer.«

»Gibt es einen konkreten Grund, warum dein Bruder auf deiner Verdächtigenliste ganz oben steht?«

»Er ist mein Halbbruder. Darauf bestehe ich ... Ich traue ihm alles zu.«

»Was hat er dir denn bloß angetan?«

»Darum geht es hier nicht.«

»Sondern?«

»Er manipuliert Menschen, nutzt sie aus, geht über Leichen – nicht in wörtlichem Sinne, hoffe ich zumindest. Doch er kann schon mal gewalttätig werden, wenn er nicht bekommt, was er will.«

»Ist er denn schon einmal in Konflikt mit dem Gesetz geraten?«

»Ein halbes Jahr lang ist er in der Justizanstalt Graz Jakomini eingesessen. Er hat seine Freundinnen misshandelt, ihnen immer wieder Geld abgeknöpft und ihre Kreditkarten benutzt. Ohne ihr Wissen, versteht sich. Ein paarmal ist die Mutter finanziell eingesprungen, nachdem er aufgeflogen ist, damit der feine Herr Sohn ungeschoren davonkommt. Die letzte Freundin hat sich allerdings nicht von ihr bestechen lassen. Sie hat Mike angezeigt, und er wurde wegen Körperverletzung und Betrugs verurteilt. Er hat schon immer lieber Frauen ausgenutzt, anstatt selbst zu arbeiten. Im Moment lebt er wohl von der Sozialhilfe. Und von unserer Mutter, befürchte ich.«

»Mama hält wohl in allen Lebenslagen zu ihrem Sohnemann.«

»Worauf du dich verlassen kannst. Mike darf seit jeher machen, was er will. Hauptsache, es tut ihm hinterher leid und er gelobt Besserung. Das reicht ihr schon. Sie hat jedes Mal tausend Gründe, um ihm zu verzeihen und erwartet das auch von mir. Was meinst du, wie oft ich schon versucht habe, ihr die Augen zu öffnen?«, redete sich Sandra den Frust von der Seele.

»Auweia«, meinte Bergmann und nahm einen Schluck Kaffee.

»Entschuldige, dass ich dich mit meiner Familiengeschichte belästige.«

»Das ist schon okay.«

»Ich …«

»Es tut mir leid«, unterbrach Sandras Mutter die Unterhaltung. »Mike bittet euch, später noch mal zu kommen.«

»Haben Sie ihm denn nicht gesagt, dass die Kriminalpolizei ihn vernehmen möchte?«, fragte Bergmann ungläubig.

»O ja. Das hab ich.«

»Na warte!« Sandra wollte aufspringen, doch Bergmann hielt sie zurück.

»Lass mal«, meinte er beschwichtigend, um sich anschließend wieder der Mutter zuzuwenden: »Ihr Sohn soll um Punkt 14 Uhr in der Inspektion erscheinen, sonst …«

»Sonst lassen wir ihn in Handschellen vorführen«, unterbrach Sandra ihn. Ihre grünen Augen funkelten gefährlich, als sie sich erhob.

»Aber Sandra! Mike ist doch dein kleiner Bruder«, echauffierte sich die Mutter.

»Das ist er nur zur Hälfte. Und selbst wenn er es zur Gänze wäre, würde ich nicht davor zurückschrecken.«

»Was redest du nur wieder für einen Unfug? Was soll sich denn dein Kollege von uns denken?«, fragte sie in Richtung Bergmann, der in aller Ruhe seinen Kaffee austrank.

Was die anderen über sie dachten, war wie immer das Wichtigste, ärgerte sich Sandra über die Mutter. Bloß nicht darauf eingehen, beschwor sie sich selbst. Diese Diskussion konnte nur in einem Streit enden.

»Na ja, ich weiß ja, woher du deine Herzlosigkeit hast«, fuhr die Mutter fort, während die Tochter ihre Hände in die Taschen der Lederjacke bohrte.

»Von meinem Vater, so wird es wohl sein. Auf Wiedersehen, Mama.« Endlich stand auch Bergmann auf und folgte Sandra zur Küchentür.

»Kommst du morgen zum Mittagessen?«, rief Helga Feichtinger der Tochter hinterher.

Sandra hätte viel darum gegeben, in diesem Augenblick Nein sagen zu können. Stattdessen hielt sie inne und drehte sich um. Bergmann tat es ihr gleich.

»Du hast es mir versprochen«, setzte die Mutter nach. »Wenn du dich schon zufällig einmal nach Hause verirrst, kannst du dir ruhig ein wenig Zeit für deine alte Mutter nehmen.«

Sandra sah ihr in die Augen. »So alt bist du nun auch wieder nicht.«

»Du kommst also, ja?«

»Ja, Mama. Ich komme.«

Bergmann packte Sandra bei der Schulter und schob sie sanft, aber bestimmt aus der Küche, während er sich über die eigene Schulter hinweg von ihrer Mutter verabschiedete. »Auf Wiedersehen, Frau Feichtinger. Vielen Dank für den Kaffee. Und sorgen Sie bitte dafür, dass Ihr Sohn pünktlich bei uns ist. Sonst müssten wir ihn abholen lassen. Die Adresse kennen Sie ja. Wir finden allein hinaus. Danke.«

Helga Feichtinger folgte den Kriminalbeamten ins Vorzimmer.

»Und was ist mit mir? Wollten Sie mich denn nicht auch noch was fragen?«

»Sie können Ihren Sohn gern begleiten. Dann erledigen wir das in einem.«

»Wir sind um 14 Uhr da. Aber ich schwöre, der Mike hat nichts Böses getan«, hörte Sandra die Mutter noch sagen. Dann fiel die Haustür hinter ihr und Bergmann ins Schloss.

Sandra inhalierte die frische Luft und drückte den Knopf auf der Fernbedienung, der die Türschlösser des Wagens freigab. Am liebsten wäre sie auf der Stelle nach Graz gefahren und hätte St. Raphael ein für alle Mal aus ihrem Gedächtnis gelöscht. Doch leider war da noch der Mordfall, den sie aufzuklären hatten.

»Alles okay?«, fragte Bergmann.

»Ja. Alles bestens.« Sandra blickte in den Rückspiegel und stieg aufs Gaspedal.

Bergmann öffnete das Fenster und steckte die Nase in den kühlen Fahrtwind, um es wenig später wieder zu schließen. »Gegen diesen Dorfmief hilft noch nicht mal die viele frische Luft. Mir ist schlecht.«

»Soll ich stehen bleiben?«

»Nicht nötig. Ich meinte das im übertragenen Sinn.«

»Was glaubst du denn, wie lustig ich es hier finde?«

»Sollen wir den Fall abgeben?«, schlug er vor, »du könntest ja auch befangen sein.«

»Kommt gar nicht infrage. Wir ziehen das durch.« Aus dem Augenwinkel bemerkte Sandra wieder einmal, dass Bergmann sie beobachtete.

»Hast du von dieser hinkenden Riesin eigentlich noch irgendetwas Neues erfahren?«, fragte er.

»Sascha, bitte … die Zeugin heißt Franziska Edlinger.«

»Und?«

»Franziska war zu Hause und hat geschlafen. Bezeugen kann das allerdings niemand.«

»Glaubst du ihr denn?«

»Ja. Schon.«

»Ich finde diese Frau ziemlich merkwürdig.«

»Hast du in St. Raphael denn schon irgendjemanden getroffen, der nicht merkwürdig ist?«

Bergmann lachte. »Du musst es ja wissen.«

Sandra ging auf seine Bemerkung nicht ein. »Ich frage mich schon die ganze Zeit, wie die Kovacs die Hintertür aufsperren konnte, wenn sie auf der Flucht war. Nackt und panisch, wie sie in dieser Situation gewesen sein muss. Außerdem haben wir keinen Schlüssel am Tatort gefunden. Beide waren im Haus. Einer steckte innen im Schloss ihrer Zimmertür, der andere befand sich bei den Reserveschlüsseln, die Mizzi höchstpersönlich aufbewahrt«, sagte Sandra.

Bergmann kramte einen Schlüsselbund aus der Jackentasche, an dessen Ring ein einfacher Buntbartschlüssel und ein modernerer Zylinderschlüssel hingen. Die eingebrannte Ziffer am hölzernen Anhänger zeigte, dass der Zimmerschlüssel zum Gästezimmer Nummer zwei gehörte. Jenes Zimmer, in dem Eva Kovacs die Nacht vom 14. auf den 15. September verbringen hatte wollen. »Dieser Schlüssel sperrt den Haupteingang und die Hintertür, richtig?«

»Richtig. Mizzi schwört, dass beide Türen abgeschlossen waren, als sie zwischen halb und viertel vor eins zu Bett ging. Sie hat das wie jede Nacht überprüft. Und Michl behauptet, am Morgen nach dem Mord zuerst die vordere, dann die hintere Haustür aufgesperrt zu haben, bevor er Mephisto aus dem Zwinger ließ.«

»Entweder einer der beiden lügt …«, meinte Bergmann, der den Haustürschlüssel noch näher betrachtete.

»Oder jemand anders hat vor der Tat auf- und danach wieder zugesperrt«, ergänzte Sandra.

»Genau. Wer außer den Oberhausers hatte noch einen Haustürschlüssel?«

»Laut Auskunft von Franzi niemand.«

»Bis auf die Hausgäste.«

»Eva Kovacs war zu dem Zeitpunkt aber der einzige Gast«, erinnerte Sandra ihn.

»Das weiß ich. Aber diese Schlüssel kann man doch ohne Weiteres nachmachen lassen. Die Ziffernkombination verrät mir, dass sie nicht kopiergeschützt sind. Gibt es hier in der Nähe einen Schlosser?«

Sandra schüttelte den Kopf. »Schon lange nicht mehr«, sagte sie.

»Dann wird es schwierig werden, herauszufinden, ob Schlüsselkopien angefertigt wurden.«

»Beinahe unmöglich, wenn du mich fragst.«

»Es sei denn, wir finden Schlüssel bei jemandem, der nicht Maria oder Michael Oberhauser heißt.«

»Oder Sandra Mohr beziehungsweise Sascha Bergmann.«

»Richtig.«

Sandra parkte den Wagen direkt vor dem Eingang der Polizeiinspektion, gleich hinter dem Streifenwagen der örtlichen Beamten. Am Gang kamen ihnen Max und sein junger Kollege entgegen, dessen Namen Sandra schon wieder entfallen war. Max wich ihrem Blick aus, als sie sich begrüßten. Wie befürchtet, nahm er es ihr also übel, dass sie seinem heftigen Drängen nicht bis zur letzten Konsequenz nachgegeben hatte, folgerte Sandra.

»Leitgeb«, hielt Bergmann die beiden Uniformierten auf. Er kramte noch einmal die Schlüsselbunde der ›Goldenen Gans‹ aus der Jacke und kontrollierte die Ziffern auf den Anhängern, um nicht irrtümlich den eigenen auszuhändigen. Den Reservebund mit dem Schlüssel für das Zimmer der Kovacs behielt er ebenfalls. »Du kannst die Sachen des Mordopfers zusammenpacken. Das Gepäck wird in etwa zwei Stunden aus dem Gasthof abgeholt. Und die Schlüssel kannst du dann gleich den Wirtsleuten zurückgeben, sobald du mit dem Packen fertig bist.«

»Wird gemacht«, murmelte Max mürrisch und nahm die Schlüssel entgegen, um sie gleich an seinen Kollegen weiterzureichen. »Kümmere du dich bitte darum, Jakob. Ich hab noch was zu erledigen.«

»Nichts, was mit unserem Mordfall zu tun hat, nehme ich an?«, mischte sich Bergmann ein.

»O doch. Ich wollte die Stammtischgäste der Tatnacht befragen. Den Sonnleitner Andi, den Wagner Horst und den Löffelhart Sebastian. Das habe ich mit Sandra so vereinbart, bevor du hier angekommen bist.«

»Jetzt bin ich aber hier, Leitgeb. Also vergiss es. Die Kollegin Mohr und ich kümmern uns persönlich um sämtliche Befragungen. Wenn wir dich brauchen, lassen wir es dich rechtzeitig wissen. Du hast doch sicher noch genügend Papierkram abzuarbeiten.«

Max schluckte seine Antwort mit schmalen Lippen hinunter, während Jakob Haltung annahm.

»Aber er könnte uns doch helfen«, sprang Sandra für Max in die Bresche. Er war ein guter Polizist und ein Teamplayer, was für ihre Ermittlungsarbeiten nur von Vorteil sein konnte.

Bergmann sah das offensichtlich anders. »Was der Kollege Leitgeb kann und was nicht, entscheide in diesem Fall ich«, wies er sie in die Schranken.

Sascha Bergmann verstand es wirklich, sich binnen kürzester Zeit unbeliebt zu machen, dachte Sandra. Max war in seiner Ehre gekränkt und würde ihm niemals vergeben. Aber das schien Bergmann herzlich egal zu sein. Wenn er denn überhaupt jemals bemerkte, dass er jemanden verletzte. Dass er sie vor den beiden Polizisten zurechtgewiesen hatte, nahm Sandra nicht persönlich, war sie doch lediglich das Opfer eines Revierkampfes geworden, in den sie sich mit den besten Absichten eingemischt hatte. Es ärgerte sie jedoch gewaltig, dass der ihr vorgesetzte Ermittlungspartner so überheblich war und meinte, auf die wertvolle Unterstützung der einheimischen Kollegen verzichten zu können. Wenn sie nicht gerade jung, blond und weiblich waren, wie Petra Schreiner, vor deren Tür er wenig später innehielt. »Ich check noch mal rasch die Asservaten«, meinte Bergmann.

»Sicher. Und ich versuche inzwischen herauszufinden, an welcher Story die Kovacs zuletzt dran war. Vielleicht hängt der Mord ja doch mit ihrer Arbeit als Journalistin zusammen. Das Clinch-Magazin ist nicht gerade zimperlich, wenn es darum geht, Skandale aufzudecken«, sagte Sandra.

»Also ich weiß nicht ... Wir sind ja nicht in Russland oder China, dass die Presse gleich um ihr Leben fürchten muss. Und was hat ihre Vergewaltigung damit zu tun, wenn es denn eine gewesen sein sollte?«

»Einschüchterung, Triebbefriedigung oder einfach nur ein Ablenkungsmanöver? Unwahrscheinlich, ich weiß«, gab sich Sandra selbst die Antwort. »Aber immerhin nicht ganz ausgeschlossen«, fügte sie hinzu und verschwand im Büro.

Nachdem ihr Laptop hochgefahren war, rief Sandra zuerst ihre E-Mails ab. Danach suchte sie die Daten der Clinch-Redaktion und wählte die Nummer der Chefredakteurin. Die weibliche Stimme, der sie sich als Abteilungsinspektorin des Landeskriminalamtes Steiermark, Abteilung Leib und Leben vorstellte, verband sie umgehend mit der Chefredakteurin, die zuallererst ihre Betroffenheit über den grausamen Tod der langjährigen Mitarbeiterin bekundete, wenngleich sie dabei unerwartet sachlich klang.

»Ich habe ein paar Fragen zu der Verstorbenen«, meinte Sandra ohne Umschweife. »Hat Frau Kovacs denn beruflich in der Steiermark zu tun gehabt?«

»Schon möglich, dass Eva auch dort recherchiert hat. Sicher bin ich mir allerdings nicht. Sie hat sehr selbstständig gearbeitet. Ich habe ihr stets vertraut. Sie war eine meiner besten Mitarbeiterinnen«, sagte die Chefredakteurin.

»Woran hat sie denn zuletzt gearbeitet?«

Die Kovacs sei an irgendwelchen betrügerischen Immobiliengeschäften dran gewesen, hinter denen sie ein Korruptionsnetzwerk vermutete, das von Österreich bis nach Osteuropa reichte, erzählte die Chefredakteurin. Angeblich seien Schmiergelder in mehrstelliger Millionenhöhe geflossen. Details kannte die Vorgesetzte jedoch keine.

»Sie wissen also auch nicht, wer in den mutmaßlichen Korruptionsskandal verwickelt sein könnte?«

»Leider nein. Aber Evas Laptop kann Ihnen da sicher weiterhelfen.«

»Und der ist in ihrem Büro?«

»Nein. Sie hatte ihn immer bei sich.«

Aha. Hier war der Laptop aber nicht aufgetaucht. Entweder die Kovacs hatte ihn doch nicht immer dabei gehabt oder jemand hatte ihn verschwinden lassen. Jemand, der nicht wollte, dass etwas an die Öffentlichkeit drang.

»Können Sie mir bitte alle Artikel von Frau Kovacs zukommen lassen, die in diesem Jahr im Clinch-Magazin erschienen sind?«

»Selbstverständlich. Ich kann sie Ihnen gerne als pdf-Dateien mailen lassen. Außerdem schicke ich Ihnen ein

Passwort, mit dem Sie auf unser digitales Archiv zugreifen können.«

»Das wäre großartig.« Sandra gab der Chefredakteurin ihre E-Mail-Adresse und für alle Fälle die Handynummer. »Ist Ihnen in der letzten Zeit irgendetwas an Frau Kovacs aufgefallen? Eine Veränderung vielleicht?«, fuhr sie fort.

Die Chefredakteurin verneinte abermals.

»Hatte sie Feinde? Ist sie jemals bedroht worden?«

»Nicht, dass ich wüsste«, kam es kurz angebunden aus dem Hörer.

»Könnte es jemanden geben, der sich für eine ihrer Enthüllungsstorys rächen wollte?«

»Das glaube ich nicht.«

»Hat es jemals eine gerichtliche Klage wegen einer ihrer Storys gegeben? Eine einstweilige Verfügung vielleicht?«

»Nein. Eva war bekannt dafür, dass sie sehr gründlich recherchiert. Hören Sie mal, ich bin ziemlich in Eile.«

Es war sinnlos, diese Befragung fortzusetzen. Sandra hatte den Eindruck, dass die Frau am anderen Ende der Leitung jegliches Interesse am Leben der Eva Kovacs vermissen ließ. Genauso wie an deren Tod. Ihre Terminplanung schien ihr zurzeit jedenfalls wichtiger zu sein.

»Ich muss jetzt dringend in eine Sitzung. Können Sie mich am Nachmittag noch einmal anrufen? Oder besser am Abend«, sagte die Chefredakteurin.

»Nicht nötig. Wenn Ihnen noch etwas einfällt, oder für den Fall, dass Eva Kovacs' Laptop doch in der Redaktion auftauchen sollte, rufen Sie mich bitte an. Oder verständigen Sie mich umgehend per E-Mail.«

Sandra bedankte sich und legte auf. Vielleicht würde sie sich diese Lady zu einem späteren Zeitpunkt noch einmal von Angesicht zu Angesicht vorknöpfen. Fürs Erste gab es keinen Grund, ihre Aussagen anzuzweifeln. Betrügerische Immobiliengeschäfte und ein Korruptionsnetzwerk, das bis nach Osteuropa reichte, hatte die Chefredakteurin gesagt. Interessant. Ob die Story der Kovacs mit ihrem Ehemann zusammenhing? Als Immobilienentwickler, der in Osteuropa tätig war, musste Paul Kovacs doch über einige Informationen und Kontakte im Osten verfügen, die für seine Frau hilfreich sein konnten, spann Sandra den Faden weiter. Möglicherweise wusste er sogar Näheres über die Hintergründe der geplanten Immobilienstory.

»Und? Hast du was herausgefunden?«, unterbrach Bergmann ihre Überlegungen, als er das Zimmer betrat.

Wahrscheinlich mehr als du bei Petra Schreiner, dachte Sandra und beobachtete, wie er sich auf seinen Drehstuhl fallen ließ. Schon wieder nippte er an einem Kaffee. Der wie vielte war das heute? Mindestens der vierte, zählte Sandra im Geiste nach. Und es war sicher nicht sein letzter.

»Scheiße. Mein Laptop lässt sich nicht mehr hochfahren. Kennst du dich mit diesen Dingern aus?« Bergmann hämmerte auf die Starttaste ein, während Sandra mit ihrem Sessel zu ihm hinüberrollte.

»Lass mal sehen«, sagte sie und versuchte seinen Laptop zu starten. Nichts rührte sich.

»So ein Mist«, schimpfte Bergmann. »Und was mache ich jetzt? Ich nehme nicht an, dass es in diesem Kaff einen Computerexperten gibt.«

Sandra rollte an ihren Platz zurück. »Täusch dich da bloß mal nicht. Max Leitgeb kennt sich sogar sehr gut mit Computern aus. Bloß wird er dir wahrscheinlich was pfeifen, so wie du ihn vorhin behandelt hast.«

»Aber du könntest ihn doch bezirzen. Für dich tut der stramme Max sicher alles.«

Nicht, nachdem ich ihn gestern von der Bettkante gestoßen habe, dachte Sandra. »Frag doch lieber Petra. Die erledigt das sicher sehr gerne für dich.«

Bergmann erhob sich. »Ausgezeichnete Idee ...«

»Warte bitte noch einen Augenblick, bevor du dich wieder verkrümelst, und hör mir kurz zu«, meinte Sandra.

Bergmann sank auf seinen Stuhl zurück. »Du hast also etwas herausgefunden.«

Sandra nickte und erzählte ihm von dem Telefongespräch mit der Chefredakteurin, vom geplanten Artikel über den Immobilienskandal und von ihren Überlegungen im Zusammenhang mit Paul Kovacs.

»Er könnte der Informant seiner Frau gewesen sein«, gab Bergmann ihr recht. »Oder aber der Herr Diplomingenieur hat selbst Schmiergelder bezahlt, um an lukrative Aufträge zu gelangen. Seine Alte wusste davon und wollte ihm ans Bein pinkeln ...«

»Mit der Alten meinst du wohl das Mordopfer. Wie überaus pietätvoll von dir«, ermahnte ihn Sandra.

Bergmann ignorierte ihre Bemerkung und sah auf die Uhr über dem Türstock, die neun Uhr siebenundvierzig zeigte. »Ich werde dem Kovacs diese Theorie gleich an den Kopf werfen. Schauen wir mal, wie er darauf reagiert«, meinte er.

»Wenn du richtig liegst, hatte er jedenfalls ein Motiv, seine Frau zu beseitigen. Und ihren Laptop. Der ist nämlich, wie es scheint, spurlos verschwunden.«

»Das ist allerdings ärgerlich.« Bergmann drückte noch einmal auf den Startknopf seines Laptops. Dass der neuerliche Versuch, den Computer hochzufahren, vergeblich war, konnte sie in seinem Gesicht ablesen.

»Meinst du, dass der Kovacs in der Lage ist, seine Frau so brutal zu misshandeln?«, fragte sie.

Bergmann zuckte mit den Schultern. »Was weiß denn ich? Er hat jedenfalls keinen Zeugen für sein angebliches Alibi.«

»Da ist er aber nicht der Einzige. Fast alle Befragten behaupten, zur Tatzeit im Bett gelegen zu sein. Ist ja auch nicht weiter verwunderlich um diese Uhrzeit. Nur Branka, der Bäcker und sein Lehrling haben Alibis, die von Zeugen bestätigt wurden.«

»Wenn der Kovacs da wirklich selbst mit drinhängt, hätte ihn seine Frau mit dem Artikel fertiggemacht«, überlegte Bergmann laut.

»Dann hätte sie aber auch Einiges verloren. Denk nur an ihren Lebensstil, den doch mit großer Wahrscheinlichkeit ihr Mann finanziert hat.«

»Das werden wir gleich herausfinden. Und ihn bei dieser Gelegenheit höflich um eine DNA-Probe bitten. Haben die hier überhaupt ein Speichelkit?«

»Wir sind hier am Land, Sascha. Nicht in der Dritten Welt«, erinnerte sie ihn. Bevor er wieder eine dumme Bemerkung machen konnte, fuhr sie fort: »Die Fotos der Leiche sollten wir von der Wand nehmen. Kein schöner Anblick … ich meine, falls der Kovacs doch unschuldig ist.«

Bergmann steckte den Bleistift in den Spitzer und drehte ihn in seinen Fingern. »Lass sie ruhig da hängen. Blondie richtet uns den Besprechungsraum im ersten Stock für die weiteren Einvernahmen her. Oder dachtest du etwa, ich hätte sie zum Flirten besucht?« Zufrieden legte er Bleistift und Spitzer beiseite.

Dass Sandra genau das angenommen hatte, war ihr vorhin offenbar ins Gesicht geschrieben gewesen. Doch sie hatte nicht vor, dem Kollegen ein weiteres Mal an diesem Morgen ihre Gedanken zu offenbaren. Höchstens, wenn diese beruflich waren.

»Eigentlich war es ja der Kaffeeduft, der mich zu Petra gelockt hat. Denn du hättest mir ja keinen gemacht, oder?«, fragte er und sah zur alten Filtermaschine, die am Fensterbrett verstaubte.

»Erstens zählt Kaffee kochen nicht zu meinen Aufgaben, zweitens ist mein Kaffee ungenießbar und drittens hast du selbst zwei gesunde Hände«, stellte sie, so hoffte sie wenigstens, unmissverständlich klar.

Das schrille Läuten des Telefons ersparte ihr seine Antwort. Bergmann hob ab. »Führen Sie ihn nach oben in den Besprechungsraum. Wir kommen gleich rauf.« Grußlos legte er auf und erhob sich.

»Der Kovacs?«, fragte Sandra und klappte die beigefarbene Kartonmappe zu. Obwohl sie mit ihren Ermittlungen noch ziemlich am Anfang standen, hatte die Akte in den vergangenen beiden Tagen bereits einen beachtlichen Umfang erreicht, der sicher noch um Einiges zunehmen würde.

Bergmann bestätigte ihr mit einem Nicken, dass Paul Kovacs soeben eingetroffen war.

Sandra leitete das Telefon zu Petra um und folgte ihm mit der Akte unter dem Arm und dem Aufnahmegerät in der Hand aus dem Büro. Im Treppenhaus kam ihnen auf halbem Weg Jakob entgegen. »Herr Kovacs wartet oben auf Sie, Herr Chefinspektor, Frau Abteilungsinspektorin«, meldete er gehorsam.

»Danke, Herr Inspektor«, antwortete Bergmann übertrieben zackig und griff sich im Vorbeigehen an die Krempe seiner nicht vorhandenen Uniformkappe. Jakob sah ihm verwundert nach, bevor er seinen Weg ins Erdgeschoss fortsetzte.

Als die beiden Kriminalbeamten den Besprechungsraum betraten, stand Paul Kovacs an einem der beiden Fenster und blickte hinaus. Im Umdrehen nahm er die Hände aus den Hosentaschen.

»Guten Tag, Herr Kovacs«, grüßte Sandra und ging auf den etwas über 1,80 Meter großen Mann im schwarzen Anzug zu. »Mein herzliches Beileid«, fügte sie an und streckte ihm die Hand entgegen. »Ich bin Sandra Mohr vom Landeskriminalamt Steiermark, Mordgruppe.«

Paul Kovacs war ein überdurchschnittlich gut aussehender Typ, der locker als Italiener durchging, stellte sie fest. Sein feiner Anzug war ebenso Maßarbeit wie das blütenweiße Hemd und die makellos polierten schwarzen Lederschuhe. Der Mann hatte Stil und einen edlen Geschmack, den er sich offensichtlich auch leisten konnte. Er sah aus, als wäre er einem Hochglanz-Modemagazin entsprungen. Mit Mitte vierzig wirkte er allerdings um einiges reifer als die üblicherweise darin abgebildeten geschniegelten Männermodels. Dennoch fand Sandra Paul Kovacs fürs echte Leben viel zu perfekt.

Er dankte ihr für das Mitgefühl und schüttelte ihre Hand mit festem Druck. Die exklusive Uhr an seinem Handgelenk fiel Sandra sofort auf: Die ›Lange 1‹ von A. Lange & Söhne war unter 12.000 Euro nicht zu bekommen, so viel wusste sie. Aus Schmuck hatte sie sich noch nie viel gemacht, aber schöne Uhren und deren präzise Mechanik faszinierten sie umso mehr. Schade nur, dass sie sich selbst wohl nie einen derart edlen Zeitmesser aus dem deutschen Uhrenmekka Glashütte würde leisten können.

»Grüß Gott, Herr Kovacs«, machte sich nun auch Bergmann bemerkbar und forderte Kovacs auf, sich an den Besprechungstisch zu setzen, dessen hellgraue Resopalplatte zum kühlen Ambiente des Raumes beitrug. Genau wie die leeren Regale, die im selben Grauton gehalten waren, und die obligate weiße Magnettafel an der gegenüberliegenden Wand. Die einzige Dekoration im Raum, außer dem alten Overheadprojektor, war das Tablett mit der Thermoskanne und dem Kaffeegeschirr, das Petra für die Einvernahme vorbereitet hatte. Es war kalt hier drinnen, fand Sandra und nahm fröstelnd neben ihrem Kollegen Platz. Bergmann sah seinem Gegenüber direkt in die Augen, stellte sie verwundert fest, obgleich er ihren Blicken doch stets auswich.

Die grauen Augen des Paul Kovacs erinnerten Sandra an Stahlkugeln. Seine auffallend weißen Zähne mussten gebleicht sein. Er erkundigte sich, ob sie schon einen Verdacht hätten, wer das Verbrechen an seiner Frau begangen haben könnte. Sandra wies ihn darauf hin, dass sie nun, wenn er nichts dagegen hätte, das Aufnahmegerät einschalten würde.

Kovacs willigte mit einer Geste ein, während Bergmann seine Frage beantwortete: »Nun, wenn Sie so direkt fragen, Herr Kovacs: Abseits des Offensichtlichen – damit meine ich eine mögliche Sexualstraftat mit tödlichem Ausgang durch einen noch unbekannten Täter – denken wir, dass der Mord an Ihrer Frau mit dem Artikel zusammenhängen könnte, an dem sie zuletzt gearbeitet hat.«

»Tatsächlich? Und was war das für ein Artikel?«, fragte Kovacs.

»Das wissen Sie nicht?«, fragte Bergmann zurück. Die Männer fixierten einander noch immer mit ihren Blicken.

»Woher sollte ich das denn wissen? Ich habe mich noch nie für das Geschreibsel meiner Frau interessiert.« Kovacs senkte den Blick und betrachtete seine perfekt manikürten Fingernägel.

»Warum denn so abfällig? Ihre Frau war eine ziemlich erfolgreiche Aufdeckungsjournalistin«, meinte Sandra. »Sie hat im vergangenen Jahr sogar den Alfred-Worm-Preis für die beste investigative Story gewonnen. Das war Ihnen aber schon bekannt, oder etwa nicht?« Kovacs sah nun Sandra an, und augenblicklich wurde ihr noch kälter.

»Ist sie deshalb in dieses gottverlassene Nest gereist?«, fragte der Witwer zurück.

»Wir hatten gehofft, das könnten Sie uns beantworten«, entgegnete Sandra.

»Nein. Tut mir leid.«

»Plant oder realisiert Ihre Firma zurzeit irgendwelche Bauprojekte hier in der Umgebung?«, fragte Bergmann.

»Der Bau des Einkaufszentrums bei Judenburg ist seit drei Monaten abgeschlossen. Derzeit wird im Grazer Büro an einem Tiefgaragenprojekt für die Landeshauptstadt gearbeitet. Selbiges befindet sich aber noch in der Ausschreibungsphase. Ansonsten arbeiten wir im Moment an kleineren privaten Projekten. Keines davon befindet sich im Bezirk Murau. Warum fragen Sie?«

»Herr Kovacs, Ihre Frau hat für eine Story über einen Korruptionsskandal in der Immobilienbranche recherchiert, der angeblich bis nach Osteuropa reichen soll.«

Bergmann legte eine Pause ein, was Kovacs offensichtlich nervös machte. Er spielte mit seinen Fingern. »Und? Weiter?«, fragte er schließlich ungeduldig.

»Wollen Sie uns weismachen, dass Sie von den Recherchen Ihrer Frau nichts mitbekommen haben? Wir wissen doch, dass Sie als Immobilienentwickler äußerst lukrative Geschäfte – ganz besonders in Osteuropa – machen«, sagte Bergmann.

»Sie glauben doch nicht etwa, dass ich …?«

»Wir sind keine Pfarrer, sondern Polizisten. Vorerst glauben wir einmal gar nichts. Haben Sie etwas dagegen, wenn wir einen Mundhöhlenabstrich und Ihre Fingerabdrücke nehmen, Herr Kovacs?«, fragte Bergmann direkt.

»Wie bitte? Sie denken doch nicht, dass ich meine Frau …? Das reicht. Ich sage nichts mehr ohne meinen Anwalt.« Kovacs lehnte sich zurück und verschränkte die Arme vor der Brust.

»Das müssen Sie auch nicht. Wenn der richterliche Beschluss erst bei Ihnen eingelangt ist – ich schätze das wird in etwa Anfang bis Mitte nächster Woche der Fall sein – werden Sie um eine DNA-Probe ohnehin nicht herumkommen. Spätestens dann wissen wir ganz genau, ob Sie Ihre Frau zum Schweigen gebracht haben oder nicht.«

Kovacs erhob sich von seinem Stuhl und wurde laut: »Was Sie sich da zusammenreimen, ist unfassbar! Sie haben doch überhaupt keine Beweise!«

»Und Sie haben kein Alibi«, sagte Bergmann umso leiser. Er griff zur Thermoskanne, um sich Kaffee einzuschenken.

»Ich habe ein Alibi für die Tatnacht«, verkündete Kovacs nach einem Moment des Schweigens.

»So plötzlich? Wieso fällt Ihnen das erst jetzt ein?« Bergmann nippte an seinem Kaffee.

»Ich war in jener Nacht mit einer Frau zusammen.«

Sandra klickte auf das obere Ende ihres Kugelschreibers und nahm den Notizblock aus der Akte. »Können Sie uns bitte den vollständigen Namen der Dame nennen? Und in welcher Beziehung Sie zu ihr stehen?«, fragte sie.

»Sie heißt Caroline Schwarz und ist Maklerin. Wir arbeiten schon seit einigen Monaten sehr eng zusammen.«

Sandra schrieb den Namen der genannten Zeugin auf und fragte weiter: »Sie haben also die ganze Nacht gearbeitet?«

Kovacs seufzte und sah sie an, als wäre sie schwer von Begriff. »Nein. Das nun nicht gerade. Wir haben eine Affäre«, wurde er konkret.

»Und wo haben Sie die Nacht mit Ihrer Affäre verbracht, wenn ich fragen darf?«, hakte Sandra nach.

»In ihrer Wohnung.«

»In ihrer Wohnung«, wiederholte sie geduldig. Wenn er darauf bestand, dass sie ihm jedes Detail aus der Nase zog, sollte es ihr recht sein. »Sie waren im fraglichen Zeitraum also in der Wohnung von Frau Caroline Schwarz? Und die befindet sich wo?«

Kovacs bejahte ihre Frage und nannte die Adresse, die Sandra ebenfalls notierte.

»Na bitte, warum denn nicht gleich?«, warf Bergmann ein.

»Hätte ich Ihnen von Caro erzählt, hätten Sie mich doch sofort verdächtigt.«

»Sie müssen uns für ganz schön deppert halten. Wie lange dachten Sie denn, dass Sie Ihre Affäre vor uns verheimlichen können?«, fragte Bergmann.

Kovacs zuckte mit den Schultern. In Sachen Arroganz konnte er Bergmann locker das Wasser reichen.

»Wusste Ihre Frau von Ihrer Beziehung zu Caroline Schwarz?«, erkundigte sich Sandra.

»Ja. Ungefähr seit zwei Monaten. Ich wollte mich von ihr scheiden lassen und mit Caro ganz neu anfangen.«

Klassische Midlife-Crisis, urteilte Sandra insgeheim.

»Das war dann ja wohl deutlich mehr als eine Affäre«, merkte Bergmann an.

Kovacs nickte. »Ich gebe zu, Caro bedeutet mir sehr viel. Und ich gestehe auch, dass Eva und ich in letzter Zeit einen wahren Rosenkrieg führten, obwohl ich sogar bereit war, auch weiterhin großzügig zu ihrem Unterhalt beizutragen. Trotzdem hat sie mich mit diesem beschissenen Artikel erpresst. Sie konnte den Hals einfach nicht voll kriegen und wollte mich unbedingt fertigmachen. Aber ich schwöre Ihnen, an ihren Vorwürfen ist rein gar nichts dran.«

»Was waren denn das für Vorwürfe?«, hakte Bergmann nach.

»Das soll Ihnen mein Anwalt erzählen, wenn er es für richtig erachtet.«

»Sie sollten unsere Experten für Wirtschaftskriminalität nicht unterschätzen«, warnte Bergmann.

»Wissen Sie, wo der Laptop Ihrer Frau geblieben ist?«, fragte Sandra.

»Keine Ahnung. Hatte Sie ihn denn nicht dabei?«

»Wir haben ihn noch nicht gefunden«, sagte Sandra.

»Haben Sie Ihre Frau jemals misshandelt?«, wollte Bergmann wissen.

»Das ist doch … Nein, niemals!«, antwortete Kovacs sichtlich empört.

»Sie haben sie also nicht vergewaltigt und ermordet, um den Artikel zu verhindern, von dem Sie fürchten mussten, dass er Ihr schönes Leben zerstören würde?«, fragte er.

»Um Gottes willen, nein!«, protestierte Kovacs lautstark.

»Ein freiwilliger Mundhöhlenabstrich könnte Ihre Aussage recht schnell bestätigen«, meinte Bergmann.

Kovacs seufzte. »Lassen Sie mich zuerst mit meinem Anwalt reden. Ich muss sehen, wie ich aus diesem Schlamassel wieder rauskomme.«

»Rechnen Sie in jedem Fall mit einer richterlichen Anordnung«, sagte Bergmann.

»Könnte ich bitte die Sachen meiner Frau mitnehmen?«

»Gleich. Sagen Sie mir noch, welche Schuhgröße Sie tragen? Oder muss ich das ebenfalls über Ihren Anwalt klären lassen?«, fragte Bergmann.

»Ich trage ausschließlich Maßschuhe.«

»Auch zum Sport?«

»Zum Golfen, ja.«

»Joggen Sie auch?«

»In letzter Zeit eher selten.«

Jetzt war es Bergmann, der laut wurde. »Herr Kovacs, sagen Sie mir jetzt endlich, welche Schuhgröße Sie haben, oder nicht?«

»43.«

»Na also. Und besitzen Sie Laufschuhe der Marke Nike?« Bergmann war zu seiner normalen Lautstärke zurückgekehrt.

»Nein.«

»Sondern?«

»Asics. Wegen der Gel-Dämpfung.«

»Okay.« Bergmann stand auf.

Kovacs erhob sich ebenfalls.

»Wollten Sie nicht noch den Tatort aufsuchen?«, wandte sich Sandra an ihn.

»Ja. Das wollte ich.«

»Dann kommen Sie mit mir mit«, sagte Bergmann. »Ich händige Ihnen die Wertgegenstände Ihrer Frau aus. Die Kleidung befindet sich noch im Gasthof. Am Parkplatz der ›Goldenen Gans‹ steht auch ihr Wagen. Den können Sie dann auch gleich mitnehmen. Sie haben doch jemanden dabei, der das Auto überstellt?«

»Ja. Einer meiner Mitarbeiter wird das übernehmen. Er wartet unten in meinem Wagen.«

»Wenn Sie möchten, können Sie uns bis zum Gasthof nachfahren«, schlug Sandra vor.

Kovacs bedankte sich für das Angebot und folgte Bergmann ins Erdgeschoss. Sandra tippte die Zeugenaussage im Büro in den Laptop und druckte diese für die Akte aus, um sie anschließend gleich von Paul Kovacs unterschreiben zu lassen. Bergmanns Laptop nahm sie mit nach unten und übergab ihn Petra, damit Max ihn sich während ihrer Abwesenheit ansehen konnte. Zwanzig Minuten später fuhren sie im Konvoi zur ›Goldenen Gans‹.

Um elf Uhr einunddreißig ließ Paul Kovacs das Ortsschild von St. Raphael hinter sich, nachdem er das Gepäck seiner verstorbenen Frau abgeholt und am Tatort einen Strauß weißer Lilien deponiert hatte.

Sandra Mohr und Sascha Bergmann kehrten zurück in den Gasthof, wo sie zweimal das Mittagsmenü bestellten, noch ehe um Punkt zwölf das Hauptgeschäft einsetzen würde. Sandra hatte mit gebackenem Fisch gerechnet, der, seit sie denken konnte, immer freitags auf den Tisch kam. Aber Kürbiscremesuppe und Eierschwammerl mit Semmelknödel waren ihr sowieso lieber, selbst wenn diese nicht von der Mutter zubereitet waren, die in ihren Augen die beste Köchin und Hausfrau der Steiermark war. Wenigstens das musste man ihr lassen.

»Warum um alles in der Welt gibt es in dieser Speisekarte ausgerechnet eine ungarische Übersetzung?«, fragte Bergmann.

»Weil die nahe gelegene Skiregion Kreischberg im Winter größtenteils von ungarischen Touristen besucht wird«, klärte ihn Sandra auf.

Nachdem die humpelnde Franziska ihnen die Hauptspeise serviert hatte, wandte sich Bergmann an Sandra: »Meinst du, Paul Kovacs ist unser Täter?«

Sandra schob den ersten Bissen auf die Gabel. »Könnte gut sein. Ich werde auf jeden Fall heute noch sein Alibi überprüfen. Mahlzeit!« Die Eierschwammerl schmeckten fast wie bei der Mutter.

»Mahlzeit! Ich hege nicht die geringsten Zweifel, dass Caroline Schwarz sein Alibi bestätigen wird. Dennoch hatte Kovacs ein fast schon zwingendes Motiv, seine Frau zu beseitigen.« Bergmann sah argwöhnisch auf die Stubenfliege, die neben seinem Teller gelandet war. Der Versuch, sie einzufangen, misslang erneut.

»Die richtige Schuhgröße hat er auch«, warf Sandra ein.

»Diese Caroline Schwarz wäre nicht die Erste, die falsch aussagt, um ihren Geliebten zu entlasten.« Bergmann kaute gedankenverloren auf dem ersten Bissen herum.

»Sollen wir uns die Dame persönlich vornehmen?«, fragte Sandra.

»Später. Fürs Erste konzentrieren wir uns auf die Ermittlungen in St. Raphael. Obwohl ich schon sehr neugierig auf die Dame wäre.«

»Das kann ich mir gut vorstellen. Wie ich Paul Kovacs einschätze, ist seine Freundin sicher nicht unattraktiv. Viel neugieriger wäre ich allerdings auf die Laptopdaten seiner toten Frau. Was meinst du, wo ihr Computer geblieben ist?«

»Sieht fast so aus, als hätte ihn der Täter verschwinden lassen.«

»Was ebenfalls ganz im Sinne unseres Mister Perfect sein dürfte. Ich glaube jedenfalls nicht, dass seine Geschäfte so sauber sind, wie er das vorhin behauptet hat.«

»Und ich dachte schon, dir gefällt dieser Lackaffe.« Bergmann klang beinahe erleichtert.

Dass sie Kovacs rein äußerlich anziehend fand, wenngleich sie seine Kaltschnäuzigkeit abstieß, ging den Kollegen nichts an, dachte Sandra und überging seine Anspielung. »Eine Journalistin vom Kaliber der Kovacs erfindet doch nicht einfach so aus dem Nichts einen Korruptionsskandal. Egal wie wütend sie auf ihren untreuen Ehemann war«, fuhr sie fort.

»Noch nicht einmal, wenn sie fürs Clinch-Magazin schreibt? ... Diese Scheißfliege!«, beschwerte sich Bergmann genervt und war erneut zu langsam, um das Insekt zu schnappen.

»So schlecht ist das Magazin nun wirklich nicht. Erinnere dich doch mal an die Steuerhinterziehungsaffäre unseres hochgelobten Landtagsabgeordneten oder an den angeblichen Unfall dieses Kärntner Großindustriellen, der sich dann doch noch als Anschlag herausgestellt hat. Mal ehrlich: Wer weiß, ob die Kollegen so hartnäckig an der Aufklärung gearbeitet hätten, hätte das Clinch-Magazin nicht diesen medialen Druck erzeugt. Und völlig zu Recht, wie wir heute wissen«, meinte Sandra.

»Da bin ich aber baff. Du verteidigst die Journaille?«
Bergmann legte das Besteck auf seinen blank geputzten Teller.

»Nicht generell. Mich haben schon einige übereifrige Journalisten zur Weißglut gebracht. Aber man muss die Kirche doch im Dorf lassen.«

»Damit kennst du dich ja bestens aus. Mit den Kirchen und den Dörfern.«

Wieder so ein dämlicher Spruch, dachte Sandra und schluckte ihren letzten Bissen hinunter, während Bergmann immer noch die Fliege auf dem Tischtuch beobachtete. Sandra zögerte nicht lange. Mit einer raschen Handbewegung fing sie das Insekt ein. »So macht man das«, meinte sie und öffnete langsam die Faust, um das Tier vor Bergmanns Augen wieder entkommen zu lassen.

»Ich bin schwer beeindruckt«, gab er zu, »und ich hoffe für dich, dass diese Fliege nicht schon zuvor von unserer Leiche genascht hat.«

»Du glaubst doch nicht, dass du mich damit erschrecken kannst? Ich bin hier zwischen Kuhmist und Hausschlachtungen aufgewachsen. Das härtet ab, glaube mir.«

»Schön für dich. Und wie gut, dass ich schon aufgegessen habe«, meinte er und rief dann Franziska hinter der Theke zu, dass sie die beiden Menüs und die Getränke auf sein Zimmer schreiben solle.

Die beiden Kriminalbeamten erhoben sich von den erbsengrünen Sitzkissen, welche die hölzernen Bänke und Stühle, wenn schon nicht stilvoller, so doch wenigstens ein bisschen bequemer machten.

»Die Kovacs soll übrigens sehr gewissenhaft gewesen sein, was ihre Recherchen anging. Ich bin schon gespannt auf ihre Artikel. Die Chefredakteurin hat versprochen, mir alle zu mailen. Außerdem bekommen wir einen Zugang zum digitalen Archiv«, berichtete Sandra, während sie dem Ausgang zustrebten. Die ersten hungrigen Männer und Frauen, von denen die meisten in den holzverarbeitenden Betrieben der Region oder in der Bezirkshauptstadt Murau beschäftigt waren, kamen ihnen entgegen. Es hatte sich also herumgesprochen, dass es sich für Mizzis exzellente und günstige Hausmannskost lohnte, aufs Kantinenessen zu verzichten und ein paar Extra-Kilometer und -Euros in Kauf zu nehmen. Dabei war es doch meistens Vilko, der Slowene, der die steirischen Schmankerln in der ›Goldenen Gans‹ so delikat zubereitete.

»Bleibst du übers Wochenende hier?«, fragte Bergmann, nachdem sie in den Wagen gestiegen waren.

Sandra schnaubte verächtlich. »Das glaube ich kaum. Nach einem Mittagessen mit meiner Mutter kann ich es normalerweise nicht erwarten, von hier weg zu kommen.«

Bergmann sah schweigend aus dem Fenster.

»Tja, die Verwandtschaft kann man sich eben nicht aussuchen«, sagte Sandra. Genauso wenig wie die Kollegen, setzte sie gedanklich hinzu. Obwohl sie Bergmann heute gar nicht als so unangenehm empfand wie sonst.

»Du musst dich doch nicht mit jemandem abgeben, nur weil du mit ihm verwandt bist«, meinte er.

»Sie ist immerhin meine Mutter.«

»Na und? Das gibt ihr noch lange nicht das Recht, dir dein Leben zu versauen.«

»So einfach ist das nicht. Ich suche den Kontakt zu meiner Mutter wahrlich nicht, aber sie schafft es immer wieder … ach, ist doch egal.«

»Was schafft sie? Dir ein schlechtes Gewissen zu machen?«

»Genau.«

Jetzt seufzte Bergmann. »Dann ist dir wahrlich nicht zu helfen.«

Das hatte sie auch gar nicht von ihm erwartet. Aber etwas anderes, das ihr schwer im Magen lag, konnte er für sie tun. »Würdest du bitte die Befragung meiner Mutter übernehmen? Und die meines Halbbruders?«

»Kein Problem«, sagte er, während sie den Wagen vor der Inspektion parkte.

»Danke, Sascha.«

»Ich schau noch kurz bei Blondie – äh, Petra – vorbei,« meinte er auf dem Weg ins Büro.

Darauf hätte Sandra wetten können.

»Ich frage sie nur rasch, ob mein Laptop schon repariert werden konnte«, fügte er erklärend hinzu.

Nachdem Sandra ihr E-Mail-Postfach geöffnet hatte, stellte sie erfreut fest, dass die Chefredakteurin des Clinch-Magazins bereits ganze Arbeit geleistet hatte. Oder besser: leisten hatte lassen. Im Mailanhang waren insgesamt acht Artikel, die von Eva Kovacs verfasst und seit Jahresbeginn in den Clinch-Ausgaben erschienen waren. Sandra druckte alle aus. Vier davon waren Titelgeschichten, die mehrere Seiten umfassten. Unter anderem auch jene Story, die zwei vormals angesehene Chefärzte mit dem Doping von Spitzensportlern in

Verbindung brachte, wofür die beiden sich demnächst vor Gericht verantworten mussten. Soweit Sandra das beurteilen konnte, hatte die Kovacs ihr Handwerk beherrscht. Der Text war nicht nur logisch strukturiert, er animierte sie Zeile für Zeile zum Weiterlesen, ohne dabei reißerisch zu wirken. Der Stil war schnörkellos und geschliffen. Die Details fügten sich wie Puzzlesteine zusammen. Jeder, der Dreck am Stecken hatte, konnte froh sein, dass die preisgekrönte Enthüllungsjournalistin nun nicht mehr recherchieren und berichten konnte. So gesehen sprach doch einiges dafür, dass der Mord an Eva Kovacs im Zusammenhang mit deren Arbeit stand. Alle Artikel wollten akribisch überprüft und eventuellen Hinweisen nachgegangen werden. Auch die älteren Storys im Archiv mussten zumindest auf mögliche Motive gecheckt werden. Das konnte Wochen dauern! Bergmann musste einen Teil der Storys übernehmen, wenn sie in angemessener Zeit Ermittlungsfortschritte erzielen wollten. Hoffentlich konnte Max seinen Laptop reparieren. Der Artikel über die Sexpartnerbörse war wie für Bergmann geschaffen. Die Kovacs hatte ausgerechnet jenes Portal für Sexkontakte aufs Korn genommen, auf dem Sandra den Kollegen letztens beim Surfen ertappt hatte. Das Mordopfer hatte sich dort unter dem Nickname ›Evita‹ registrieren lassen, um für ihre Story zu recherchieren. Dem Ergebnis nach zu urteilen, war sie auch bei dieser Geschichte äußerst gründlich vorgegangen. Sandra gab schließlich ihrer Neugierde nach – immerhin war sie beruflich begründet – und tippte die Adresse des Sexportals in ihren Laptop ein. Die Startseite öffnete sich und sie musste bestätigen, dass sie über 18 Jahre alt war. Die nächste Seite lockte mit anzüglichen Fotos und Videoclips von jungen willigen Frauen, die allesamt nach Sexpartnern suchten. Männer waren auf den ersten Blick keine zu entdecken, obwohl oder gerade weil das starke Geschlecht den Großteil der Mitglieder stellte. Und die wollten nun mal Frauen und keine Männer sehen. Verständlich. Um noch tiefer in die virtuelle Sexwelt eindringen zu können, hätte sich Sandra registrieren lassen müssen, was sie nicht für nötig hielt, wusste sie doch bereits aus dem Clinch-Artikel, dass sich mithilfe dieses Kontaktportals fast jede sexuelle Fantasie erfüllen ließ. Außerdem ging sie davon aus, dass Bergmann bereits ein Mitglied war, und beschloss, ihm diese heiße Fährte zu überlassen. Die Ermittlungen in diesem Milieu würden ihm sicher weitaus mehr Vergnügen bereiten als ihr.

Sandra wollte sich lieber den Artikel über den Politikergatten vornehmen, dessen illegale Waffengeschäfte die Kovacs aufgedeckt hatte. Und jenen über die erfolglosen Bankmanager, die Prämien in Millionenhöhe kassierten, während einfache Angestellte wegen der negativen Geschäftsergebnisse reihenweise gekündigt worden waren. In was für einer Welt leben wir eigentlich?, fragte sich Sandra, nachdem sie auch diesen Artikel zu Ende gelesen hatte. Umso trauriger fand sie es, dass Eva Kovacs nie wieder derlei Machenschaften aufdecken würde. Alleine im vergangenen Jahr war sie einigen einflussreichen Leuten gehörig auf die Zehen getreten. Ihnen allen dürfte der Mord an der Journalistin zumindest nicht ungelegen kommen.

»Deine Mischpoche ist soeben eingetroffen. Möchtest du dabei sein, wenn ich sie befrage?« Bergmann steckte den Kopf zur Tür herein.

Sandra hatte völlig die Zeit übersehen. »Ich komme schon«, sagte sie und schlüpfte in ihre Lederjacke. Erstens wollte sie oben nicht wieder frieren, und zweitens verlieh ihr das dicke Leder zusätzlichen Schutz gegen psychische Attacken, hatte ihr ein Polizeipsychologe vor einiger Zeit verraten. Um sich vor Mike-Arschloch-Feichtinger zu schützen, hätte allerdings noch nicht mal ein Panzeranzug gereicht, antwortete sie dem Psychologen im Geiste. Sandra graute vor der bevorstehenden Begegnung mit ihrem Halbbruder, doch ihr Job erforderte diese nun einmal.

»Schön, dass Sie es doch noch geschafft haben«, begrüßte Bergmann zuerst Michael, dann Helga Feichtinger im Besprechungsraum. Diesmal hatte Petra kein Tablett mit Kaffee vorbereitet.

Mike lehnte am Fensterbrett und kaute Kaugummi. Er grinste und sagte gar nichts, während die Mutter ein zaghaftes »Grüß Gott« hervorpresste.

Sandra konnte sich nicht erinnern, die Mutter jemals so verunsichert gesehen zu haben. »Hallo, Mama. Mike …«, grüßte sie zurück. »Sag mal, möchtest du nicht die Sonnenbrille runternehmen?«

Mike reagierte nicht auf die Frage seiner Schwester und grinste die Mutter an, die ihm ihrerseits einen besorgten Blick zuwarf.

»Herr Feichtinger, nehmen Sie bitte Ihre Sonnenbrille ab«, wiederholte Bergmann.

»Wenn's unbedingt sein muss … bitte schön.« Mike nahm die schwarze Brille, jedoch nicht sein provokantes Grinsen ab, und sah Bergmann aus einem Auge an.

Das andere war zugeschwollen und violett unterlegt. Wenn er nicht irgendwo dagegengerannt war, hatte ihm jemand ein Veilchen verpasst.

Bergmann bat Helga Feichtinger, draußen zu warten. Er wolle zuerst ihren Sohn befragen.

»Aber Mike hat doch keine Geheimnisse vor mir«, protestierte sie.

Ja, Mama, träum weiter, dachte Sandra und hätte beinahe laut aufgelacht.

»Darum geht es nicht, Frau Feichtinger. Ich bitte Sie noch einmal höflich, draußen zu warten«, blieb Bergmann hartnäckig. Helga Feichtinger drehte sich mit demselben beleidigten Gesichtsausdruck um, den sie schon am Morgen gezeigt hatte und den Sandra so sehr verabscheute, und verließ den Raum. Wahrscheinlich klebte die Mutter jetzt mit dem Ohr an der Tür, vermutete Sandra und deutete Mike, sich hinzusetzen. Bergmann und sie nahmen ihm gegenüber Platz, und Sandra schaltete das Aufnahmegerät ein.

»Woher haben Sie denn das hübsche blaue Auge?«, begann Bergmann mit der Befragung.

»Ich hatte einen kleinen Wickel.«

»Aber geh«, entgegnete Bergmann wenig überrascht. »Und mit wem haben Sie gestritten, wenn ich fragen darf?«

Mike betrachtete die Sonnenbrille in seinen Händen, bevor er antwortete: »Mit dem Wirt von der ›Gans‹.« Die Brille verschwand in der Innentasche seiner Military-Jacke.

»Mit dem Michl?«, fragte Sandra ungläubig. Der Wirt war einer der friedlichsten Zeitgenossen, den sie kannte.

Was hatte Mike nur wieder angestellt, um ihn so aus der Reserve zu locken?

Mike bejahte ihre Frage mit einem Nicken. Dabei kaute er so provokant auf seinem Kaugummi, dass sie fast die Beherrschung verlor. Du widerliches Schwein!, brüllte sie innerlich. Doch anstatt ihren Gedanken auszusprechen, atmete sie tief durch und fixierte sein gesundes Auge.

»Sie hatten also eine handgreifliche Auseinandersetzung mit Herrn Oberhauser. Und wann und wo soll das gewesen sein?«, fragte Bergmann weiter.

»Und wie ist es überhaupt dazu gekommen?«, ergänzte Sandra.

»Das war am Dienstagabend, so gegen halb neun in der Wirtshausstubn. Vor allen Leuten. Hat euch denn das noch keiner erzählt?« Mikes Tonfall klang spöttisch.

»Die Fragen stellen wir«, erwiderte Bergmann streng.

Wieso hatte ihnen das wirklich noch niemand erzählt? Das war wieder typisch für diese eingeschworene Bande. Noch nicht einmal Max hatte ein Sterbenswörtchen von einem Streit erwähnt. Der wusste doch sicher auch Bescheid, vermutete Sandra. Na warte, Max, wenn das stimmt, dann gnade dir Gott, dachte sie ärgerlich. »Und warum hat Herr Oberhauser zugeschlagen?«, hörte sie Bergmann fragen.

»Wegen der Alten ... dieser auftakelten Tussi aus Wien, die in der Nacht ... na, wegen der Toten halt.«

»Sie meinen wegen dem Mordopfer Eva Kovacs?«, fragte Bergmann sichtlich verblüfft.

»Jetzt red schon, Mike! Was ist an diesem Abend geschehen?«, blieb Sandra beharrlich.

»Ich bin gegen halb acht ins Wirtshaus kommen. Da ist die Alte …«

»Frau Kovacs, Himmelherrgott! Ihr Name war Eva Kovacs! Zeig wenigstens vor einer Toten ein wenig mehr Respekt!«, wies ihn Sandra lautstark zurecht.

»Wie ich gangen bin, war sie ja noch nicht tot … die Alte.« Mike grinste.

Hatte Bergmann eben auch gegrinst? Was für ein kranker Humor war das denn? Kein Wunder, dass sie mit keinem der beiden klarkam. Sandra stand auf und ging zum Fenster. Sie durfte sich nicht provozieren lassen. Das war höchst unprofessionell. Ihr war noch gar nicht aufgefallen, wie strahlend blau der Himmel an diesem Freitag war. Ein perfekter Sommertag – mitten im September. Vor ihren Augen präsentierte sich ein Bild wie aus einem dieser Urlaubsprospekte, die die Steiermark als ›Das grüne Herz Österreichs‹ anpriesen, mit jenem treffenden Slogan, der schon so lange existierte, wie Sandra zurückdenken konnte. Und wahrscheinlich noch viel länger.

Bergmann holte sie mit seiner Frage in die wenig idyllische Realität zurück. »Noch einmal: Sie sind also am Dienstag, den 14. September, gegen halb acht Uhr abends in die ›Goldene Gans‹ gekommen, und Eva Kovacs war schon dort?«

Mike nickte wortlos.

»Wo ist sie gesessen? War sie allein? Was ist dann passiert? So reden Sie schon, Herr Feichtinger!« Bergmann schlug mit der flachen Hand auf die Resopalplatte. Erschrocken wandte sich Sandra wieder den Männern zu, blieb jedoch mit verschränkten Armen beim Fenster stehen. Ihren Halbbruder konnte sie nur von hinten sehen. Aber das reichte auch vollkommen.

Mike erzählte, dass die Kovacs allein beim Abendessen gesessen sei und ihm – kaum dass er die Stube betreten hatte – ein eindeutiges Lächeln zugeworfen habe. Ach was, sie habe ihn solange mit Blicken angemacht, bis er schließlich, nachdem er das erste Bier intus hatte, Stammtisch und Freunde verlassen und sich zu ihr gesellt hatte. »Die Alte war total geil auf mich. Sie hat überhaupt keinen Genierer ghabt. Die wollte mit mir tupfen – ich schwör's.«

»Sie wollte Geschlechtsverkehr mit *dir*? Und das ist dir nicht seltsam vorgekommen?«, fragte Sandra vom Fenster aus.

Mike drehte sich um und grinste sie an: »Was soll denn daran merkwürdig sein? Ich bin nun einmal ein Womanizer.«

Sandra grinste zurück. »Seit wann sprichst du denn Englisch?«, fragte sie reichlich herablassend, während sie sich in Bewegung setzte, um ihren Platz neben Bergmann wieder einzunehmen. »Also, Mike, noch einmal: Warum sollte sich eine attraktive, wohlhabende und ziemlich intelligente Frau aus der Großstadt – noch dazu eine in den besten Jahren – ausgerechnet mit einem gscherten Buam wie dir abgeben?«

»Weil ich einfach ein geiler Typ bin, Schwesterherz. So sieh's doch endlich ein.«

»Könnten Sie das persönliche Geplänkel mit Frau Mohr bitte unterlassen?«, ging Bergmann dazwischen. »Sie hatten also den Eindruck, die Frau wollte mit Ihnen intim werden?«, fuhr er mit der Befragung fort.

»Das hab ich doch eben schon gesagt. Die wollt mit mir tupfen.«

»Und ist es dazu gekommen?«

»Zum Glück nicht. Sonst wär ich jetzt der Dodel, den ihr verdächtigts.«

»Soll ich dir etwas verraten? Genau das tun wir«, sagte Sandra.

»Du depperte Fu...«

»Schluss jetzt!«, fiel Bergmann ihm ins Wort. »Es reicht! Wollen Sie die Nacht in Polizeigewahrsam verbringen oder benehmen Sie sich wie ein normaler Mensch?« Das war die Sprache, die Mike – wenn auch nur widerwillig – verstand. Und die viel zu selten jemand mit ihm sprach. Sandra freute sich insgeheim, dass Bergmann sie in Schutz genommen hatte.

Mike schluckte wortlos seinen Kaugummi hinunter.

»Also, welche Schuhgröße haben Sie?«, fragte Bergmann wieder beherrscht.

»43«, beantwortete Sandra die Frage wie aus der Pistole geschossen.

»44«, korrigierte Mike. »Manchmal passt aber auch 43«, gab er zu.

»Besitzen Sie Sportschuhe der Marke Nike?«

Mike verneinte. »Adidas hab ich.«

»Okay. Wir brauchen eine DNA-Probe von Ihnen. Kooperieren Sie freiwillig?«, fragte Bergmann.

»Muss ich jetzt ins Glasl wichsen?«

»Das können Sie gerne tun. Aber uns reicht ein Mundhöhlenabstrich. Den würden wir Ihnen dann gleich abnehmen.«

»Von mir aus. Ich hab nix zu verbergen.«

»Sie haben uns aber noch immer nicht erklärt, warum es zu der Schlägerei mit Herrn Oberhauser gekommen ist.«

»Wie ich mit der Tante so rummach, wird die plötzlich – aus heiterm Himmel – total grantig. Keine Ahnung, wieso. Wer weiß schon, wie die Weiber ticken? Jedenfalls hat sie mich auf einmal weggschubst und gmeint, ich soll mich schleichen. Das lass ich mir doch nicht gefallen. Zuerst geilt s' mich auf, und nachher will sie mich zum Teufel jagen. Nicht mit mir!«

Sandra und Bergmann sahen Mike schweigend an, bis dieser schließlich fortfuhr: »Ich hab ihr zwischen die Haxn gegriffen, da ist sie komplett ausgezuckt … hat wie eine Depperte auf mich eindroschen und nach der Polizei geplärrt. Ich hab ihr daraufhin eine Fotzn verpasst. Was hätte ich denn sonst tun sollen, damit sich die hysterische Funsn wieder beruhigt?«

»Ja, klar. Ohrfeigen helfen immer. Was denn sonst?«, ätzte Sandra, die schon einige Schläge von ihrem Halbbruder einstecken hatte müssen. Ebenso wie von der Mutter.

Mike grinste.

»Und dann?«, fragte Bergmann.

»Dann ist der Michl plötzlich aufgetaucht und seine Rechte ist direkt in meinem Aug gelandet. Er hat wohl einen auf Gentleman machen wollen, der Schlappschwanz. Vielleicht hat er ja geglaubt, er kommt bei der Schlampe zum Schuss, wenn ihn schon sein Mannweib nicht drüber lässt.«

»Vorsicht! Passen Sie auf, was Sie sagen!«, drohte Bergmann erneut.

»Ich wette, du hast nicht zurückgeschlagen. Der Michl ist dir dann doch eine Nummer zu groß und zu stark. Stimmt's?«, meinte Sandra.

Mike machte eine abfällige Handbewegung und kniff die Lippen zusammen.

»*Du* bist der Schlappschwanz, weil du dich ausschließlich an Schwächeren vergreifst.«

»Sandra, bitte … das bringt doch nichts«, flüsterte ihr der Chefinspektor zu.

Bergmann hatte recht, aber wenn Sandra an ihren Halbbruder geriet, verlor sie jedes Mal die Beherrschung. So sehr sie sich auch bemühte, gelassen zu bleiben, wie es sonst ihrer Art entsprach.

»Und wann haben Sie das Lokal verlassen?«, setzte Bergmann die Befragung fort.

»Die Mizzi hat den Michl zurückgepfiffen und mich hinausgeschmissen, damit er mir nicht noch ein Veilchen verpassen kann. Das war so um zehn herum.«

»Und dafür gibt es Zeugen?«, vergewisserte sich Sandra.

»Jede Menge. Der ganze Stammtisch – der Horst, der Wastl und der Andi.«

»Kennst du die alle?«, erkundigte sich Bergmann bei Sandra.

Sie nickte und wandte sich wieder an Mike: »Und dann bist du zur Mama nach Hause gelaufen?« Auch Sandra konnte provokant grinsen. Mike warf ihr einen bedrohlichen Blick zu. Wäre Bergmann nicht am Tisch gesessen, hätte ihr der Halbbruder spätestens jetzt eine verpasst, war sich Sandra sicher. So kam ihm nur ein gequältes »Ja« über die Lippen.

»Wann waren Sie denn zu Hause?« Bergmann wollte es genau wissen.

»Eine Viertelstunde später. Das wird Ihnen die Mutter bestätigen.«

»Dann holen wir sie doch am besten gleich herein«, schlug Bergmann vor.

Wie nicht anders zu erwarten gewesen war, schwor die Mutter bei ihrem Leben, dass der Sohn in der fraglichen Nacht um viertel nach zehn nach Hause gekommen war. Was nicht viel zu bedeuten hatte, wusste Sandra. Immerhin hatten die beiden genügend Zeit gehabt, sein Alibi abzusprechen. Mike ließ sich von Jakob einen Mundhöhlenabstrich abnehmen. Seine Fingerabdrücke waren bereits bei seiner ersten Festnahme im Zentralcomputer registriert worden. Danach konnten die Feichtingers nach Hause gehen. Sandra hoffte einmal mehr, dass ihr Mike morgen aus dem Weg gehen würde, wenn sie bei der Mutter zu Mittag aß. Ansonsten fürchtete sie, dass die angespannte Stimmung zwischen ihnen zur Explosion führen könnte. Mittlerweile ließ sie sich nichts mehr von ihm gefallen. Die Zeiten waren vorbei.

»Wollen wir die Stammtischzeugen noch befragen?«, schlug Bergmann ihr am Weg nach unten vor.

»Können wir gerne machen. Ich muss nur rasch noch was erledigen – bin in zehn Minuten wieder bei dir.«

Bergmann verschwand im Büro, während Sandra die Wachstube aufsuchte.

»Max, kann ich dich unter vier Augen sprechen?«

Nicht nur Max schien an ihrem Tonfall zu erkennen, dass sie ein Hühnchen mit ihm zu rupfen hatte. Auch

Jakob zog instinktiv den Kopf ein, bevor er sich diskret aus dem Zimmer verdrückte.

»Was gibt's denn so Wichtiges?«, fragte Max vorsichtig nach.

»Wusstest du von diesem Streit in der ›Goldenen Gans‹? Bevor die Kovacs ermordet wurde …«

Max sah sie an, als könnte er nicht bis drei zählen.

»Geh bitte! Schau mich nicht so unschuldig an. Ich kenn euch doch. Ihr steckts doch immer alle unter einer Decke!«

»Ist ja gut. Beruhig dich wieder. Jawohl, ich wusste, dass der Michl dem Mike ein Veilchen verpasst hat, weil er die Kovacs belästigt hat. Aber ich weiß auch, dass dein Bruder der Frau nichts getan hat.«

»Er ist nicht mein Bruder.«

»Halbbruder.«

»Und woher willst du das wissen?«

»Ich hab ihn selbst gesehen, als er den Gasthof wie ein geprügelter Hund verlassen hat. Die Mizzi hat uns doch angerufen, damit sich die Kovacs wieder beruhigt.«

»Also, weißt du … du hast Nerven. Mir so etwas zu verschweigen. Dafür könnte ich dir glatt ein Disziplinarverfahren anhängen!«

»Bitte, Sandra. Nicht … es tut mir leid. Ich wollte doch nicht …«

»Was wolltest du nicht? Dass wir den Fall lösen, weil du schlauer bist als die Mordkommission? Was macht dich so sicher, dass Mike nicht doch der Täter war? Für mich hatte er jedenfalls ein ziemlich starkes Motiv. Wie ich ihn kenne, war er stinksauer auf die Frau, nachdem sie ihn zurückgewiesen hat. Vielleicht ist er ja in der Nacht zurückgekehrt, um sich das zu holen, was ihm vermeintlich zustand. Und danach hat er sie irrtümlich umgebracht. Oder auch absichtlich … was weiß denn ich? Ich traue diesem Arschloch jedenfalls alles zu.«

Max schwieg und blickte betroffen zu Boden.

»Ich hätte gute Lust … ach, was … vergiss es. Besorg mir lieber die Adressen der Zeugen vom Stammtisch. Sofort! Ich warte in meinem Büro darauf. Du weißt ja selbst am besten, wer an diesem Abend in der ›Goldenen Gans‹ war. Und pfusch mir ja nie wieder in meine Arbeit!«

Nachdem sie ihrem Ärger Luft gemacht hatte, ging es Sandra bedeutend besser. Mizzi und Michl würde sie sich später noch vorknöpfen, nahm sie sich vor. Dann begrüßte sie Franziska, die auf der Bank vor der Wachstube wartete. »Wissen die Kollegen schon, dass du da bist?«, erkundigte sie sich.

»Ja. Der Jakob kommt gleich und nimmt meine Fingerabdrücke«, sagte Franziska sichtlich nervös.

»Keine Angst, Franzi. Das geht ganz schnell. In fünfzehn Minuten bist du hier wieder draußen«, beruhigte Sandra das Häufchen Elend, bevor sie in ihr Büro zurückkehrte.

»Da bist du ja«, begrüßte Bergmann sie und wedelte mit einigen Papieren. »Ich hab hier die Datenauswertung vom Handy der Kovacs. Sie hat am 14. September mit der Redaktion, mit ihrer Anwältin und zweimal mit dem Gasthof ›Zur Goldenen Gans‹ telefoniert. Wahrscheinlich hat sie ein Zimmer reserviert und nicht gleich hergefunden.«

»Sie hatte doch ein Navi im Auto«, warf Sandra ein.

»Na und? Sie war doch blond.« Bergmann lachte, während Sandra seinen billigen Scherz überging.

»Und was war an den Tagen zuvor? Mit wem hat sie da telefoniert?«, wollte Sandra wissen.

»Davor gab es jede Menge Kontakte, die wir alle durchrufen müssen«, fuhr er fort und seufzte. Anschließend warf er die Liste der Mobilfunkverbindungen auf Sandras Schreibtisch. Sandra wischte sie beiseite.

»Sag mal, hast du Mikes geschmacklose Bemerkungen über die Kovacs vorhin etwa witzig gefunden?«, fragte sie streng.

»Wie kommst du denn darauf? Ich finde an deinem Bru ... Halbbruder wirklich gar nichts witzig. Das ist doch ein absoluter Vollidiot.«

»Ich hatte den Eindruck, du hättest einmal gegrinst.« Bergmann schüttelte den Kopf. »Da täuschst du dich aber gewaltig.«

»Dann ist es ja gut«, meinte Sandra und kehrte zu den Ermittlungen zurück. »Wir sollten uns dringend mit den Storys der Eva Kovacs beschäftigen«, schlug sie vor und warf nun ihrerseits den Clinch-Artikel über die Sexpartnerbörse zu ihm hinüber. »Die Geschichte hier wär doch was für dich.«

Bergmann betrachtete die Fotos der nackten Frauen, die in der Clinch-Ausgabe an den entscheidenden Stellen verpixelt waren, und grinste. Nachdem er zu lesen begonnen hatte, verfinsterte sich seine Miene zunehmend. Dabei hatte Sandra gedacht, dass ihm gerade dieses Thema besonders viel Freude bereiten würde.

»Was für eine Schlampe!«, kommentierte er den Artikel.

Sandra sah ihn verwundert an.

»Na, ich meine, wenn die das wirklich alles selbst getestet hat«, schränkte er ein.

»Wieso? Weil sie eine Frau war?«, wunderte sich Sandra noch immer über das harte Urteil des sonst so freizügigen Kollegen. Andererseits war von einem Macho wie ihm wohl nichts anderes zu erwarten gewesen.

»Unsinn«, widersprach er, »ich werde mich darum kümmern. Ich finde schon heraus, mit wem sie alles sexuellen Kontakt hatte. Was hat sie denn sonst noch so geschrieben, die Kovacs?«

»Ich habe dir alle ihre Artikel weitergemailt. Ach so: Was ist denn jetzt mit deinem Laptop?«

»Den sollte ich heute noch repariert zurückbekommen. Wir können die Texte dann gerne später gemeinsam im Gasthof durchgehen.«

»Aber bitte nachdem ich joggen war. Ich muss mich endlich wieder einmal bewegen«, sagte Sandra.

»Mit oder ohne deinen Max?«

Wie aufs Stichwort betrat Max das Büro, um Sandra die Adressen der Zeugen und Bergmann den reparierten Laptop auszuhändigen. Bergmann bedankte sich beinahe überschwänglich, während Sandra nur ein knappes »Danke schön« über die Lippen kam. Sie war noch immer wütend auf ihn.

»Habt ihr euch denn gar nicht mehr lieb?«, zog Bergmann sie auf, nachdem der uniformierte Kollege das Zimmer wieder verlassen hatte.

Sandra ignorierte auch diese Bemerkung. »Lass uns

die Zeugen vom Stammtisch befragen. Und dann die Oberhausers zur Rede stellen. Die glauben wohl, sie können uns verarschen.«

»Dass du so hartherzig sein kannst«, stichelte Bergmann weiter.

»Sascha, lass es gut sein für heute.«

»Für heute ... okay«, gab er sich geschlagen.

Die Aussagen der drei Zeugen, die in der Mordnacht bis kurz vor Mitternacht am Stammtisch der ›Goldenen Gans‹ das eine oder andere Bier in Kombination mit dem einen oder anderen Zirbenschnaps getrunken hatten, stimmten miteinander überein: Nachdem Mike gegen zweiundzwanzig Uhr das Wirtshaus angeschlagen und nicht gerade nüchtern verlassen hatte, hatte sich Max ein kleines Bier gegönnt und war anschließend wieder von dannen gezogen. Danach hatte Michl der Fremden noch ein Viertel Zweigelt spendiert und ihr Gesellschaft geleistet, bevor sie sich um halb zwölf verabschiedet hatte, um schlafen zu gehen. Zur Sperrstunde um zwölf Uhr hatte Michl schließlich die letzten Stammgäste hinauskomplimentiert und war danach selbst zu Bett gegangen. Mehr war über die Tatnacht nicht zu erfahren. Bisher jedenfalls nicht.

Nach ihrer Zeugenbefragung trafen Sandra Mohr und Sascha Bergmann gegen achtzehn Uhr bei der ›Goldenen Gans‹ ein. Franziska Edlinger hob gerade ihr Fahrrad aus dem Ständer neben dem Haupteingang.

»Hallo, Franzi! Sag, sind die Mizzi und der Michl da?«, wollte Sandra wissen.

»Die Mizzi ist in der Kuchl, und der Michl ist hinten beim Mephisto.« Franziska bestieg ihr Fahrrad.

»Dank dir, und schönen Feierabend!«

»Dir auch. Gibt's leicht Neuigkeiten?«, fragte Franziska nervös wie meistens.

»Nein, nein. Nichts Wichtiges. Pfiat di Gott, Franzi!«, sagte Sandra.

»Pfiat euch Gott!«, verabschiedete sich Franziska und trat mit ihren kräftigen Beinen in die Pedale. Ihrem Knöchel ging es scheinbar besser. Oder aber er schmerzte beim Radfahren nicht so sehr wie beim Gehen.

»Ich lauf jetzt mal eine Runde«, sagte Sandra zu Bergmann. »Kommst du mit?«

»Nein, danke. Laufen hab ich schon in der Früh erledigt.«

»Wie? Schon vor dem Frühstück?«, fragte Sandra überrascht.

»Senile Bettflucht«, scherzte er mit einem Achselzucken.

»Aber so zeitig ist es doch noch dunkel.«

»Das macht mir nichts aus. Ich laufe ohnehin entlang der Hauptstraße. Da sieht man genug.«

Sandra war Morgensport ein Gräuel. Ihr Körper kam frühestens zu Mittag in Schwung. »Treffen wir uns um halb acht in der Gaststube?«, schlug sie vor.

Bergmann stimmte zu und begleitete sie hinauf zu den Zimmern.

Als Sandra zur vereinbarten Zeit in engen Jeans und Kapuzen-Sweater die Gaststube betrat, hatte sich die Dorfjugend bereits an einem der Tische bei Bier und

Wodka Red Bull versammelt. Vier junge Männer spielten Bauernschnapsen, zwei Mädchen um die zwanzig sahen ihnen dabei zu. Eigentlich verwunderlich, dass sie der Tradition ihrer Vorfahren folgten und nicht zeitgemäßeren Freizeitbeschäftigungen nachgingen, wie etwa dem Computerspielen, überlegte Sandra. Seit sie denken konnte, hatten sich die Jungen am Freitagabend bei der Mizzi versammelt, bevor sie mit ihren getunten Boliden in die nächstbeste Landdiskothek aufgebrochen waren, um dort abzufeiern. Mike war diesmal nicht mit von der Partie. Entweder war er mit seinen fünfundzwanzig Jahren endgültig zu alt für dieses zweifelhafte Vergnügen, oder sein blaues Auge hielt ihn davon ab, daran teilzunehmen. Obwohl er sich damit womöglich erst recht männlich fühlte.

»Sandra?«, unterbrach eine Männerstimme ihre Gedanken. Sie blickte hinüber zur Nichtraucherstube und erkannte Max' Bruder Matthias, der mit Frau und Kleinkind zu Abend aß.

»Matthias, hallo!« Sie winkte ihm zu und ging hinüber. »Was für eine Überraschung«, sagte sie, als er aufstand, um sie auf die Wangen zu küssen. Er hatte einige Kilos zugelegt, seitdem sie sich das letzte Mal begegnet waren.

»Max hat schon erwähnt, dass du hier bist, um zu ermitteln. Darf ich euch bekannt machen? Das ist Anita, meine Frau, und das ist die Leni, unser Schatzl«, stellte Matthias stolz seine kleine Familie vor.

»Ich bin Sandra Mohr. Guten Abend.« Sandra streckte der hübschen, zierlichen Dunkelhaarigen die Hand entgegen.

»Freut mich sehr. Matthias und Max haben schon viel über Sie erzählt«, erwiderte Anita und schüttelte Sandra die Hand.

»Nur Gutes natürlich«, versicherte Matthias mit einem Augenzwinkern. Leni saß im Hochstuhl und lachte Sandra vergnügt an.

»Du scheinst dein Glück ja gefunden zu haben. Das freut mich wirklich sehr für dich«, wandte sie sich wieder an Matthias.

»Ja, das kann man wohl sagen. Ich hoffe, es geht dir auch gut«, erwiderte er. So viel Glück war ja kaum auszuhalten. Der Mann strahlte bis über beide Ohren.

»Geht so. Viel zu tun hab ich im Moment halt«, sagte Sandra.

»Dass so was Schreckliches bei uns im Ort überhaupt passieren kann«, warf Anita sichtlich betroffen ein.

Auch Matthias' Dauerstrahlen war mit einem Mal einer besorgten Miene gewichen. »Ja, schrecklich. Habt ihr denn schon eine Spur?«

»Wir stecken mitten in den Untersuchungen. Du verstehst sicher, dass ich darüber nicht reden darf.«

»Schon klar. Ich hoffe, ihr findet das Schwein bald. Ich trau mich ja kaum noch, meine Familie allein zu lassen.«

»Es schadet sicher nicht, in nächster Zeit ein bisschen aufmerksamer und vorsichtiger zu sein als sonst. Obwohl ich nicht glaube, dass unmittelbare Gefahr für Leib und Leben besteht. Aber wenn euch irgendetwas oder irgendjemand merkwürdig vorkommt, ruft am besten gleich in der Inspektion an.«

»Das machen wir, Sandra. Viel Glück wünsch ich dir.«

»Danke. Das nötige Quäntchen Glück kann ich immer gut gebrauchen. Hat mich sehr gefreut, Anita … vielleicht sehen wir uns ja demnächst mal wieder. Wie es aussieht, werde ich wohl noch einige Zeit hier verbringen.«

Matthias' Miene hellte sich schlagartig wieder auf. »Was hältst du davon, wenn wir Sandra zum Essen zu uns nach Hause einladen?«, fragte er Anita.

»Bitte, macht euch keine Umstände wegen mir«, winkte Sandra ab.

»Aber nein! Das ist eine wunderbare Idee. Der Max kommt sicher auch gern rüber. Was halten Sie von Donnerstagabend?«

»Bitte, Anita. Sagen Sie Du zu mir.«

»Sehr gerne.«

»Mal sehen. Ich weiß noch nicht, wie sich die Dinge entwickeln.«

»Am besten, du gibst Max irgendwann Bescheid, ob es sich bei dir ausgeht. Wir würden uns wirklich sehr über deinen Besuch freuen.«

»Das ist nett von euch, vielen Dank. Also, dann: Ich muss rüber. Mein Kollege wartet schon auf mich.« Sandra verabschiedete sich und nahm wenig später gegenüber von Bergmann Platz. Das frische weiße Hemd stand ihm besser als der übliche Schmuddel-T-Shirt-Jeans-und-Turnschuh-Look, stellte sie fest. Schade nur, dass er manchmal so ein Kotzbrocken war. Obwohl er immer öfter auch seine netten Momente hatte.

KAPITEL 3

Samstag, 18. September

Sandra fühlte sich schwer wie Blei, als sie sich im Bett umdrehte, um nach dem Handy zu greifen, das wie immer auf dem Nachtkästchen zu ihrer Linken lag. Das Display zeigte neun Uhr einunddreißig an, und Sandra beschloss, ihrer Müdigkeit nachzugeben und noch eine Weile vor sich hin zu dösen. Schließlich war heute Samstag und das Einzige, was auf dem Programm stand, war das Mittagessen bei der Mutter. Schlimm genug. Außerdem war Sandra ziemlich schlecht. Die dritte Flasche Zweigelt, die sie vergangene Nacht mit Bergmann geleert hatte, war eindeutig zu viel des Guten gewesen. Sie wusste nicht einmal mehr, wie sie von seinem Zimmer in ihres gelangt war. Das Letzte, woran sie sich erinnern konnte, war der Blick auf ihr Handydisplay um drei Uhr und noch etwas, rekapitulierte sie. Danach war der Film gerissen. Das war ihr seit Ewigkeiten nicht mehr passiert. Zum letzten Mal bei der Feier nach dem erfolgreichen Abschluss der Polizeischule. Wie peinlich! Hatten sie und Bergmann etwa …? Erschrocken riss sie die Augen auf. Nein, nie und nimmer! Daran würde sie sich doch erinnern, versuchte sie sich zu beruhigen. Nach dem Abendessen waren sie in sein Zimmer gegangen, um am Fall Kovacs weiterzuarbeiten. Dass die neuerliche Befragung der Oberhausers zuvor keine neuen Erkenntnisse gebracht hatte, war fast zu erwarten gewesen. Mizzi und Michl versuchten gar nicht erst, sich für den verschwiegenen Streit zwischen Mike und dem Wirt zu rechtfertigen, als sie damit konfrontiert wurden. Es sei ihm nicht weiter erwähnenswert erschienen, meinte Michl beiläufig. Schließlich sei ja auch niemand ernsthaft verletzt worden. Und Mizzi war sich sowieso keiner Schuld bewusst, wo sie doch sogar die Polizei verständigt hatte. Damit hatte sie gar nicht mal so Unrecht, ärgerte sich Sandra einmal mehr über Max' Versäumnis, sie über den Streit zu informieren. Klar konnte Mizzi ruhigen Gewissens davon ausgehen, dass die örtliche Polizei mit den Ermittlern aus Graz kooperierte und ihnen kein noch so unwichtig erscheinendes Detail vorenthielt. Geschweige denn einen Polizeieinsatz, für den es nicht einmal ein Protokoll gab. Die neuerlich aufkeimende Wut auf Max und ihr flauer Magen trieben Sandra nun doch aus dem Bett. Eine warme Dusche und ein kalter Guss zum Abschluss würde ihren Kreislauf hoffentlich wieder in Schwung bringen.

Während sie sich anzog, fiel ihr ein, dass Bergmann sie bei der ersten Flasche Rotwein über die Sonderkommission informiert hatte, der sie nunmehr angehörten. Offenbar waren die Kollegen im Wiener Bundeskriminalamt schon länger an jenem Immobilienkorruptionsfall dran, für den auch Eva Kovacs recherchiert hatte. Als Mitglieder dieser SOKO sollten Bergmann und sein Team weiterhin für die Ermittlungen im Mordfall zuständig sein und mit den Wirtschafts- und Finanz-

experten des BK in Wien zusammenarbeiten. Montag-
morgen würden sie im Grazer Büro Näheres erfahren.

Zum Frühstück gönnte sich Sandra entgegen ihrer sons-
tigen Gewohnheiten einen großen Espresso und reichlich kaltes Leitungswasser. Danach brach sie in den Wald
auf, um ihre Lunge, die gestern einiges an Zigaretten-
qualm inhalieren hatte müssen, mit frischem Sauerstoff
zu füllen. Die kühle Luft an diesem strahlenden Spät-
sommervormittag war einfach herrlich. Sandra hätte
ihren Spaziergang gerne ausgedehnt, wäre am liebsten
bis zur Binderalm hinaufgewandert, hätte dort eine Bret-
teljausn genossen und am Rückweg vielleicht ein paar
Eierschwammerln gebrockt. Anschließend wäre sie nach
Graz gefahren, wo sie ein entspanntes Wochenende in
ihrer kleinen, gemütlichen Wohnung verbracht hätte.
Aber nein. Stattdessen musste sie die Mutter besuchen.
Warum um alles in der Welt tat sie sich das immer wieder
an? Bergmann hatte schon recht: Ihr war wirklich nicht
zu helfen. Sandra sog den Duft des Waldes tief ein und
dachte an die Theorie ihrer esoterisch orientierten Freundin Sybille, die behauptete, dass man sich die Eltern schon
vor der Entstehung des eigenen Lebens selbst aussuchte.
Sandra lehnte diese Theorie vehement ab. Hätte man sie
vorher gefragt, hätte sie sich sicher für eine ganz andere
Mutter entschieden. Aber so stand sie sieben Minuten
nach zwölf vor der Haustür der aus ihrer Sicht völlig falschen Frau und klingelte wie immer dreimal.

»Sandra, da bist du ja endlich! Wurde aber auch schon
Zeit«, sagte die Mutter und blickte vorwurfsvoll auf ihre
Armbanduhr.

»Hallo, Mama«, grüßte Sandra, ohne ihr die Hand zu reichen oder sie gar auf die Wangen zu küssen. Körperliche Zuwendungen waren in der Familie Feichtinger noch nie üblich gewesen, wenn man von den Ohrfeigen einmal absah. »Da riecht's aber gut. Gibt's leicht Schweinsbraten?«, überging Sandra den Vorwurf. Die Mutter nickte beleidigt und ging voraus in die Küche, während Sandra die Schuhe auszog und in Gästefilzpatschen schlüpfte.

Mein Gott! Was waren schon sieben Minuten? Es ging doch hier nicht um Leben und Tod, sondern um einen dämlichen Schweinsbraten mit Knödel und warmem Krautsalat. Auch wenn dieses Gericht noch so gut schmeckte, war die kleine Verspätung doch keine Tragödie. Sandra atmete den verführerischen Essensduft ein und setzte sich um des lieben Friedens willen schweigend an den Küchentisch.

»Komm, Herr Jesus, sei unser Gast, und segne, was du uns bescheret hast. Amen.« Die Mutter bekreuzigte sich, und Sandra antwortete mit einem reflexartigen »Amen«.

Die heiße Erdäpfelsuppe renkte ihren Magen wieder ein, und der Schweinsbraten lenkte sie sogar vom bösartigen Geschwafel der Mutter ab, die wie eh und je über die meisten Dorfbewohner herzog. Wenigstens vergaß sie darüber, Sandra zu kritisieren. Das Beste am Mittagessen war jedoch, dass Mike sich nicht blicken ließ. Nach der gestrigen Einvernahme sei er lieber mit Freunden unterwegs, anstatt mit seiner Familie am Tisch zu sitzen, erklärte die Mutter. Sandra lege doch ohnehin keinen Wert auf seine Gesellschaft. Und überhaupt. Es sei eine Schande, wie sie den Bruder verhört habe. Wie einen Vergewaltiger und Mörder. Die Mutter wischte sich eine unsichtbare Träne aus dem Augenwinkel.

Sandra hatte sich zu früh gefreut. Jetzt war sie also doch noch an der Reihe, von der Mutter kritisiert zu werden. Mikes Abwesenheit beglückte sie jedoch derart, dass sie die Vorwürfe großzügig überhörte. Den Apfelstrudel, den die Mutter angeblich extra für sie aus selbst gezogenem, hauchdünnem Strudelteig zubereitet hatte, lehnte sie dankend ab. Ganz ohne schlechtes Gewissen, wusste sie doch, dass diese Mehlspeise zu Mikes Favoriten, aber nicht zu den ihren zählte. Hätte die Mutter der Tochter eine besondere Freude bereiten wollen, wäre ein Topfenschmarren mit Preiselbeeren oder Schwarzbeeren auf den Desserttellern gelandet, aber so blieb der ihre eben leer. Sandra war ohnehin längst satt und überlegte bereits, wie sie sich möglichst bald aus dem Staub machen konnte, während die Mutter immer noch keifend die Geschirrspülmaschine einräumte.

»Du glaubst doch nicht wirklich, dass Mike mit dem Tod dieser Wienerin was zu tun hat?«, fragte Helga Feichtinger.

»Ich weiß es nicht, Mama. Noch nicht. Wir ermitteln in alle möglichen Richtungen.«

»Wenn du den Buam noch einmal hinter Gitter bringst, ich schwör dir, dann bring ich mich um.«

»Lass das, Mama. Das zieht nicht bei mir.«

»Du bist so was von eiskalt und herzlos«, beschwerte sich die Mutter mit weinerlicher Stimme, »wie dein Vater, der mich damals einfach mit dir schlimmem Pamperlatsch sitzen hat lassen.«

»Ich glaube nicht, dass dieser Schritt so einfach für Papa war. Er wird wohl einen guten Grund gehabt haben, zu gehen.« Sandra kannte die Beweggründe ihres Vaters ganz genau und konnte diese sehr gut nachvollziehen. Niemand konnte mit ihrer Mutter ein glückliches Leben führen, außer vielleicht ihr missratener Sohn, der sich mit Mitte zwanzig immer noch von ihr durchfüttern ließ. Aber mit Mike hatte sie wahrlich kein Mitleid.

Als die Tür der Geschirrspülmaschine mit einem lauten Scheppern zuflog, wusste Sandra, dass es höchste Zeit war, ihren Besuch zu beenden. »Ich muss jetzt nach Graz aufbrechen, Mama, zu einer Zeugenbefragung«, erklärte sie wahrheitsgemäß. Tatsächlich hatte sie sich vorgenommen, den letzten Termin, der im Kalender der Kovacs eingetragen war, noch am selben Tag zu überprüfen.

»Von mir aus kannst du bleiben, wo der Pfeffer wächst! Aber wenn du mir Mike noch einmal wegnimmst, dann wirst du schon sehen!«, wurde die Mutter laut. Dabei war es ihr nicht zu blöd, der erwachsenen Tochter mit dem erhobenen Kochlöffel zu drohen, wie sie es früher immer getan hatte. Nur dass dieser seinen Schrecken für Sandra längst verloren hatte.

»Schon gut, Mama. Ich geh dann besser mal. Danke fürs Essen, es war wie immer hervorragend.« Sandra drehte sich um und verließ die Küche.

»Du undankbares Gfrast!«, rief ihr die Mutter hinterher.

Hatte sie sich nicht eben ausdrücklich für das Essen bedankt? Eilig tauschte Sandra die Pantoffeln gegen ihre

Schuhe ein, zog die Lederjacke an und ließ die Haustür von außen ins Schloss fallen. Nie wieder würde sie sich einen Anstandsbesuch bei der Mutter antun, schwor sie sich zum x-ten Mal in ihrem Leben. Äußerlich war sie völlig ruhig geblieben, das war im Vergleich zum letzten Mal schon ein Fortschritt. Aber innerlich fühlte sie sich wie das verletzte, ungeliebte Kind von früher. Auf dem Weg zum Auto, das nur wenige Schritte vom Feichtingerhaus entfernt parkte, liefen ihr bereits die Tränen über die Wangen. Sie konnte nichts dagegen tun. Erst als sie gute anderthalb Stunden später von der Schnellstraße auf die Autobahn auffuhr, hatte sie sich wieder gefasst. Ihre Hände zitterten nicht länger, das unwillkürliche Schluchzen hatte aufgehört, die Tränen waren versiegt. Eigentlich hätte sie in diesem Zustand gar nicht Auto fahren dürfen, aber sie konnte es einfach nicht erwarten, St. Raphael den Rücken zu kehren. Kurz vor Graz wählte Sandra die Nummer ihrer besten Freundin, um sich mit ihr zum Sonntagsbrunch zu verabreden. Zum Glück hatte Andrea Zeit für sie. Sandra brauchte dringend jemanden, der sie wieder aufmunterte. Sie legte auf und schlug den Weg in die Innenstadt ein.

KAPITEL 4

Sonntag, 19. September

Es war kurz nach halb elf, als Sandra an diesem strahlenden Sonntag auf der Sonnenterrasse ihres Grazer Stammlokals Platz nahm, um ein ausgiebiges Frühstück, ein Kännchen ihres Lieblingstees und die fröhliche Art ihrer Freundin zu genießen. Kaum hatte sie Andrea vom misslungenen Abend mit Max und den noch viel unerfreulicheren Begegnungen mit ihrer Familie berichtet, fühlte sie sich deutlich besser. Und spätestens nach Andreas unterhaltsamen Schilderungen jener Party, die sie vor zwei Tagen besucht hatte, war die Welt wieder in Ordnung. Zumindest für diesen einen wunderbaren Vormittag. Sandra tat es unendlich gut, Zeit mit der Freundin zu verbringen, mit ihr zu lachen und nicht an St. Raphael und den Fall Kovacs denken zu müssen. Wenigstens bis zum Nachmittag, den sie dafür verwenden musste, die Artikel der ermordeten Journalistin noch einmal gründlich durchzuackern. Die Liste der potenziellen Täter und deren möglicher Motive, die sie und Bergmann am Freitagabend begonnen hatten, sollte im Idealfall am nächsten Morgen vollständig sein. Bergmann hatte ebenfalls versprochen, die ihm zugeteilten Artikel bis dahin zu überprüfen, damit sie die nächsten Ermittlungsschritte mit dem Kollegen vom Bundeskriminalamt gleich in der Früh abstimmen konnten. Ein gewisser Dr. Christian Novotny hatte sich als Leiter der SOKO zur Gruppenbesprechung angekündigt. Und Sandra wollte einen möglichst kompetenten Eindruck bei ihm hinterlassen.

Zu dumm, dass der Laptop der Kovacs noch immer nicht aufgetaucht war. Die mutmaßlich unsauberen Geschäfte des Paul Kovacs hätten Sandra brennend interessiert. Doch es war ohnehin nur eine Frage der Zeit, bis sie Näheres über den angeblichen Immobilienskandal erfahren würden. Verfolgten die Kollegen von der Wirtschaftskriminalität erst einmal eine Spur, würde sich der Korruptionsverdacht gegen Kovacs relativ rasch erhärten oder – was ihr in diesem Fall intuitiv eher unwahrscheinlich erschien – in Luft auflösen. Um einen Mundhöhlenabstrich würde Paul Kovacs sowieso nicht herumkommen. Und ob Mikes DNA mit jener des Täters identisch war, würde sich in vier bis fünf Tagen herausstellen. Schneller war da nichts zu machen. Das Bauchgefühl ließ Sandra befürchten, dass das DNA-Gutachten beide Verdächtigen entlasten würde und sie bei ihrer Suche nach dem Täter wieder ganz am Anfang stünden. Alles andere wäre auch viel zu einfach gewesen.

KAPITEL 5

Montag, 20. September

Bevor Sandra aufbrach, packte sie noch rasch ein paar frische Kleidungsstücke in ihre Reisetasche. Für den Fall, dass die Ermittlungen sie wieder nach St. Raphael führen würden. Oder vielleicht sogar ins Bundeskriminalamt in Wien, was ihr bedeutend lieber gewesen wäre. Wie so oft hatte sie um jede Minute, die sie noch länger im Bett liegen bleiben konnte, mit sich gerungen und kam schließlich, ohne gefrühstückt zu haben, aber fast pünktlich kurz nach acht Uhr im Büro an.

Bergmann saß bereits an seinem Schreibtisch und starrte in den Laptop, als sie ihm einen guten Morgen wünschte.

»Morgen«, brummte er, das obligate Kaffeehäferl fest umklammert. Er sah müde aus, war unrasiert und seine Frisur erinnerte an einen Uhu nach dem Waldbrand. Was immer er am Wochenende unternommen hatte, es hatte ganz offensichtlich nicht zu seiner Erholung beigetragen.

Sandra hängte ihre Jacke auf den Garderobenständer, und erkannte im Umdrehen die nackten Tatsachen auf seinem Monitor. Sie war versucht, ihn zumindest innerlich als perverses Schwein zu beschimpfen, als ihr einfiel, dass sein neuerlicher Besuch auf dem einschlägigen Sexpartnerportal wahrscheinlich ihren Ermittlungen diente. Kaum hatte sie diesen Gedanken zu Ende gedacht, bestätigte sich ihre Vermutung: »Sieh dir mal an, wen ich hier gefunden habe«, meinte Bergmann heiser und winkte sie zu sich, während er mit dem Mausrad die Seite hinunterscrollte.

»Das ist doch ...« Sandra stand der Mund offen, als sie den Mann auf dem Foto erkannte.

»Mike Feichtinger alias ›Womanizer‹«, vervollständigte Bergmann ihren Satz.

»Hatten sie etwa ... Kontakt? Mike und die Kovacs ...?«, wollte Sandra nach einigen Schrecksekunden wissen.

Bergmann nickte und klickte eine Seite weiter. »Zumindest hatten sie virtuellen Kontakt. Das hier hab ich unter ›Doggystyle‹ gefunden. Beide haben das Video kommentiert.«

Bitte nicht! Sandra drehte sich der leere Magen um. Mit Mikes Sexualleben konfrontiert zu werden, noch dazu auf nüchternen Magen, war definitiv mehr, als sie momentan vertragen konnte. Bergmann klickte weiter. »Hier ist das Profil unserer toten ›Evita‹«, fuhr er fort, »›sexuelle Vorlieben: Doggystyle, Wichsende Schwänze, Seitensprünge.‹ Und hier sind ›Womanizer's‹ schlüpfrige Kommentare vom 10. und vom 12. September auf ihrer Pinnwand. Ihre Vorlieben haben es Mike offensichtlich angetan, er hat ihr unter anderem dieses Video empfohlen.«

Bergmann aktivierte eines der Fenster, um ein Video zu starten, und Sandra sah, was sie gar nicht sehen wollte – noch dazu im Close-up. ›Na? Gefällt dir das, du geile Sau ...‹ Eine männliche Stimme durchdrang das laute

Stöhnen der Frau, die auf allen vieren vor ihrem Sexualpartner kniete. Ob das Mikes Genitalien waren, vermochte Sandra beim besten Willen nicht zu sagen. Auch die Stimme klang irgendwie gedämpft, sodass sie diese ihrem Halbbruder nicht zuordnen konnte.

Sandra wandte sich ab. »Das reicht! Bitte dreh das ab«, meinte sie angewidert und ließ sich in ihren Bürostuhl fallen.

»Ist das da Mike?«, fragte Bergmann.

»Woher soll ich das wissen? Frag ihn doch selbst.«

»Paul Kovacs sollte sich diesen Clip auch einmal ansehen, nur für den Fall, dass das hier seine Frau war. Wäre doch immerhin möglich. Oder aber es handelt sich dabei um zwei ganz andere Darsteller, an deren Treiben Mike und die Kovacs sich aufgegeilt haben.«

Sandra war nun endgültig schlecht.

»Es wäre doch auch denkbar, dass die Kovacs wegen Mike nach St. Raphael gefahren ist, um dort mit ihm zu verkehren«, fuhr Bergmann gnadenlos fort.

Seine Vermutung rückte den Fall in ein neues Licht.

»Dann gab es womöglich gar keine Vergewaltigung, sondern freiwilligen Sex«, folgte Sandra seinen Ausführungen.

»Vergiss nicht, dass sie sich im Wirtshaus in die Haare gekriegt haben«, erinnerte Bergmann sie.

»Das könnte ja auch einen ganz anderen Grund gehabt haben, als jenen, den Mike uns verkaufen wollte. Für ihn sieht das jedenfalls gar nicht gut aus.«

»Lass uns am besten gleich nach St. Raphael fahren«, bestimmte er. »Ich geb nur rasch dem Novotny Bescheid.«

»Ist der denn schon hier?«

»Ja. Mit einem jungen Kollegen. Magister Thomas Jungwirth, seines Zeichens Wirtschafts- und Finanzexperte beim BK. Soll ich dir die beiden gleich vorstellen?«

»Nein danke. Es sollte doch reichen, wenn ich sie nach unserer Rückkehr kennenlerne. Allzu lange werden wir in St. Raphael ja hoffentlich nicht brauchen.«

»Ich denke, dass wir am späten Nachmittag wieder hier sind.«

»Dann nichts wie los. Kaufen wir uns Mike. Ich schau nur noch rasch in meine Mailbox.«

Zwanzig Minuten später verließ der VW Passat mit den beiden Kriminalbeamten das LKA-Gelände in der Grazer Strassganger Straße, um an diesem nebeligen Morgen ein weiteres Mal nach St. Raphael zu fahren. Sandra hoffte inständig, dass dies ihr letzter Ausflug dorthin war.

»Was hat die Kovacs eigentlich noch auf dieser Sexseite zu suchen gehabt? Ihr Artikel war doch längst im Clinch-Magazin erschienen«, überlegte sie laut, während sie den Wagen vor einer roten Ampel abbremste.

»Ich nehme an, dass sie Geschmack an einem erfüllten Sexualleben ohne Verpflichtungen und Tabus gefunden hat und dieses auch nach ihren Recherchen nicht mehr missen wollte«, meinte Bergmann.

»So kann man sexuelle Ausschweifungen jeglicher Art natürlich auch betrachten«, sagte Sandra, »aber immerhin war die Kovacs doch verheiratet.« Kaum hatte sie ihren Einwand ausgesprochen, bereute sie es auch schon wieder.

Wie erwartet lachte Bergmann sie prompt dafür aus. »Wir wissen doch beide, wie es um die Ehe der Kovacs bestellt war. Und dass sich genügend verheiratete Frauen auf solchen Plattformen herumtreiben, das kannst du mir glauben«, erklärte er ihr.

»Du musst es ja wissen. Was wäre eigentlich, wenn sich deine Frau derartigen Vergnügungen hingeben würde?«

Bergmann schien von ihrer Frage überrascht zu sein. »Meine Frau? Wenn du sie kennen würdest, wüsstest du, dass diese Theorie ziemlich absurd ist«, antwortete er. »Und selbst wenn, wäre es mir egal.«

Sandra versuchte von ihrer allzu persönlichen Frage abzulenken, bevor ihr Bergmann noch intimere Details aus seiner Ehe erzählen konnte. »Wir sollten uns umgehend die Kontakte der Kovacs bei dieser Partnerbörse besorgen. Die User müssten dort doch alle registriert sein«, sagte sie.

»Längst erledigt. Wir bekommen eine Liste inklusive aller E-Mail-Adressen, etwaiger Handynummern und Zahlungsmitteldaten, soweit diese vorhanden sind.«

»Soweit sie vorhanden sind?«, fragte Sandra nach. »Wie darf ich denn das verstehen?«

»Nun ja, nicht jeder gibt seine wahre Identität auf solchen Seiten preis. Und manche verstehen es ganz gut, sich zu tarnen. Bei denen könnte es schon etwas länger dauern, bis wir sie ausfindig machen.«

»Und was ist mit den Aktivitäten der Kovacs? Lassen die sich alle nachvollziehen?«

»Sexueller Natur, meinst du?«

»Virtueller Natur, meinte ich zu allererst: SMS, Chats,

E-Mails oder was man sonst noch über solche Plattformen treibt.«

»Bekommen wir alles. Inklusive Backups. Das dauert allerdings noch ein paar Tage. Was meinst du, was da für Datenmengen auf so einer Seite zusammenkommen? Allein die vielen Videos …«

»Keine Ahnung. Zählt nicht gerade zu meinen Spezialgebieten.«

»Das habe ich mir schon gedacht.« Bergmann schmunzelte.

Ob sich sein Kommentar auf ihre Einstellung zu Pornografie im Internet oder auf ihr mangelndes technisches Know-how bezog, blieb unklar. In beiden Fällen traf er jedoch zu.

»Wissen wir schon Näheres über den Graz-Termin, den die Kovacs vor ihrer Reise nach St. Raphael wahrgenommen hat?«

Sandra war froh, dass Bergmann das Thema wechselte und erzählte von der Zeugenbefragung, die sie am Samstagnachmittag, unmittelbar nach ihrer Rückkehr aus St. Raphael, durchgeführt hatte. »Eva Kovacs war um zwölf Uhr 30 im Restaurant ›Der Steirer‹, wie es in ihrem Kalender steht. Das ist gleich neben dem Hotel Weitzer«, erklärte sie. »Dort hat sie mit einem unbekannten, etwa 40-jährigen Mann zu Mittag gegessen. Auf den Oberkellner wirkte der Termin geschäftlich. Er hat zwar nicht darauf geachtet, worüber sich die beiden Gäste unterhielten, erinnert sich aber daran, dass die Frau nach dem Hauptgang ihren Laptop aus der Tasche zog und dem Mann einen Zahlenfriedhof präsentierte – so nannte der Ober die Tabelle jedenfalls.«

»Das hilft uns nicht wirklich weiter.«

»Leider gibt es auch keine Kreditkartenbelege. Der Mann hat bar bezahlt. Aber sollte er noch einmal im ›Steirer‹ auftauchen, gibt mir der Oberkellner sofort Bescheid.«

Den Rest der Fahrt gingen Sandra Mohr und Sascha Bergmann die Erkenntnisse durch, die sie aus den Artikeln der Kovacs gewonnen hatten, und unterhielten sich über weitere Personen, die möglicherweise ein Motiv gehabt hatten, die Journalistin aus dem Weg zu räumen. Beide waren sich einig, dass Paul Kovacs immer noch unter dem dringenden Tatverdacht stand, seine Frau beseitigt zu haben, auch wenn mit Mike Feichtinger nunmehr ein zweiter Verdächtiger ins Spiel gekommen war. Vor dessen Wohnsitz angekommen, hielt Sandra den Wagen an.

»Ich werde, so gut es geht, meinen Mund halten. Das hier ist alles andere als angenehm für mich«, sagte sie zu Bergmann und schluckte ihre Aufregung hinunter. Sie wusste genau, wie aggressiv ihr Halbbruder sein konnte, wenn er sich in die Enge getrieben fühlte.

»Halte dich einfach im Hintergrund«, sagte Bergmann und drückte auf die Klingel.

»Ihr schon wieder? Was gibt es denn?«, erkundigte sich eine wie aus dem Ei gepellte Helga Feichtinger mürrisch.

»Ist Ihr Sohn da, Frau Feichtinger?«

»Ja, sicher. Mike schläft aber noch.«

»Dann wecken Sie ihn bitte auf.«

»Aber ...«

Bergmann erstickte den Protestversuch im Keim.

»Frau Feichtinger, wir müssen Ihren Sohn zur neuerlichen Einvernahme mitnehmen.«

»Aber Sie haben ihn doch schon letzte Woche befragt.«

»Unsere Ermittlungen haben neue Verdachtsmomente gegen ihn ans Tageslicht befördert«, erklärte Bergmann.

»Aber mein Sohn ist doch unschuldig«, krächzte Helga Feichtinger.

»Weckst du Mike jetzt bitte auf, Mama?«, mischte sich Sandra ein.

»Da steckst doch wieder du dahinter! Du bist so eine Geifn!«, reagierte die Mutter hysterisch.

»Frau Feichtinger, bitte«, unterbrach Bergmann sie erneut.

»Was ist denn da für ein Wirbel?« Mike tauchte in T-Shirt und Jogginghose hinter der Mutter auf und rieb sich verschlafen sein gesundes Auge. Das andere schillerte inzwischen in dunklem Violett und Schwarzbraun. »Die Schandis schon wieder, na bravo«, gab er sich selbst die Antwort und zog die Mutter zu sich ins Vorzimmer.

»Herr Feichtinger, wir hätten noch ein paar Fragen an Sie. Kommen Sie bitte mit uns mit«, forderte Bergmann ihn auf.

»Jetzt gleich? Ich hab euch doch eh schon alles erzählt, was ich weiß. Lassts mich endlich in Ruh!«, rief er, bevor er der Haustür einen heftigen Tritt verpasste. Bergmanns flinker Fuß konnte gerade noch verhindern, dass sie vor seiner Nase ins Schloss knallte. Blitzschnell warf er sich mit der Schulter gegen die Tür, sodass diese krachend nach innen aufflog. Mike flüchtete inzwischen ins Wohnzimmer, um über die Terrasse ins Freie zu fliehen. Die Mutter presste sich kreidebleich gegen die Wand im Flur und beobachtete, wie die Polizisten hinter ihrem Sohn her jagten.

»Sandra, nicht! Er ist doch dein Bruder!«, hörte Sandra sie rufen, während Mike bereits durch die Terrassentür in den Garten rannte. Bergmann war ihm dicht auf den Fersen und verfolgte ihn bis zum hinteren Gartentor. Dort hatte Mike, der in Plastikschlapfen zu entkommen versuchte, endgültig das Nachsehen. Bergmann erwischte ihn, drückte ihn gekonnt bäuchlings zu Boden und kniete sich anschließend über sein Gesäß. Im selben Moment traf Sandra ein und legte ihm die Handschellen an.

»Herr Feichtinger, Sie sind hiermit vorläufig festgenommen. Sie stehen unter dem dringenden Verdacht, Frau Eva Kovacs ermordet zu haben«, sagte Bergmann.

»Was? ... Ihr ... könnts mich ... doch nicht ... festnehmen!« Mike rang nach Luft. »Ich ... war das ... doch nicht!«, keuchte er, während Bergmann ihm auf die Beine half und ihn über seine Rechte aufklärte.

Die Mutter stand heulend auf der Terrasse und sah dem Schauspiel zu. »Bitte nicht! Er hat niemandem was getan ... er war doch zu Hause bei mir ... Sandra! Ich warne dich! Du bist nicht mehr meine Tochter!«, schrie sie, während die beiden Kriminalbeamten ihren Sohn in Handschellen abführten. Sandra musste eilig in Deckung gehen, um der Hand der Mutter auszuweichen, die nur knapp ihre Wange verfehlte, als sie Mike an ihr vorbeischubsten.

»Frau Feichtinger, beruhigen Sie sich bitte. Wir werden Ihnen gleich einen Notarztwagen schicken«, meinte Bergmann und zog Sandra mit der einen Hand aus dem Haus, während er mit der anderen den Verdächtigen vor sich her schob.

Helga Feichtinger blieb im Flur zurück. »Nein! Unterstehen Sie sich! Ich will niemanden sehen!«, erwiderte sie mit hochrotem Kopf und warf die Haustür von innen zu.

Mike war noch immer ein wenig außer Atem und fand seine Sprache erst im Wagen wieder. »Ihr habts überhaupt nix ... gegen mich in der Hand«, beschwerte er sich.

»Wart's ab«, meinte Sandra.

»Ihr seids solche ... Orschlöcher!«, schimpfte Mike.

»Vergewaltigung mit tödlichem Ausgang, Fluchtversuch, Beleidigung zweier Amtspersonen. Das reicht dann, Mike«, erklärte Sandra, die den Wagen zur örtlichen Polizeiinspektion lenkte.

Bergmann telefonierte unterwegs mit dem Staatsanwalt, der ihm versicherte, umgehend den Antrag auf Untersuchungshaft zu stellen, den er gemeinsam mit dem Hausdurchsuchungsbefehl noch am selben Tag in die Polizeiinspektion St. Raphael schicken wollte. Bis zur U-Haft in Graz blieb Mike in Polizeigewahrsam.

Wenige Minuten später sahen Max und Jakob zu, wie die Kollegen aus Graz den laut fluchenden Mike Feichtinger durch die Wachstube schubsten. »Der kommt heute noch vor den Untersuchungsrichter«, informierte Bergmann sie.

»Kümmert euch bitte um die termingerechte Überstellung nach Graz. Und besorgt mir seine Festplatte, sobald der richterliche Beschluss und der Hausdurchsuchungsbefehl da sind. Ach ja: Und schauts nach, ob er nicht doch Sportschuhe der Marke Nike besitzt«, wandte sich Sandra an Max und Jakob.

»Ich hab keine Nike-Schuhe! Verdammt noch mal! Max, das ist doch alles ein Missverständnis. So hilf mir doch bitte«, jammerte Mike.

»Der Kollege Leitgeb kann Ihnen nicht helfen, selbst wenn er es wollte. Sie werden uns jetzt noch ein paar Fragen beantworten müssen«, schnauzte Bergmann, während er Mike weiter vor sich her trieb. Sandra folgte den Männern in den ersten Stock.

»Setzen Sie sich«, befahl Bergmann und ließ sich selbst auf den Sessel neben Sandra fallen.

»Wollts ihr mir nicht die Handschellen abnehmen? Die tun verdammt weh«, beschwerte sich Mike.

»Die Handschellen bleiben vorerst, wo sie sind.« Bergmann nickte Sandra zu, und sie startete die Tonaufnahme. »Also«, fuhr Bergmann fort. »Wir wissen, dass Sie Kontakt zu Eva Kovacs hatten, und zwar bevor sie hier aufgetaucht ist. Wahrscheinlich ist sie sogar wegen Ihnen nach St. Raphael gekommen«, unterstellte er dem Verdächtigen.

»Wegen mir? Wieso denn das?«

»Um sich mit Ihnen zu vergnügen. Sie sagten doch selbst, dass das Opfer auf Sie abgefahren ist.«

»Ja, aber so hab ich das doch nicht gemeint. Ihr verdrehts mir die Worte im Mund. Ich hab die Tante überhaupt nicht gekannt, vor diesem Abend«, versicherte Mike.

»Doch, Mike. Du kanntest Eva Kovacs bereits aus dem Internet: www.sexpartnerboerse.at – sagt dir das nichts? Du ›Womanizer‹, du …«

»Was wollts ihr mir da anhängen? Ich war in meinem Leben noch nie auf einer solchen Seite«, schwor Mike.

»Wart nur, bis mein Laptop hochgefahren ist, dann beweise ich dir das Gegenteil.«

»So geben Sie es doch ruhig zu. Sie haben Eva Kovacs alias ›Evita‹ auf der Sexpartnerseite kennengelernt und sich mit ihr in der ›Goldenen Gans‹ verabredet, um hernach Ihre gemeinsamen sexuellen Fantasien in die Tat umzusetzen«, wiederholte Bergmann den Verdacht.

»Nein, zum Teufel!«, brüllte Mike zornig.

»Sie müssen ziemlich wütend gewesen sein, dass die Kovacs Sie verschmäht hat, nachdem sie Ihnen in der Gaststube persönlich begegnet ist. War das eigentlich Ihr erstes richtiges Date? So von Angesicht zu Angesicht«, fuhr Bergmann unbeeindruckt fort.

»Hören Sie mir eigentlich zu? Wir hatten kein Date. Ich hab sie vorher nicht gekannt. Wir haben uns rein zufällig in der ›Gans‹ 'troffen!«

»Tut mir leid. Das kaufe ich Ihnen nicht ab. Vielmehr denke ich, dass Frau Kovacs Sie an diesem Abend doch nicht so unwiderstehlich fand, wie sie es nach Ihrem Internettechtelmechtel annehmen durfte. Also haben Sie die Frau angegrapscht, um sie zu überzeugen, was sie sich jedoch nicht gefallen hat lassen. So war es doch, oder?«, fragte Bergmann.

»Nein! So war es nicht!«, protestierte Mike erneut.

»Wie war es denn dann?«, fragte Sandra.

Mike schwieg auf ihre Frage hin, also sprach Bergmann weiter: »Später sind Sie in den Gasthof zurückgekehrt und haben sich das geholt, worauf die Kovacs Sie im Internet scharfgemacht hat: hemmungslosen Sex mit ihr. Das wäre ja so weit auch in Ordnung gewesen. Vorausgesetzt, sie hat dann doch noch freiwillig mitgemacht, was ich jedoch stark bezweifle, sonst hätten Sie sie ja nicht umbringen müssen.«

Mike raufte sich die Haare und suchte vergeblich nach passenden Worten.

»Schau doch her, Mike ›Womanizer‹, das bist doch du. Oder etwa nicht?« Sandra drehte den Laptop um, sodass er das eigene Foto und sein User-Profil auf der Webseite erkennen konnte.

»Das ist doch ... so eine Scheiße! Wer hat das denn da draufgestellt?« Mike verlor endgültig die Beherrschung und sprang von seinem Sessel hoch.

»Setzen Sie sich wieder hin und schauen Sie zu«, befahl Bergmann und startete das Video. Mike beobachtete das Pärchen, das es vor seinen Augen trieb. »Und warum muss ich mir das anschaun?«, fragte er nach einer Weile, ohne den Blick vom Bildschirm zu nehmen.

»Sind das Sie? Und ist das da vielleicht Frau Kovacs?«

»Was? Ich bin das nicht! Und den Arsch von der Tante kenn ich nicht. Auch nicht ihre Fut.«

»Mike!«, rügte ihn Sandra.

»Was denn? Ihr zeigts mir hier Pornos von irgendwelchen wildfremden Leuten, und ich soll der Böse sein?«

»Wenn du noch nie auf dieser Seite warst, wer hat dann dein Profil samt Foto online gestellt?«, fragte Sandra. »Und wer hat mit ›Evita‹ gechattet?«

»Keine Ahnung! Ihr seids doch die Schnüffler. Findets es heraus! Ich kenn dieses Foto nicht. Wenn ich den erwisch, der das war, dann gnade ihm Gott.«

»Du kannst dir ja in der U-Haft überlegen, wer das getan haben könnte«, schlug Sandra vor. »Am besten, du nimmst dir einen guten Anwalt, Mike.«

»Die Mama hat schon recht: Du bist echt die allerletzte Geifn!«, fuhr Mike sie hasserfüllt an.

Sandra zog instinktiv den Kopf ein.

»Schluss jetzt!« Bergmann stand auf und näherte sich dem Verdächtigen.

»Das könnts doch nicht machen! Was ist mit meiner Speichelprobe? Die muss doch beweisen, dass ich mit der Alten nix ghabt hab!«

»Das werden wir dann schon sehen. Bis dahin werden Sie eine Weile auf Staatskosten untergebracht. Los, mitkommen!« Bergmann packte Mike am Oberarm und verließ mit ihm den Raum.

Sandra blieb eine Weile wie betäubt sitzen. Warum nur wurde sie immer wieder mit ihrer fürchterlichen Familie konfrontiert? Sie wollte keine Auseinandersetzungen, hatte diese noch nie gemocht, und dennoch geriet sie immer wieder mitten hinein.

Erst als sie den Wagen unten bremsen hörte, gab sie sich einen Ruck und stand auf. Vom Fenster aus konnte sie beobachten, wie Mike in den Polizeiwagen stieg. In diesem Moment wünschte sie sich nichts sehnlicher, als dass er damit für immer aus ihrem Leben verschwunden wäre.

Eine Dreiviertelstunde und zwei Telefonbefragungen später traf Sandra in der Teeküche auf Max.

»Und? Wie geht's dir?«, erkundigte er sich und schien seine Frage ernst zu meinen.

»Es geht schon. Kannst du mal den Kopf einziehen? Ich will kurz zu den Teebeuteln. Danke schön.« Sandra nahm den elektrischen Wasserkocher und füllte ihn zur Hälfte, bevor sie ihn einschaltete. Max sah ihr zu, wie sie den Beutel über den Rand der Tasse hängte. »Sandra?«, fragte er zögerlich.

Schon am Tonfall erkannte sie, dass er ihr etwas Unangenehmes mitzuteilen hatte. »Was ist? So spuck es schon aus«, sagte sie und ließ ein Stück Würfelzucker in die Tasse fallen.

»Deine Mutter wird gerade in die Landesnervenklinik in Graz eingeliefert.«

»Was? Wieso denn? … Auch das noch.« Sandra seufzte und sah Max in die Augen. Er kannte ihr schwieriges Verhältnis zur Mutter noch von früher, und so ließ sie es zu, dass er ihr beschwichtigend über den Arm streichelte.

»Was ist denn passiert?«, fragte sie nach.

»Jakob und ich haben sie zu Hause aufgefunden, als wir Mikes Festplatte geholt und uns nach den Nike-Laufschuhen umgeschaut haben. Deine Mama war völlig benommen, kurz vor der Bewusstlosigkeit, hat wohl jede Menge Medikamente geschluckt. Die leeren Verpackungen sind zum Glück noch auf der Kredenz gelegen. Damit wusste der Notarzt sofort, welche Substanzen sie geschluckt hat.«

»Scheiße«, sagte Sandra leise. Das Wasser brodelte immer lauter, und das Gerät schaltete sich schließlich automatisch ab. Sie griff nach der Kanne und goss das heiße Wasser über den Teebeutel. Niemals hätte sie gedacht, dass die Mutter ausgerechnet ihre letzte Selbstmorddrohung wahr machen würde. Sandra hatte ähnliche Sprüche schon so oft aus ihrem Mund gehört, doch nie war etwas dergleichen geschehen. Irgendwann hatte sie daher aufgehört, sie für voll zu nehmen. »Weißt du, wie es ihr geht?«, erkundigte sie sich.

»Der Notarzt hat sie noch vor Ort behandelt und gemeint, sie sei übern Berg«, versicherte Max.

Warum nur empfand sie in diesem Augenblick keine Erleichterung, wunderte sich Sandra. Immerhin ging es um ihre Mutter, die einen Selbstmordversuch überlebt hatte. Stattdessen meldete sich das schlechte Gewissen prompt zur Stelle. Hätte sie der Mutter doch wenigstens dieses eine Mal Glauben geschenkt!

Als hätte er ihre Gedanken gelesen, unterbrach Max ihre Selbstvorwürfe: »Es ist nicht deine Schuld, Sandra.«

»Ich weiß.« Wusste sie das wirklich?

»Komm, gehen wir ein wenig an die frische Luft. Du bist ganz blass.«

»Ach, Max. Das ist alles so … es ist einfach so anstrengend. Ich hab keine Kraft mehr …«

»Das hört sich für mich nach Burn-out an«, meinte er besorgt.

»Nein, nein. Mit meinem Job komme ich schon klar. Und mit dem bisschen Privatleben, das mir bleibt, auch. Nur meine Familie und dieses Kaff hier pack ich einfach nicht mehr«, stellte sie klar.

»Das eine lässt sich im Moment aber nur schwer vom anderen trennen. Immerhin habt ihr heute deinen Halbbruder festgenommen. Und deine Mutter wird wohl noch eine Zeit lang in psychiatrischer Behandlung bleiben müssen.«

Sandra nickte erschöpft.

»Komm, Sandra. Hol deine Jacke. Ich lad dich auf die Binderalm ein. Eine Brettljausn wird dir guttun«, schlug Max vor.

»Jetzt? Ich hab doch noch so viel zu tun. Wir wollen heute Abend unsere Zelte hier abbrechen. Du kannst dich schon mal freuen: Ihr seid uns demnächst wieder los.« Hoffentlich für immer, fügte sie gedanklich hinzu.

»Dass Bergmann hier verschwindet, tut mir sicher nicht leid, aber du … Komm schon, du musst doch was essen. Wer weiß, wann du jemals wieder die Möglichkeit hast, auf der Binderalm in der Sonne zu sitzen und die beste Brettljausn weit und breit zu genießen?«

Sandra blickte auf ihre Armbanduhr. »Okay«, willigte sie schließlich ein. »Es ist ohnehin längst Mittag. Fahren wir!«

»Ich geb nur rasch Jakob Bescheid.«

»Und ich Sascha.«

Max verdrehte die Augen. »Sascha nennst du diesen Vollidioten also«, stöhnte er.

»Na, na, na …«, rügte Sandra ihn. Sie wusste, wie nachtragend Max war. Sie hatte sich oft genug darüber geärgert. Dennoch konnte sie es ihm nicht verübeln, dass er Bergmann ablehnte, so wie der ihn behandelt hatte.

Bergmann verzichtete auf die üblichen Sticheleien, nachdem sie ihn kurz informiert hatte, was mit ihrer Mutter passiert war. »Kannst du mir was mitbringen? Ich hab seit heute Morgen nichts gegessen«, bat er sie.

»Sicher. Wie wär's mit einer Brettljausn? Sehr zu empfehlen.«

»Gerne. Ach ja, noch was: Stell dich schon mal darauf ein, dass wir eine weitere Nacht hier im Gasthof verbringen werden.«

»Was? Wieso das denn?« Die Nachricht traf Sandra wie die Ohrfeige der Mutter, der sie bei Mikes Festnahme so knapp ausgewichen war.

»Wir müssen die Oberhausers noch einmal befragen, auch die Angestellten und die Stammgäste.«

»Wieso? Was versprichst du dir davon?«

»Ich werde das Gefühl nicht los, dass uns Mike die Wahrheit gesagt hat.«

Sandra sah ihn verblüfft an.

»Vielleicht hat sich ja wirklich jemand anders für ihn ausgegeben und sein Foto hochgeladen«, meinte er.

»Aber warum sollte das jemand tun?«

»Das weiß ich nicht. Noch nicht. Aber schau selbst: Dieses Foto könnte doch in der ›Goldenen Gans‹ geschossen worden sein.«

Sandra betrachtete das Abbild ihres Halbbruders, das sie in deutlich schlechterer Auflösung bereits von der Webseite kannte. Bergmann hatte es inzwischen von den Kriminaltechnikern in Graz bearbeiten und vergrößern lassen. »Besser geht's leider nicht«, kommentierte er das Ergebnis.

»Die Holzpaneele an der Wand, das Bild da im Hintergrund … es ist zwar noch immer nicht viel darauf zu erkennen, aber das hier könnte das Foto von den Prangschützen sein.« Sandra deutete auf einen bunten Fleck neben Mikes linkem Ohr.

»Wie meinen?«, fragte Bergmann.

»Na, die Prangschützen beim Samson-Umzug.«

Bergmann sah Sandra noch immer verständnislos an.

»Nie gehört von.«

»Hätt ich mir denken können. Pass auf: Zweimal im Jahr findet in Krakaudorf, ganz in der Nähe von hier, der Samson-Umzug statt. Zu Fronleichnam und zu St. Oswaldi im August«, erklärte sie, »ein Mann trägt die sechs Meter große, an die 70 Kilo schwere Holzfigur auf seinen Schultern durch den Ort, begleitet von den Prangschützen in ihren französischen Uniformen.«

»Wieso denn französisch und nicht steirisch?«

»Die Legende sagt, dass der erste französische Soldat unter Napoleons Führung bereits vor der Ortsgrenze von den wehrhaften Bauern verjagt wurde. Seine Uniform scheint jedoch Eindruck hinterlassen zu haben. Deshalb tragen die Prangschützen heute noch die Grenadieruniformen und Braunfellmützen bei den Samson-Umzügen.«

»Und wozu soll das ganze Theater überhaupt gut sein?«

»Mein Gott, das ist gelebtes Brauchtum. Der Hauptmann der Prangschützen bittet mit jeder Ehrensalve um Spenden, und der Samson tanzt dafür zur Blasmusik.«

»Von mir aus. Das Bild im Hintergrund kommt dir also bekannt vor?«

»Ein solches Bild hängt jedenfalls in Mizzis Gaststube. Mikes Foto könnte davor aufgenommen worden sein. Alle Achtung, Sascha – gutes Auge«, lobte Sandra den Kollegen. Den Wahrheitsgehalt von Mikes Aussage zweifelte sie jedoch immer noch an. Wünschte sie sich am Ende gar, dass ihr Halbbruder log, damit er für längere Zeit aus ihrem Leben verschwand?

Bergmann ließ ihr keine Zeit, um über eine Antwort nachzudenken. »Du bist also bereit, eine weitere Nacht mit mir im Gasthof zu verbringen?«, beliebte er wieder einmal zu scherzen.

Sandra seufzte und willigte schweren Herzens ein: »Noch eine Nacht in der ›Goldenen Gans‹ … na, gut. Vielleicht kann sich dort tatsächlich jemand erinnern, ob, wann und von wem dieses Foto in der Gaststube aufgenommen wurde.« Eine weitere Nacht in St. Raphael verbringen zu müssen, erschien ihr nach dem heutigen Vormittag die Fortsetzung eines Albtraums zu sein, aus dem sie spätestens morgen zu erwachen hoffte. Noch ein paar Stunden länger hierzubleiben, war jedenfalls leichter zu ertragen als die Vorstellung, zu einem späteren Zeitpunkt noch einmal zurückkehren zu müssen.

Eine halbe Stunde danach servierte die Pächterin der Binderalmhütte ein großes Holzbrett, auf dem sich verschiedene Würste, Speck, kalter Schweinsbraten, Geselchtes, Essiggurken, Senf und der obligate steirische Kren türmten. Dazu brachte ihnen Rosi zwei große Gläser Apfelmost. Sandra griff voller Heißhunger zu einem geselchten Würstel, tauchte dieses in den frisch geriebenen Kren und biss hinein. Max, der neben ihr auf der Bank saß, machte sich zuerst über eine fingerdicke Scheibe kalten Schweinsbraten her.

Das schöne Wetter hatte außer ihnen noch ein paar Wanderer angelockt. Rentner, die wie sie die vielleicht letzten Spätsommer-Sonnenstrahlen dieses Jahres im

Gastgarten der Binderalmhütte genossen. Es war gut möglich, dass das Grazer Becken noch immer im Nebel versank, während sich hier oben längst die Sonne durchgesetzt hatte. Was die Sonnenscheindauer anbelangte, so war die steirische Krakau zweifelsfrei bevorzugt. Auch wenn der Winter dafür länger blieb als in der Landeshauptstadt.

Der frische Kren stieg Sandra in die Nase. Sie schnäuzte sich und trocknete die Tränen, die ihr die scharfe Wurzel in die Augen trieb. Ihre Atemwege fühlten sich wie durchgeputzt an und waren bereit, noch mehr von dem Sauerstoff aufzunehmen, den der angrenzende Wald tagein, tagaus produzierte.

Ihr erster Heißhunger war gestillt, und die Gläser waren zur Hälfte geleert, als Max sich nach dem aktuellen Ermittlungsstand erkundigte. Sandra verkniff es sich, ihm erneut die vertuschte Wirtshausschlägerei vorzuwerfen. Immerhin hatte er sich für seinen Fehler entschuldigt, und sie hatte beschlossen, ihm zu verzeihen. Stattdessen erzählte sie ihm, dass sich Mike und Eva Kovacs auf derselben Sexpartnerwebseite herumgetrieben und offenbar virtuellen Kontakt miteinander gehabt hatten. »So wie es aussieht, könnte das spätere Opfer sogar wegen ihm nach St. Raphael gereist sein«, sagte sie.

»Dann war das also gar keine Vergewaltigung?«, meinte Max erstaunt.

Sandra nickte. »Möglicherweise nicht.«

»Sie war hier, um ihre sexuellen Fantasien zu realisieren«, zog er dieselben Schlüsse wie sie am Morgen.

»Kann gut sein.«

»Die Kovacs hatte ein Blind Date mit ihrem Mörder ...« Max biss so kräftig in sein Gurkerl, dass Sandra der Essig ins Gesicht spritzte. Er entschuldigte sich lachend und säuberte ihre Wange mit seiner Serviette.

»Blind Date mit ihrem Mörder«, wiederholte Sandra. »Schöner Buchtitel. Du solltest Kriminalromane schreiben«, meinte sie.

»Vielleicht mache ich das später mal, wenn ich in Pension bin.«

Dass er jetzt schon an den Ruhestand dachte, war typisch für Max – vorausplanend, wie er nun einmal war.

»Ganz so blind war die Verabredung aber auch wieder nicht«, kehrte Sandra zum Thema zurück. »Die beiden wussten doch vorher schon, wie sie aussahen. Zumindest wusste er, wie sie aussah.«

Seinem Gesichtsausdruck nach zu urteilen, konnte Max ihr nicht folgen.

»Mike behauptet, jemand anders hätte sein Foto hochgeladen und vorgetäuscht, er zu sein«, erklärte ihm Sandra.

»Ach so. Aber warum ist die Kovacs dann hier aufgetaucht?«, fragte Max.

»Eben. Wir gehen jetzt mal davon aus, dass sie Mike hier treffen wollte.«

»Oder jemanden anders, der sich als Mike ausgab.«

»Der müsste dann aber auch hier leben. Sonst hätte es doch keinen Sinn gehabt, hierherzukommen«, stellte Sandra fest.

»Vielleicht wusste derjenige aber auch gar nicht, dass sie kommen würde.« Max nahm einen kräftigen Schluck von seinem Most, bevor er ein weiteres Glas bei Rosi bestellte. »Für dich auch noch einen?«

Sandra winkte ab. Mehr als einen Apfelmost wollte sie sich und ihren Verdauungsorganen nicht zumuten. Zu viel des Guten würde ihr nur wieder Bauchweh bescheren. »Ich hab auch schon an einen Überraschungsbesuch der Kovacs gedacht, bei dem sie an den echten Mike geraten ist. Aber wer ist dann der falsche?«

Max kaute nachdenklich auf seinem Schwarzbrot herum. »Jemand, der sein wahres Gesicht nicht zeigen wollte und sich stattdessen das nächstbeste Foto von Mike gekrallt hat. Ohne zu ahnen, dass die Dame eines Tages persönlich hier auftauchen würde«, antwortete er schließlich.

»Aber warum ausgerechnet ein Foto von Mike?«

»Na, er ist doch ein hübscher Kerl.«

»Findest du?«

»Entscheidend ist doch nicht, was ich finde, sondern was die Frauen finden. Und auf die scheint er zu wirken«, meinte Max.

Sandra blies hörbar Luft aus. »Versteh einer die Frauen«, ätzte sie.

»Meine Red'.« Max lachte über ihren Kommentar, während Rosi seinen Most brachte.

»Passt alles?«, wollte sie wissen.

»Alles bestens, Rosi. Das ist immer noch die großartigste Jausn der Welt«, lobte Sandra sie.

»Das freut mich, Sandra. Darf's sonst noch was für euch sein?«, fragte Rosi.

Max verneinte.

»Für mich auch nicht, danke. Vergisst eh nicht auf die Jausn zum Mitnehmen, Rosi?«, erinnerte Sandra die Pächterin.

»Geh, Sandra. Die hab ich doch schon längst ein'packt«, antwortete Rosi, ehe sie wieder in der Hütte verschwand.

Sandra wandte sich an Max: »Die Kriminaltechniker werden schon herausfinden, ob Mike auf dieser Seite war oder jemand anders. Wir werden seine Festplatte morgen mit nach Graz nehmen.«

»Morgen? Ich dachte, ihr verlasst uns schon heute.«

»Das dachte ich auch bis vor Kurzem. Wir wollen aber noch abklären, ob das Profilfoto von Mike bei der Mizzi geschossen wurde, wie wir vermuten. Vielleicht finden wir sogar heraus, wer es gemacht hat.«

»Hast du es denn bei dir?«

»Nein. Ich zeig es dir dann in der Inspektion.«

»Nicht nötig. Ich kann es mir ja gelegentlich auf dieser Sexseite ansehen.«

Max grinste wie ein schlimmer Junge, was Sandra nach all den Jahren immer noch sehr sexy fand. Sie räusperte sich. »Auf der Seite wirst du nicht besonders viel erkennen. Die Auflösung ist zu gering. Sieh dir lieber das Foto an, das Bergmann nachbearbeiten hat lassen.«

»Dein Kollege treibt sich übrigens auch ganz gern auf solchen Seiten herum.«

Sandra stutzte. »Ja? Und woher weißt du das?«, fragte sie.

»Ich hab mich doch um seinen Laptop gekümmert. Schon vergessen? Dabei bin ich beim Wiederherstellen der Dateien zufällig über ziemlich heiße Videos, Fotos und E-Mails gestolpert, die er erst vor Kurzem gelöscht hat. Willst du wissen, was …?«

»Nein danke, Max«, unterbrach sie ihn, »bitte verschone mich mit Bergmanns Sexualleben. Für heute ist mein Bedarf an Pornografie mehr als gedeckt. Wie sieht's denn übrigens bei dir aus?« Die Frage konnte er nur missverstehen, befürchtete sie und korrigierte sich umgehend: »Ich meine, warst du schon mal auf so einer Sexplattform, um dich … auszutauschen?«

Max räusperte sich und sah sie an. »Um mich auszutauschen?«

»Na, du weißt schon …«

»Nein. Aber ich hab mir schon mal das eine oder andere Filmchen reingezogen«, gab er zu. »Warum denn auch nicht? Schließlich habe ich zurzeit keine Freundin.«

»Ja, und weiter?«

»Gar nichts weiter.«

Sandra sah ihn von der Seite an. In dieser Einschicht war es wirklich nicht leicht, eine Frau kennenzulernen. Noch dazu, wenn man nicht der Typ für Ausflüge in Discos oder sonstige Lokale war. Wie sie Max kannte, war es für ihn erst recht tabu, sich im fünfzehn Kilometer entfernten Bordell zu erleichtern. So wie das einige Gendarmen vor ihm getan hatten. Wenn man Sandras Mutter Glauben schenken durfte, war auch ihr Vater unter den Freiern gewesen, bevor er die Familie endgültig verlassen hatte.

»Habt ihr Mikes Handy schon überprüft?«, wechselte Max das Thema.

Sandra nickte. »Weder auf der SIM-Karte noch im Telefonspeicher gibt es Hinweise auf Kontakte mit der Kovacs. Auf die Rufnummernaufstellung warten wir noch. Wir wissen aber schon vom Mobilfunkbetreiber der Kovacs, dass sie keinen Kontakt mit Mike hatte. Jedenfalls nicht über ihr Handy. Ich setze also darauf, dass uns Mikes Festplatte verraten wird, ob sie sich kannten oder nicht.«

»Sofern er die Spuren auf seiner Festplatte nicht verschwinden hat lassen.«

»Das würde mich aber sehr wundern. Mike ist alles andere als ein Computergenie. Außerdem kann man doch jeden, der im Internet surft, ausfindig machen.«

»Prinzipiell hast du schon recht: Wer im Internet unterwegs ist, hinterlässt virtuelle Spuren, die sich üblicherweise zurückverfolgen lassen. Es gibt jedoch Mittel und Wege, seine Spuren im Netz so zu verwischen, dass die Nachverfolgung nicht mehr ganz so einfach, beziehungsweise einige Stunden später kaum noch möglich ist. Das ist nicht einmal so schwierig mit der richtigen Software.«

»Aber gibt es da nicht dieses umstrittene Gesetz, wegen dessen Nichteinhaltung uns die EU eine Klage aufgebrummt hat?«, warf Sandra ein.

Max nickte. »Dabei ging es um die sogenannte Vorratsdatenspeicherung, die Internetfirmen verpflichtet, Internet- und E-Mail-Daten sechs Monate lang zu speichern und den berechtigten Behörden und der Staatsanwaltschaft Auskunft zu erteilen.«

»Das betrifft doch aber nicht die Inhalte?« Sandra hatte das Thema bisher nur am Rande mitbekommen.

»Nein. Die Inhalte der E-Mails, Internettelefonate und Seitenbesuche werden nicht gespeichert«, fuhr Max fort. »Aber es lässt sich indirekt vieles rekonstruieren, weil die Seiten in sogenannten Log-Files die IP-Adressen aller Besucher speichern.«

»Und was bringt uns das?«

»Damit wissen wir, wer wann auf welcher Webseite war und wer wem welche E-Mail geschickt hat.«

»Es sind also diese Log-Files, die unseren Ermittlungen dienen.«

»Genau«, bestätigte Max.

»Aber wie schafft man es dann, unentdeckt zu bleiben? Und bitte, drück dich allgemein verständlich aus.«

Technische Erklärungen waren Sandra ein Gräuel, insbesondere wenn diese wie die Bedienungsanleitung ihres DVD-Rekorders formuliert waren, den sie noch immer nicht richtig programmieren konnte.

»Es gibt im Internet sogenannte Anonymizer. Zu Deutsch: Anonymisierdienste, welche die Ausgangsdaten der Nutzer über eine Reihe von Servern so verschlüsseln, dass diese beim Zielserver nicht mehr zu identifizieren sind. Die Spur im Netz wird damit unsichtbar.«

»So einfach ist das?«

»Nicht ganz. Die Datenabrufe können schon nachvollzogen werden, wenn alle benutzten Server diese gleichzeitig mitprotokollieren. Das ist technisch möglich, um kriminelle Machenschaften nicht zu begünstigen. Wir können den Datenverkehr jedoch nur mit einem richterlichen Beschluss abhören, und auch nur dann, wenn die Betreiber die Protokollierungsfunktion aktivieren.«

»Damit wäre die Anonymität doch wieder beim Teufel ...«

»Ja. Es gibt da aber noch eine andere Möglichkeit, die sogar wir nutzen, um anonym in offenen Quellen im Internet zu ermitteln.« Max trank seinen Most zur Hälfte aus, ehe er weitersprach. »Dieser Dienst leitet den Datenverkehr immer wieder anders über private Rechner weiter.«

»Hä? Wie das?«

»Ganz einfach. Unzählige private Nutzer bieten ihre Rechner weltweit für die Datenübertragung an, und die Spur verläuft sich im Netz.«

»Verstehe.«

»Wenn du dann noch mit einer Zehn-Minuten-Mail-adresse operierst, die – wie der Name schon sagt – nur zehn Minuten lang gültig ist, und mit einer anonymen Paysafecard bezahlst, bist du de facto nicht mehr auf-zuspüren.«

»Du meinst so eine Prepaid-Karte, wie beim Handy?«

»Ganz genau. Eine Paysafecard ist im Gegensatz zu einer Kreditkarte ein völlig anonymes elektronisches Zahlungsmittel, das gegen Bares in jeder Trafik oder Post erhältlich ist. Du rubbelst einen PIN-Code frei und kannst damit in den diversen Webshops bezahlen. Solange dein Guthaben eben reicht. Der Vorteil daran ist, dass deine Kreditkarten oder Bankdaten nicht miss-braucht werden können.«

»Und dass niemand weiß, wer die Karte verwendet hat.«

»Richtig.«

»Dann hoffen wir mal, dass Mike und all die ande-ren Online-Kontakte der Kovacs nicht so schlau waren wie du.« Warum Max mit all seinen Fähigkeiten lieber in St. Raphael versauerte, als in eine Stadt zu ziehen und dort Karriere zu machen, hatte Sandra noch nie verstanden. Es war für sie ein Rätsel, was ihn so sehr mit diesem – zugegebenermaßen wunderschönen – Stückchen Erde verband. Seine Eltern, die hier lebten, konnte er doch auch so immer wieder besuchen. Mittlerweile schien sich Max sogar mit der Engstirnigkeit der meisten Dorfbewohner, die ihn früher ebenso genervt hatte wie sie, abgefunden zu haben. Irgendwann würde er wohl auch noch den Traum von der eigenen Familie begraben müssen, fürchtete sie für ihn. Dabei wusste sie am allerbesten, was für ein zuverlässiger Mann und liebevoller Vater Max geworden wäre. Sandra nahm nicht an, dass sich seine Traumfrau zufällig nach St. Raphael verirren würde. Genauso wenig glaubte sie, dass der Zufall Eva Kovacs hierhergeführt hatte. Vielleicht war das Internet für Max wirklich die beste Möglichkeit, die Frau fürs Leben zu finden. Wenn auch nicht gerade auf einer Seite wie www.sexpartnerboerse.at.

»Du siehst so traurig aus. Machst du dir Sorgen um deine Mutter?«, riss Max sie aus ihren Gedanken.

Sandra schüttelte den Kopf. »Auf die Gefahr hin, dass ich herzlos klinge, nein.«

»Ich weiß doch, dass du das Herz am richtigen Fleck hast, Sandra«, erwiderte er und griff nach ihrer Hand.

Sandra wehrte sich nicht. Nach all den Aufregungen des Tages tat es ihr gut, von einer vertrauten Person gehalten zu werden. Zum Glück waren die anderen Gäste bereits gegangen. Selbst wenn es sich dabei um Ortsfremde gehandelt hatte, so hätten sich diese doch zumindest über einen uniformierten Polizisten gewundert, der am helllichten Tag mit einer Frau Händchen hielt.

»Wir sollten langsam aufbrechen«, erinnerte sie ihn an die Pflicht und entzog ihm ihre Hand.

»Ich geh mal rein, zahlen«, sagte er im Aufstehen.

»Vergiss bitte nicht auf die Brettljausn für Bergmann.«

»Dass mir dieser Idiot immer die Stimmung versauen muss«, erwiderte Max und verschwand in der Hütte.

Sandras Wangen glühten. Ob sie zu viel Sonne erwischt hatte? Oder wurde sie zu allem Überfluss auch noch krank? Sie war müde. Zu müde, um die Ereignisse des Tages zu sortieren. Zu müde, um einen klaren Gedanken fassen oder ihre Gefühle verstehen zu können. Sie musste endlich dieses Dorf verlassen, um sich selbst wieder in den Griff zu bekommen.

»Wir können dann …« Max fischte den Autoschlüssel aus der Hosentasche, und Sandra nahm ihm Bergmanns spätes Mittagessen ab, das Rosi feinsäuberlich in Alufolie eingepackt hatte.

»Die Anita und der Matthias wollten dich unbedingt noch zum Essen einladen, bevor du nach Graz zurückfährst. Vielleicht geht sich's ja heute noch bei dir aus? Was hältst du von einem entspannten letzten Abend mit uns?«, meinte Max am Weg zum Streifenwagen.

»Ich bin todmüde, Max. Und ich weiß nicht, wann wir heute bei der Mizzi fertig werden«, erwiderte sie beim Einsteigen in den Wagen.

»Kann denn Bergmann nicht auch mal ohne dich auskommen?«

»Kann er schon. Aber ich möchte lieber dabei sein, wenn er die Zeugen befragt. Du weißt doch, dass er hier überall aneckt.« Sandra schnallte sich an.

»Mute dir bloß nicht zu viel zu, Sandra. Ich kenne dich. Du bist am Limit. Und außerdem befangen. Du solltest diesen Fall abgeben und dir Urlaub gönnen.«

»Ich bin nicht befangen. Und ich steh das durch. Gar kein Problem, ehrlich nicht«, meinte sie mit einem halbherzigen Lächeln.

Max warf ihr einen besorgten Blick zu und startete den Wagen. Sandra lehnte ihren Kopf an die Stütze und schloss ihre Augen. Ein klein wenig dösen konnte nicht schaden.

Als Nächstes spürte sie, wie jemand sanft über ihre Wange strich.

»Wir sind da. Wach auf.« Die Stimme wurde lauter: »Sandra!«

Ruckartig richtete sie sich auf und rieb sich die Augen. Dass sie auf der kurzen Strecke tatsächlich eingenickt war, erstaunte Sandra.

»Nimm dir heute Abend lieber frei. Du brauchst ein wenig Entspannung«, redete Max ihr noch einmal gut zu.

Vielleicht hatte er ja recht. Vielleicht sollte sie Bergmann ausnahmsweise mal allein losschicken. Die Ereignisse dieses Tages waren wohl ein bisschen zu viel für sie gewesen. Wenn sie ehrlich zu sich selbst war, wollte sie den Abend am liebsten mit einer vertrauten Person verbringen. Auch wenn sie sich vor ein paar Tagen noch geschworen hatte, Max nie wieder privat zu treffen, so war er doch der einzige Freund, den sie in ihrem Heimatdorf noch hatte. »Na schön. Ich rede mit Bergmann. Aber nur, wenn du mir versprichst, dass ich spätestens um elf Uhr in meinem Bett liege.«

»Das entscheidest du ganz allein. Du bist schließlich ein großes Mädchen.« Max' Lächeln verriet ihr, dass er sich über ihren Sinneswandel freute.

Bergmann war einverstanden, die ausständigen Zeugeneinvernahmen ohne sie durchzuführen. Dafür sollte sie Max' Bruder, den Bürgermeister, beim Abendessen über etwaige Bauvorhaben in der Umgebung befragen, die möglicherweise im Zusammenhang mit der Kovacs Immobilien & Consulting standen. Das konnte in keinem Fall schaden, zumal die Ermittlungen der Wirtschaftskriminalisten noch einige Zeit in Anspruch nehmen würden.

Nachdem Bergmann seine Jause gierig verschlungen hatte, wollte er sich noch einen letzten Kaffee mit ›Blondie‹ genehmigen, wie er Petra zum wiederholten Mal gewollt provokativ nannte. Sandra hatte beschlossen, sich nicht mehr über seine Äußerungen zu ärgern. Wenn sie seine Bemerkungen beharrlich ignorierte, würde ihm der Spaß daran schon irgendwann vergehen. Einen Versuch war diese Taktik allemal wert. Kaum hatte Bergmann das Büro verlassen, rief sie Max an und verabredete sich mit ihm um achtzehn Uhr dreißig in seiner Wohnung. Für neunzehn Uhr wollte er sie bei seiner Schwägerin zum Essen ankündigen. Damit konnte Sandra ihre Joggingrunde vergessen. Sie beeilte sich, das provisorische Büro aufzuräumen und packte die Unterlagen, die sich in den vergangenen Tagen angesammelt hatten, in Kartons ein. Jakob half ihr, diese zum Dienstwagen zu schleppen und im Kofferraum zu verstauen. Ihre Reisetasche wanderte auf den Rücksitz.

Nachdem die Plackerei erledigt war, stieß Bergmann zu ihnen und nahm gut gelaunt am Beifahrersitz Platz. »Warum hast du denn nichts gesagt? Ich hätte dir beim Tragen geholfen«, meinte er lapidar.

»Schon gut, Sascha. Ich wollte euch euren letzten Kaffee nicht verderben.«

Bergmann grinste und schwieg auf der kurzen Fahrt bis zur ›Goldenen Gans‹. Dort angekommen, vereinbarten sie, sich am nächsten Morgen zum Frühstück zu treffen und anschließend nach Graz aufzubrechen. Im Flur trennten sich ihre Wege und beide verschwanden in ihren Zimmern.

Wenn nichts Unvorhergesehenes geschah, würden die Ermittlungen vor Ort demnächst endlich abgeschlossen sein, überlegte Sandra, während sie ihre Jacke über die Sessellehne hängte. Der Gedanke, nie wieder nach St. Raphael zurückzukehren, fühlte sich plötzlich seltsam an. Sie zog ihre Kleidung aus und ließ sie achtlos zu Boden fallen. Dem Heimatort demnächst auf Nimmerwiedersehen den Rücken zu kehren, löste merkwürdigerweise nicht die große Erleichterung in ihr aus, die sie erwartet hatte. Stattdessen fühlte sie sich erschöpft und traurig. Sie stieg in die Duschkabine und hoffte, dass das warme Wasser nicht nur die körperlichen Spuren dieses anstrengenden Tages beseitigen würde. Doch leider ließen sich negative Gefühle nicht so einfach wegwaschen. Max hatte wohl recht. Sie war an die Grenzen ihrer Belastbarkeit gestoßen. Und vielleicht war sie tatsächlich ein wenig befangen, grübelte sie, während sie den Einwegrasierer zur Hand nahm, um sich routinemäßig aller überflüssigen Körperhaare zu entledigen. Ihre Mutter war in der Nervenklinik, der Halbbruder saß in Untersuchungshaft. Beide waren dort, wo sie hingehörten. Warum um alles in der Welt stimmte sie diese Tatsache nur so traurig? Sie mochte die beiden doch nicht einmal. Sandra massierte das Shampoo in ihre Haare ein. Dann spülte sie den duftenden Schaum gründlich aus und stieg aus der Dusche, um sich abzutrocknen und einzucremen.

Sie zog die frische Wäsche, ihren eng sitzenden V-Pulli und die Jeans an, föhnte ihre Haare und legte ein wenig Make-up auf. Allmählich fühlte sie sich besser, zumal sie den Abend nicht alleine mit ihren trüben Gedanken verbringen musste.

Max empfing Sandra mit einem Handtuch um die Hüften. Er wolle nur noch rasch duschen, entschuldigte er sich. Sie möge sich inzwischen wie zu Hause fühlen. Getränke seien im Kühlschrank. Sandra schlüpfte in die Gästepantoffeln und sah ihrem Exfreund nach. Sein Hintern war noch genauso knackig wie früher. Und auch sonst schien er gut durchtrainiert zu sein. Max war immer noch eine Sünde wert, musste sie sich eingestehen und schaltete den Fernseher ein, um sich abzulenken.

Bei einem Glas Welschriesling verfolgte sie die Steiermark-Nachrichten, bis Max in Jeans und orangefarbenem Hemd im Wohnzimmer auftauchte. Während er seine Armbanduhr anlegte, fiel Sandra auf, dass seine kurz geschnittenen Haare noch nass waren. Früher waren sie um einiges länger gewesen. Max hatte sie immer stundenlang geföhnt, bis jede Strähne perfekt saß. Sandra hatte sich oft darüber lustig gemacht, dass er im Badezimmer länger brauchte als sie. Ein bisschen hatte er sich anscheinend doch verändert. Auch dass er Mut zu Farbe zeigte, war ihr neu. »Ziemlich gewagt, das Hemd«, kommentierte sie seine Wahl.

»Gefällt es dir nicht?«, fragte er verunsichert.

»Doch. Steht dir sehr gut das Orange«, sagte sie und schaltete den Fernseher ab.

»Ich hol mir auch einen kleinen Schluck, um mit dir anzustoßen. Du hast noch Wein?«, fragte er.

Sandra nickte und verfolgte ihn erneut mit ihren Blicken. Wieso fand sie Max auf einmal so attraktiv? Eben noch war sie deprimiert gewesen, jetzt hegte sie ganz andere Gefühle.

Max kehrte mit einem Glas Weißwein aus der Küche zurück und setzte sich neben sie. »Schön, dass du hier bist«, meinte er und prostete ihr zu.

»Sollten wir nicht langsam rübergehen?«, fragte Sandra.

»Nur kein Stress. Alles in Ordnung mit dir?«, erkundigte er sich.

Sandra nickte. »Hungrig bin ich.«

»Das ist gut. Anita ist eine tolle Köchin. Sie hat sicher was ganz Besonderes für dich zubereitet.«

»Sie scheint die perfekte Frau zu sein. Langsam wird sie mir unheimlich.«

Max grinste. »Das ist sie mir schon lange. Anitas Perfektion würde mich auf Dauer ziemlich nerven. Aber abgesehen davon ist sie wirklich nett. Du wirst schon sehen.«

»Jetzt weiß ich auch, warum du mit mir zusammen warst. Ich bin weder nett noch perfekt«, meinte Sandra kokett.

»Für mich bist du immer noch die perfekte Frau«, sagte er im Brustton der Überzeugung. Erstaunlicherweise klang sein Kompliment diesmal kein bisschen anbiedernd.

Sandra stellte das leere Weinglas am Couchtisch ab, und folgte Max wenig später in den anderen Teil des alten Bauernhofes.

Die Wohnung der jungen Bürgermeisterfamilie hatte ein ganz anderes Ambiente als jene von Max, obwohl die Räume von den gleichen Deckengewölben geprägt waren. Hier gab es mehrere kleinere Zimmer, die bis unter die Gewölbe in verschiedenen kräftigen Wandfarben gestrichen waren. Azurblau, sonnengelb, orange, apfelgrün und karminrot. Die Möbel waren aus hellem, gewachstem oder geöltem Naturholz. Mit Sicherheit hatten Lenis Eltern bei der Einrichtung besonderen Wert auf schadstoffarme, ökologisch einwandfreie Materialien gelegt, vermutete Sandra. Im relativ großen Badezimmer, das mit Duschschnecke und Doppelwaschbecken ausgestattet war, leuchteten kunstvoll arrangierte Mosaikfliesen in karibischen Sand-, Blau- und Türkistönen. Insgesamt wirkte die Wohnung sehr fröhlich und gemütlich, obwohl sie – bis auf Lenis bunte Holzklötze auf dem Wohnzimmerteppich – picobello aufgeräumt war. Normalerweise fand Sandra penible Ordnung steril. Aber hier störte sie nicht. Alles war perfekt, wie es war. Während Leni und ihr Onkel Max vergnügt auf dem Teppich spielten und Anita sich in der Küche ums Essen kümmerte, beschloss Sandra, den offiziellen Teil des Abends hinter sich zu bringen. Matthias schien über ihre Fragen keineswegs verwundert zu sein. Doch außer dem Gerücht, dass ein Projektentwickler aus Wien ein Biohotel in der Nachbarortschaft Aubach ins Auge gefasst habe, wusste der Bürgermeister von St. Raphael nichts über größere Immobilienprojekte.

»Du kennst nicht zufällig den Namen dieser Firma?«, hakte Sandra nach.

»Jedenfalls handelt es sich dabei nicht um die Kovacs GmbH.«

Dass der Mann des Mordopfers im Immobiliengeschäft tätig war, wusste Matthias entweder von seinem Bruder oder aus den Medien, überlegte Sandra. »Gibt es jemanden, der sich an den Namen der Firma erinnern könnte?«, fragte sie.

»Der Thalheimer Hannes, das ist der Bürgermeister von Aubach.«

Sandra notierte sich den Namen für den nächsten Tag.

»Bitte zu Tisch, meine Lieben!« Anita brachte die Suppenschüssel herein und stellte sie am herbstlich dekorierten Esstisch ab. Max hievte Leni auf seine Schultern. Die Kleine quietschte vor Vergnügen, als er mit ihr zum Tisch hüpfte, wo er sie in den hohen Kinderstuhl verfrachtete.

Matthias nahm neben Leni Platz. Seine Aufgabe war es, der Tochter etwas Steinpilzsuppe einzuflößen, bevor er sie vor dem Hauptgang zu Bett brachte. Max hatte mit Anitas Kochkünsten nicht übertrieben. Nach der köstlichen Suppe zauberte sie ein Krenfleisch auf den

Tisch, das sogar Sandras Mutter vor Neid erblassen hätte lassen. Die Männer lobten Anita dafür ausgiebig, und auch Sandra konnte nicht umhin, ihr zu dieser kulinarischen Höchstleistung zu gratulieren. Immerhin war sie nicht einmal Steirerin. Anita freute sich riesig über die Komplimente. Aber auch Matthias war ein vollendeter Gastgeber. Aufmerksam, wie er war, schenkte er ständig nach, noch bevor die Gläser leer waren. Sandra bemerkte fast zu spät, dass sie längst mehr als genug Wein intus hatte. Den Rausch vom vergangenen Freitag wollte sie keinesfalls wiederholen. Also trank sie nur noch Wasser, bis sie sich kurz vor zehn von der Bürgermeisterfamilie verabschiedete. Aufgekratzt, wie sie immer noch war, nahm sie Max' Einladung zum Espresso gerne an und folgte ihm in seine Wohnung. Schließlich war es ihr letzter Abend in St. Raphael, und sie war niemandem Rechenschaft schuldig. Dass sie doch noch ein bisschen beschwipst war, bemerkte sie, als sie Max die Kaffeetassen abnahm, um diese ins Wohnzimmer zu tragen. Ihm schien ihr Zustand auch nicht entgangen zu sein.

»Bitte versteh mich nicht falsch, Sandra. Ich glaube, du solltest heute nicht mehr Auto fahren«, sagte er, nachdem es sich die beiden auf dem Sofa gemütlich gemacht hatten.

»Das hatte ich auch gar nicht vor.« Sandra lächelte ihn an und nippte an ihrem Espresso, ohne ihren Blick von ihm abzuwenden.

»Ich fürchte, ich habe auch schon zu viel getrunken, um dich in den Gasthof zu fahren. Ich kann dir ja später ein Taxi rufen.«

Er schien nicht verstanden zu haben, dass sie nicht in der ›Goldenen Gans‹ übernachten wollte. Sandra stellte die Tasse zurück auf den Tisch und kletterte rittlings auf seinen Schoß. »Vergiss das Taxi«, wurde sie deutlicher.

Nach einem kurzen Überraschungsmoment schien er zu begreifen und strich zögernd über ihr Haar. Sandra näherte sich seinen Lippen und berührte sie mit ihrer Zungenspitze. Diese Aufforderung war unmissverständlich. Max zog sie noch näher an sich heran und küsste sie leidenschaftlich. Unter ihrer heißen, feuchten Scham konnte Sandra deutlich seine Erektion spüren. Plötzlich unterbrach er den Kuss und packte sie bei den Pobacken, um ihren Unterleib noch fester gegen den seinen zu pressen. Dabei sah er ihr in die Augen. »Bist du sicher, dass du das willst?«, vergewisserte er sich.

Sandra nickte. Diesmal würde sie nicht davonlaufen, bevor es zur Sache ging. Sie wollte ihn endlich spüren. Hart und heftig. Und am liebsten sofort. Hastig zog sie ihren Pulli über den Kopf und ließ ihn zu Boden fallen. Während sie Max' Hemd aufknöpfte, öffnete er ihren Büstenhalter und streichelte über ihre Brüste. Dann standen sie auf, um sich ihrer restlichen Kleidungsstücke zu entledigen. Dass Max genauso erregt war wie sie, konnte Sandra nun auch sehen. Noch einmal kletterte sie auf ihn, diesmal um ihn in sich aufzunehmen. Langsam glitt sie seinen harten Schaft hinab – Millimeter für Millimeter. Max stöhnte auf, als er endlich ganz in sie eingedrungen war. Allmählich wurden ihre Bewegungen schneller. Genau so fühlte sich guter Sex an, dachte Sandra. Ach was, himmlischer Sex!

Sie konnte sich nicht erinnern, wann sie zuletzt einen derart intensiven Höhepunkt erlebt hatte. Nachdem sie gekommen war, packte er sie erneut bei den Pobacken und trug sie ins Schlafzimmer. Vor dem Bett ging er mit ihr auf die Knie und ließ sie vorsichtig auf den Rücken gleiten, um dort weiterzumachen, wo sie vorhin aufgehört hatten. Sandra stöhnte vor Lust, während seine Stöße immer härter wurden. Kurz bevor er in ihr explodierte, kam sie ein zweites Mal. Es sollte nicht ihr letzter Höhepunkt in dieser Nacht bleiben.

KAPITEL 6

Dienstag, 21. September

Der Morgen dämmerte, als Sandra das Auto am Parkplatz hinter der ›Goldenen Gans‹ abstellte. Diesmal würde sie den Gasthof durch den Vordereingang betreten, damit Mephisto nicht wieder das ganze Haus zusammenbellte. Schließlich ging es niemanden etwas an, dass sie die Nacht nicht in ihrem Bett verbracht hatte. Bergmann würde keine Gelegenheit auslassen, um sie mit anzüglichen Bemerkungen aufzuziehen, wenn er herausfand, dass sie Sex mit ihrem Exfreund gehabt hatte. Und was für welchen! Sandras Knie fühlten sich immer noch ganz weich an. Ihr Unterleib kribbelte und verlangte nach mehr, sobald sie an die vergangene Liebesnacht dachte. Unerfreulich war jedoch, dass Max nun auf einen Neuanfang hoffte und sie schon am kommenden Wochenende in Graz besuchen wollte. Doch Sandra hatte es abgelehnt, ihn so bald wiederzusehen. Für sie war die letzte gemeinsame Nacht ein endgültiger Abschied von der Vergangenheit gewesen. Ein wichtiges Kapitel war damit abgeschlossen. Und sie wollte Max genau so in Erinnerung behalten, wie sie ihn zuletzt erlebt hatte. Aus. Punkt. Schluss.

Der Haupteingang des Gasthofs war zu dieser frühen Stunde bereits aufgesperrt. Sandra schlich an der unbesetzten Rezeption vorbei, während Mizzis schrille Stimme aus der Gaststube an ihre Ohren drang. Fast lautlos huschte Sandra die Treppe in den ersten Stock hinauf und bog in den Flur, wo sie plötzlich erstarrte. Keine vier Meter von ihr entfernt stand Bergmann in engen Boxershorts und küsste Petra Schreiner. Petra bemerkte Sandra und löste sich aus seiner Umarmung. »Sascha, dort drüben …«, raunte sie ihm zu.

Bergmann wirkte kein bisschen erschrocken. »Guten Morgen, Frau Kollegin!«, begrüßte er Sandra gut gelaunt. Dann griff er sich Petras Hand und sah auf deren Armbanduhr. Während er mit dem Zeigefinger auf das Glas tippte, fragte er Sandra mit einem frechen Grinsen: »Wo kommst du denn um diese Uhrzeit her?« Dass er selbst halb nackt mit einer Frau auf dem Flur stand, schien ihn nicht weiter zu stören. Gut gebaut war er ja. An seinem drahtigen Körper gab es nichts auszusetzen, musste Sandra insgeheim zugeben.

»Ich war nur kurz unten. Hab was im Auto vergessen«, log sie, wohl wissend, dass er ihr diese Ausrede nicht abnehmen würde.

»Soso. Na dann, bis gleich. Wir sehen uns unten beim Frühstück. Du entschuldigst uns?« Bergmann zog Petra wieder an sich heran und setzte seinen heißen Abschiedskuss fort. Irritiert sperrte Sandra die Zimmertür auf. Dieser unbeherrschte Mistkerl! Sie hatte doch geahnt, dass er seinen Schwanz nicht unter Kontrolle hatte. Aber musste er ausgerechnet mit der nächstbesten Kollegin vögeln? Plötzlich fiel ihr ein, dass sie vor Kurzem dasselbe getan hatte. Nein! Das war doch ganz etwas anderes, widersprach sie sich selbst. Immerhin hatte sie mit Max jahrelang eine Beziehung geführt.

Nach der Morgentoilette zog Sandra ihren orangefarbenen Pulli an, der beinahe dieselbe Farbe hatte wie Max' Hemd von gestern. Wieder überkam sie dieses wohlige Kribbeln. Und kurz danach das schlechte Gewissen. Hoffentlich hatte sie Max nicht erneut das Herz gebrochen. Wie konnte ein g'standenes Mannsbild wie er nur so naiv sein? Hatte er wirklich gedacht, dass sie ihn wegen einer intimen Begegnung gleich heiraten würde? Sandra seufzte, packte ihre Sachen in die Reisetasche und ließ ihren Blick durchs Zimmer schweifen. Mit einem Satz warf sie sich aufs Bett und wälzte sich von links nach rechts und wieder zurück. Dann schlug sie die Decke auf und trommelte mit beiden Fäusten auf den Polster ein. Weder Mizzi noch Franzi oder Branka sollten wissen, dass sie die Nacht nicht hier verbracht hatte. Das würde nur unnötiges Gerede geben. Womöglich unterstellten sie ihr noch eine Affäre mit Bergmann! Die Spuren in seinem Bett sprachen sicher Bände. Noch einmal wanderte ihr Blick durch den Raum, und sie stellte fest, dass sie nichts vergessen hatte. Dann nahm sie ihre Tasche und verließ das altmodisch eingerichtete, abgewohnte Zimmer, hoffentlich zum letzten Mal.

Bergmann rührte gedankenverloren in seinem Kaffee, als Sandra die Stube betrat. »Guten Morgen, Mizzi! Morgen, Franzi! Einen Tee mit Zitrone für mich, bitte«, grüßte Sandra im Vorbeigehen.

»Möchtest du auch ein weiches Ei?«, erkundigte sich Mizzi.

»Nein danke.« Sandra nahm grußlos den Platz gegenüber ihrem Kollegen ein.

»Steht dir ganz hervorragend«, murmelte Bergmann und trank einen Schluck von seinem Kaffee.

»Meinst du die Farbe?«, fragte Sandra verwundert und zupfte am Ärmel ihres Pullis. Dass Bergmann ihr ein Kompliment machte, war neu.

»Eigentlich meinte ich den Sex, den du vergangene Nacht hattest. Muss verdammt gut gewesen sein. Ich hab dich noch nie so strahlend gesehen. Du solltest öfter ...«

»Du bist so ein ...«, unterbrach Sandra ihn empört, »woher willst du überhaupt wissen ...? Ach, halt doch einfach die Klappe, Bergmann. Und kehr vor deiner eigenen Tür«, antwortete sie verärgert.

Bergmann grinste und nahm ein Salzstangerl aus dem Brotkörbchen. »Also, wie war er nun, dein strammer Max?«, bohrte er weiter.

Sandra griff schweigend nach einer Langsemmel im Brotkorb. Was bildete sich dieser Mensch nur ein? Mit wem sie Sex hatte, ging ihn überhaupt nichts an. Sie ging zum Angriff über. »Und du? Musstest du ausgerechnet Blondie flachlegen?«, drehte sie den Spieß um.

»Blondie? Die Frau hat einen Namen. Sie heißt Petra. Petra Schreiner. Nicht Blondie«, erwiderte Bergmann gespielt vorwurfsvoll und grinste noch breiter als zuvor. Offenbar freute er sich diebisch, dass sie jenen primitiven Spitznamen gebrauchte, für den sie ihn schon mehrmals gerügt hatte. Eins zu null für ihn, ärgerte sich Sandra, während Franziska den Tee für sie und zwei weich gekochte Eier im Glas für Bergmann brachte.

Sandra beschloss, das Thema zu wechseln. Weder wollte sie ihr Sexualleben vor Bergmann ausbreiten noch interessierte sie sich für das seine. »Könnten wir uns bitte wieder auf unseren Fall konzentrieren?«

»Nennt man diese Langsemmeln nicht auch Futsemmerl hier?«, erwiderte Bergmann und biss genüsslich in sein Salzstangerl, das er zuvor in den Dotter getunkt hatte.

»Sascha, es reicht jetzt«, warnte sie ihn.

»Okay, okay«, gab er sich endlich geschlagen.

»Hast du etwas über Mikes Foto herausgefunden?«, lenkte Sandra das Gespräch in berufliche Bahnen.

»Das Foto ist definitiv hier entstanden. Dort drüben hängt eindeutig dieses Samson-Dingsbums-Bild«, meinte Bergmann mit vollem Mund, während er mit der Spitze seines Salzstangerls zur Wand hinter dem Stammtisch deutete.

Sandra sah hinüber. »Und? Wer hat es fotografiert?«, erkundigte sie sich.

Bergmann schluckte hinunter. »Du kennst doch deine Pappenheimer«, antwortete er so laut, dass Mizzi an der Schank es hören musste. »Keiner will sich an etwas erinnern, was dem anderen auch nur irgendwie schaden könnte.«

Mizzi warf ihm einen giftigen Blick zu und verschwand dann in der Küche.

»Vielleicht hätte ich bei der Befragung doch dabei sein sollen«, überlegte Sandra laut.

»Du hattest ja etwas Besseres vor«, erwiderte Bergmann mit vielsagendem Grinsen.

Halt doch endlich dein loses Mundwerk, dachte sie

und klatschte einen Teelöffel von der hausgemachten Schwarzbeermarmelade auf die eine Hälfte ihrer Semmel.

»Konntest du denn wenigstens vom Bruder deines Lovers etwas Neues in Erfahrung bringen?«, fragte Bergmann.

Sandra zwang sich, ruhig zu bleiben. Auf diesem Niveau war ihr Bergmann eindeutig überlegen. »Es sieht so aus, als ob ein Hotelprojekt im Nachbarort geplant wäre. Paul Kovacs soll aber nichts damit zu tun haben. Matthias Leitgeb meint, dass der Bürgermeister von Aubach – ein gewisser Hannes Thalheimer – mehr darüber wissen müsste.«

»Am besten, wir setzen die Kollegen von der Wirtschaftskriminalität auf diesen Bürgermeister an. Die sollen dem mal auf den Zahn fühlen.«

»Ich ruf sie ein bisschen später an. Jetzt ist es doch noch viel zu früh für die.«

Bergmann nickte und griff zu seiner Zigarettenpackung.

»Du hast aber nicht vor, dir eine Zigarette anzuzünden, während ich hier frühstücke«, meinte Sandra.

Bergmann nahm wortlos seine Kaffeetasse und die Zigarettenschachtel und übersiedelte hinüber an den Stammtisch. Sandra griff sich die ›Kleine Zeitung‹, die neben ihr auf der Bank lag, und begann darin zu blättern. Wenigstens waren seine Sticheleien damit beendet. Vorerst jedenfalls, hoffte sie und widmete sich dem Chronikteil. Jetzt erst fiel ihr auf, dass sie zu wenig geschlafen hatte. Ihre Augen brannten wie Feuer, ansonsten fühlte sie sich jedoch erstaunlich fit.

Eine halbe Stunde später lenkte Sandra den Dienstwagen am Ortsende-Schild vorbei. ›Auf Wiedersehen in St. Raphael!‹ stand auf einer zweiten Tafel aus Holz. Hoffentlich nicht, dachte sie und seufzte hörbar. Auf einmal stellte sich also doch noch die erwartete Erleichterung bei ihr ein. Die Traurigkeit vom Vortag war wie weggeblasen. Und es war ihr egal, was mit ihrer Mutter oder mit Mike geschah. Die beiden zählten von nun an ebenso zur Vergangenheit wie Max. Sandra sah zu Bergmann hinüber, der leise vor sich hin schnarchte, und musste über seinen friedlichen Gesichtsausdruck schmunzeln. Als könnte er kein Wässerchen trüben, der Hallodri, dachte sie.

Bergmann erwachte erst wieder, als der Wagen von der Autobahn abfuhr. Sandra hatte die Fahrt genutzt, um ihre Gedanken und Gefühle zu ordnen. Nun hatte sie sich endlich wieder unter Kontrolle. »Guten Morgen, Sascha«, begrüßte sie den Kollegen vergnügt.

Bergmann gähnte und streckte seinen Rücken durch. »Morgen«, erwiderte er verschlafen und sah aus dem Fenster. »Ich brauch jetzt dringend einen Kaffee. Dann stell ich dir den Novotny vor.«

»Ganz, wie du es wünschst, Chef.«

»Sag mal, woher kommt denn plötzlich deine gute Laune? Alles nur von einer einzigen Nacht? Der stramme Max muss es echt drauf haben«, stichelte Bergmann schon wieder.

Sandra lachte über den neuerlichen Versuch, sie zu ärgern, und schien ihn mit ebendieser Reaktion zu irritieren. Wenigstens sah er fortan schweigend aus dem Fenster, bis sie beim Landeskriminalamt ankamen.

Dr. Christian Novotny war Sandra auf Anhieb sympathisch. Der leicht untersetzte Mittvierziger wirkte intelligent und ließ nicht gleich den großen Macker aus dem Bundeskriminalamt raushängen. Novotny informierte sie in aller Kürze über den Tatverdacht, unter dem Paul Kovacs im Zusammenhang mit dem mutmaßlichen internationalen Korruptionsnetzwerk stand. Die Chefredakteurin des Clinch-Magazins hatte offenbar nicht übertrieben.

Das Bundeskriminalamt war Kovacs seit einem halben Jahr auf den Fersen. Doch er war nur ein Verdächtiger von vielen. Weitere Architekten, Projektentwickler, Makler und Baufirmen waren involviert. Im Zentrum der Ermittlungen stand der Hauptverdächtige Rupert Raffeis, Fondsmanager einer großen österreichischen Bank mit weitverzweigtem Filialnetz in Osteuropa.

»Nomen est omen«, kommentierte Bergmann den Namen des korrupten Hauptverdächtigen.

Novotny überging seine Bemerkung und blieb bei den Fakten, was ihn für Sandra noch sympathischer machte. »Eva Kovacs hat in den Wochen vor ihrem Tod mit unseren Wirtschaftsermittlern kooperiert. Dafür haben wir ihr einen Informationsvorsprung vor allen anderen Medienvertretern zugesichert«, berichtete Novotny weiter. Warum die Journalistin nach St. Raphael gereist war, konnte er sich in diesem Zusammenhang allerdings auch nicht erklären.

Sandras neuem Hinweis auf das Aubacher Biohotelprojekt und den Bürgermeister Hannes Thalheimer, der ihnen vielleicht weiterhelfen konnte, wollte er unbedingt nachgehen. Dass Bergmann und sie weiterhin die Spur verfolgten, die zur Sexpartnerbörse und zu Mike Feichtinger als Tatverdächtigen geführt hatte, hielt er ebenfalls für angebracht, obwohl er den Mord an Eva Kovacs zum derzeitigen Ermittlungsstand eher der Immobilienmafia anlastete. Dabei vermutete er den Mörder nicht zwangsläufig in Paul Kovacs, der sich nach seiner Theorie nicht selbst die Hände schmutzig gemacht hätte. »Ein gezielter Hinweis auf die Recherchen seiner Frau an geeigneter Stelle hätte gereicht, um einen Auftragsmord zu veranlassen«, meinte Novotny. »Aber das sind bisher lediglich Spekulationen. Lassen Sie sich bitte nicht davon beeinflussen. Bleiben Sie an der Sexpartnerbörse dran.«

Die Hausdurchsuchungen in den Büros der Kovacs Projektentwicklung & Consulting GmbH in Wien, Graz und Bratislava waren für die nächsten beiden Tage anberaumt, informierte er sie weiter. Sämtliche Geschäftsunterlagen würden beschlagnahmt, alle Angestellten und Geschäftspartner befragt werden. Novotny ging davon aus, dass er spätestens am Ende des übernächsten Tages genügend Beweise haben würde, um den Fall der Staatsanwaltschaft zu übergeben. Zumindest, was den Korruptionsfall anbelangte. Was den Mord an Eva Kovacs betraf, versprach er, sich umgehend um die richterliche Anordnung zu kümmern, die Paul Kovacs eine DNA-Probe abverlangte. Er rechnete damit, dass ihnen mit dem nötigen Druck das Gutachten am kommenden Freitag zur Verfügung stehen würde. Kurz vor zwölf verabschiedete Dr. Novotny die beiden Kriminalisten, um einen dringenden Termin wahrzunehmen.

Kaum waren sie in ihrem Büro angekommen, klingelte Sandras Handy. »Ihr Mann ist soeben hier eingetroffen. Er ist in Begleitung eines zweiten«, hörte sie den Anrufer nuscheln.

Sandra schaltete sofort. »Können Sie ihn hinhalten? In zehn bis fünfzehn Minuten sind wir bei Ihnen.« Sie trennte die Verbindung grußlos und schlüpfte eilig in ihre Jacke. »Komm schon, Sascha. Das war der Kellner vom ›Steirer‹. Das letzte Rendezvous der Kovacs ist dort soeben aufgetaucht. Lass uns fahren.«

Dreizehn Minuten später traf Sandra mit quietschenden Reifen in der Citygarage Weitzer ein und parkte den Wagen in der Frauenzone. Anders als in Kriminalfilmen fand sich im wirklichen Leben nur selten ein Parkplatz direkt am Einsatzort. Die Tiefgarage war da eine willkommene Ausnahme. Am Eingang des Restaurants ließ Sandra den Blick durch den Raum schweifen und entdeckte den Oberkellner, der sie telefonisch verständigt hatte.

Er erkannte die Kriminalbeamtin, die ihn Samstagnachmittag schon einmal befragt hatte, sofort wieder und strebte ihr entgegen. »Dort hinten in der Nische. Der Mann mit dem dunkelblauen Sakko und dem Rücken zu uns«, flüsterte er ihr zu und deutete diskret zu einem Tisch. Sandra nickte und ging voran. Bergmann folgte ihr zügig.

»Entschuldigen Sie, bitte. Kriminalpolizei. Chefinspektor Bergmann und Abteilungsinspektorin Mohr vom LKA Steiermark«, stellte Sandra den Kollegen und sich vor und zückte ihren Dienstausweis. »Wir haben ein paar Fragen an Sie.« Der Mann im blauen

Anzug sah zuerst sie, dann Bergmann an. Besonders erschrocken wirkte er nicht. Im Gegensatz zum anderen Mann in Schwarz, der sein Jour-Gebäck auf den Teller fallen ließ. Sandra spürte Bergmanns Hand auf ihrem Rücken. Was sollte das jetzt wieder? Sie trat einen Schritt zur Seite, während Bergmann sich räusperte. Sandra ignorierte ihn weiter. »Wie heißen Sie?«, fragte sie den Mann in Blau.

»Ralf Müller«, antwortete der Befragte.

»Ralf Müller«, wiederholte sie. »Kennen Sie Frau Eva Kovacs?«

Bergmanns Fuß stieß sanft gegen den ihren. Was um alles in der Welt wollte er ihr damit mitteilen? Irritiert wandte sie sich wieder dem Befragten zu, der mit einiger Verzögerung antwortete: »Eva Kovacs? Nicht, dass ich wüsste …«

Bevor Sandra ihm das Gegenteil beweisen konnte, mischte sich Bergmann ein. »Und Sie sind?«, fragte er den Mann in Schwarz.

»Ich? Ich bin Robert Quirini«, stellte der Angesprochene sich vor.

»Kennen Sie Eva Kovacs?«, fragte Bergmann.

Er nickte. »Sie ist – sie war die Frau meines Chefs. Ich leite das Grazer Büro der Paul Kovacs GmbH.«

»Sehr gut. Dann wollen wir Sie jetzt nicht weiter belästigen, meine Herren«, beeilte sich Bergmann die Befragung zu beenden. Sandra sah ihn verwundert an. Was war denn in den Kollegen gefahren? Sie waren extra hierhergekommen, um diesen Müller zu befragen, und Bergmann konnte es nicht erwarten, wieder abzuhauen. Langsam beschlich sie der Verdacht, dass ihr etwas Wesentliches entgangen war. Sonst würde er sich doch nicht gar so merkwürdig verhalten.

»Sollten noch Fragen auftauchen, rufen wir Sie an. Entschuldigen Sie bitte die Störung. Und guten Appetit!« Bergmann drehte sich am Absatz um und eilte dem Ausgang entgegen.

Sandra hatte alle Mühe, ihm zu folgen. Der Kellner warf ihr einen verdutzten Blick zu, als sie an der Schank vorbeihetzten. »Vielen Dank«, flüsterte sie ihm zu und fand sich einen Augenblick später auf dem Gehsteig wieder. Es hatte zu regnen begonnen. »Kannst du mich bitte aufklären, Sascha, was das eben sollte?«, meinte sie ärgerlich, während sie immer noch hinter ihm her lief.

Bergmann blieb abrupt stehen, drehte sich um und blies hörbar die Luft aus. »Du lieber Himmel, Sandra. Dieser Mann heißt nicht Ralf Müller. Das ist Thomas Jungwirth vom Bundeskriminalamt. Wir hätten um ein Haar seine Tarnung auffliegen lassen. Offenbar ist er an diesem Quirini dran, dem Kompagnon von Paul Kovacs.«

»Scheiße! Wieso sagt uns denn keiner, dass der Kollege aus Wien verdeckt ermittelt?«

»Ich schätze mal, dass das Thema beim gestrigen SOKO-Meeting war, das wir beide versäumt haben.«

»So ein Mist! Ich hätte das Protokoll lesen sollen«, stöhnte Sandra.

»Ich werde Novotny um tägliche Abstimmungstermine bitten, damit so etwas nicht mehr vorkommen kann. Der Fall ist mittlerweile zu komplex, um ihn noch überblicken zu können.«

»Dann klemm ich mich mal hinter die E-Mails der Kovacs. Angeblich bekomme ich noch heute die Daten vom Firmenserver der Clinch-Redaktion.«

»Mach das. Ich kümmere mich um die ausständige Zeugeneinvernahme. Um vierzehn Uhr hat sich die Scheidungsanwältin der Kovacs angesagt. Um fünfzehn Uhr dreißig treffe ich Mike Feichtinger und seinen Anwalt vor dem Haftrichter. Ich gehe davon aus, dass du dir das nicht antun möchtest.« Bergmann wirkte erschöpft.

»Nein. Danke, Sascha. Tut mir leid, dass ich es vorhin beinahe vermasselt hätte. Ich bin total auf der Leitung gestanden«, meinte Sandra zerknirscht.

»Schon gut. Du kanntest Jungwirth ja noch nicht persönlich. Und wenn ich dir das nächste Mal körperlich zu nahe trete, weißt du wenigstens, wie es gemeint ist.«

Den Nachmittag verbrachte Sandra damit, den E-Mail-Verkehr des Mordopfers zu überprüfen. Vom vermuteten Kontakt zu Mike oder anderen potenziellen Sexpartnern war auf dem Firmenaccount nichts zu entdecken. Dafür tauchte der Name Magister Thomas Jungwirth mehrmals auf. Sandra ärgerte sich noch immer über die Ermittlungspanne vom Mittag. Dass ausgerechnet ihr so etwas passieren musste! Bergmann hatte nach Rücksprache mit Novotny ein SOKO-Meeting für den folgenden Morgen einberufen, bei dem alle Ermittler auf den neuesten Stand gebracht werden sollten. Wahrscheinlich hatte er bei dieser Gelegenheit auch gleich von ihrem peinlichen Auftritt berichtet. Bevor Jungwirth sich über sie beschweren konnte. Sandra hoffte nur, dass sie damit beim SOKO-Leiter nicht ein für alle Mal unten durch war.

Nach stundenlanger Durchsicht der E-Mails, welche die Kovacs in den letzten sechs Monaten erhalten und verfasst hatte, fand Sandra zwei neue Kontakte, die sie in den folgenden Tagen überprüfen wollte. In beiden Fällen handelte es sich um Informanten der Enthüllungsjournalistin, die sie mit Insiderwissen versorgt hatten. Jedoch waren diese weder in die Sexpartner- noch in die Immobiliengeschichte involviert gewesen. Sie hatten beide mit der Aufdeckung des Ärzteskandals zu tun gehabt. Sandra leitete die Namen und eine entsprechende Notiz an Bergmann weiter, der nach seinem Termin in der Justizanstalt noch nicht wieder ins Büro zurückgekehrt war. Sandra gähnte. Ihre Augen brannten und ihr Magen knurrte. Der Schlafmangel der vergangenen Nacht machte sich nun bemerkbar. Sie beschloss, ihren Arbeitstag, der mittlerweile fast zwölf Stunden dauerte, zu beenden. Wie es Max wohl ging? Ob sie ihn anrufen sollte, überlegte sie und entschied sich schließlich dagegen. Viel lieber wollte sie auf dem Heimweg ein Menü vom Chinesen mitnehmen, sich es auf ihrer Couch gemütlich machen und vielleicht noch mit Andrea telefonieren. Für das morgige SOKO-Meeting musste sie sich zum Glück nicht vorbereiten. Den aktuellen Ermittlungsstand des LKA 1 würde Bergmann präsentieren. Ausnahmsweise war Sandra froh, dass er der Boss war.

KAPITEL 7

Mittwoch, 22. September

Beinahe wäre Sandra zu spät zur SOKO-Besprechung gekommen. Während sie sich noch völlig außer Atem auf den freien Stuhl neben Bergmann fallen ließ, betrat Novotny überpünktlich den Konferenzraum und begrüßte die anwesenden Kollegen mit einem lauten »Guten Morgen!«. Alle Blicke folgten ihm, bis er am hinteren Kopf des Konferenztisches Platz nahm. Mit einem kurzen Nicken signalisierte er der Teamassistentin, die Videokonferenz zu starten. Auf der Leinwand gegenüber erschienen die SOKO-Ermittler, die sich zur selben Zeit in einem Besprechungsraum des Bundeskriminalamts in Wien versammelt hatten.

Novotny war ein hervorragender Moderator. Kurz vor zehn waren alle Teilnehmer in Graz und Wien auf demselben aktuellen Ermittlungsstand. Jeder wusste, was er bis zum nächsten Tag zu tun hatte, bis sie sich das nächste Mal zur Videokonferenz treffen würden. Von nun an waren täglich solche Morgenmeetings angesetzt, außer an den Wochenenden.

Im Mordfall Eva Kovacs sollten die Ermittler aus Wien alle weiteren Zeugeneinvernahmen in der Bundeshauptstadt übernehmen, während sich das Grazer Team rund um Sascha Bergmann weiterhin um die Ermittlungen in der Steiermark kümmerte. Beide Teams der regionalen Mordgruppen waren ab sofort einem Wiener BK-Beamten namens Oliver Reiterer unterstellt. Damit war der insgeheim erhoffte Wien-Trip vorerst geplatzt, wusste Sandra. Abgesehen davon, dass sich die Ermittlungsarbeit des LKA üblicherweise ohnehin auf die Steiermark beschränkte, machten die modernen Kommunikationstechnologien beinahe alle Dienstreisen überflüssig. Nur jene nach St. Raphael waren ihr leider nicht erspart geblieben, ärgerte sie sich.

Bergmann kannte Oliver Reiterer aus seiner Zeit in Wien und beschrieb ihn als arrogant, aber kompetent. So gesehen würde sich nicht viel für sie ändern, überlegte Sandra, trafen doch beide Eigenschaften ebenso gut auf Bergmann zu. Ungewöhnlich erschien ihr nur, dass die Zuständigkeit für den Fall nicht komplett vom LKA zum BK gewandert war. Wahrscheinlich lag es am akuten Personalmangel in Wien, der zu solchen Kooperationen führte. Ob diese von Erfolg gekrönt war, würde sich noch herausstellen. Ihr sollte es recht sein, sofern sie nicht mehr in ihrem Heimatdorf ermitteln musste, was ihr leider jederzeit blühen konnte.

Bergmann wirkte niedergeschlagen, als sie nach dem SOKO-Meeting in ihrem Büro eintrafen. Er bestritt zwar Sandras Vermutung, sich durch Oberstleutnant Reiterer, den man ihm vor die Nase gesetzt hatte, entmachtet zu fühlen, doch so ganz nahm sie ihm das nicht ab.

Den restlichen Vormittag verbrachte Sandra damit, Protokolle zu vervollständigen und neue Listen zu erstellen, die gemeinsam mit den bisherigen Gutachten möglichst rasch auf einen Server gestellt werden mussten, damit alle SOKO-Ermittler jederzeit Zugriff auf die aktuellen Daten hatten. Das war der langweilige Teil der Polizeiarbeit. Polizeieinsätze und Einvernahmen waren zwar viel spannender, aber irgendjemand musste schließlich auch die Schreibtischarbeit erledigen.

Noch einmal überprüfte Sandra die Liste mit den Kontakten des Mordopfers, die mittlerweile ein beachtliches Ausmaß angenommen hatte. Die meisten Befragungen würden die Kollegen in der Bundeshauptstadt übernehmen, die der Lebensmittelpunkt von Eva Kovacs gewesen war. Die Ermittlungen rund um die Sexpartnerbörse blieben allerdings an Sandra und Bergmann hängen, da der Plattformbetreiber ausgerechnet in Graz ansässig war. Während Sandra sich dem notwendigen Papierkram widmete, führte Bergmann ein ausführliches Telefonat mit Reiterer.

Nach dem Mittagessen in der Kantine steckte der neue Kollege von der Kriminaltechnik bei ihnen die Nase rein. Sandra versuchte vergeblich, sich an seinen Namen zu erinnern, während sie ihn aufforderte, näher zu treten. Bergmann starrte weiterhin auf seinen Bildschirm und nahm keinerlei Notiz von dem jungen Forensiker.

»Kann ich Ihnen das geben, Frau Mohr?«, wandte sich der Neue an sie.

»Sie sollten schon selbst wissen, was Sie können und was nicht«, murmelte Bergmann, ohne aufzublicken.

»Worum handelt es sich denn?« Sandra lächelte den jungen Kollegen freundlich an. Der räusperte sich verlegen und blickte auf die Aktenmappe in seiner Hand. Noch so ein seltsamer Vogel in der Kriminaltechnik, dachte sie amüsiert, während der schmale Mann mit der Metallgestellbrille im Gesicht rot anlief.

»Forensik-Gutachten Eva Kovacs«, las er vom Deckel der Mappe ab. Dann schlug er die Akte auf. »Weiters haben wir hier die Spurenauswertungen des Gasthofs ›Zur Goldenen Gans‹ und des Leichenfundortes in St. Raphael im Krakautal.«

Bergmanns Kopf tauchte hinter dem Bildschirm auf. »Na, endlich! So geben Sie ihr schon das Gutachten. Worauf warten Sie denn, Herr …«, schnauzte er ihn an.

»Doktor Ottitsch«, sagte der jüngere Kollege schüchtern.

»Wie?«, bellte Bergmann.

»Ottitsch … mein Name. Doktor Peter Ottitsch«, stammelte der Kriminaltechniker.

Sandra streckte ihre Hand nach der Mappe aus und lächelte noch immer. »Vielen Dank, Herr Doktor Ottitsch«, sagte sie in freundlichem Tonfall.

»Gerne, Frau Mohr«, antwortete der Forensiker höflich und trat den Rückzug an.

»Halt! Hiergeblieben, Ottitsch!«, rief ihm Bergmann hinterher.

Ottitsch erstarrte einen Moment lang und drehte sich nur zögerlich um.

»Wann habt ihr den Abgleich mit Michael Feichtingers DNA fertig?«

Ottitsch starrte Bergmann an wie das sprichwörtliche Kaninchen die Schlange.

164

Sandra sprang für den jungen Mann in die Bresche: »Morgen um die Mittagszeit, nehme ich an. Wie es uns im heutigen SOKO-Meeting angekündigt worden ist. Nicht wahr?«

»G-genau,«, stotterte Ottitsch und sah sie dankbar an. Bergmann verdrehte die Augen und seufzte hörbar.

»Fein. Dann bis morgen, Herr Doktor Ottitsch«, verabschiedete sich Sandra und betonte dabei extra seinen Titel, den Bergmann so beharrlich ignorierte.

»J-ja, bis morgen. Auf W-wiedersehen«, erwiderte Ottitsch und beeilte sich, das Büro zu verlassen.

»Du kannst ein solches Ekelpaket sein«, rügte Sandra ihren Partner und schlug das Forensik-Gutachten auf.

»Wie kann man sich nur so dämlich anstellen? Da nützt einem der Doktortitel auch nichts«, brummte Bergmann grantig.

»Was ist dir denn heute über die Leber gelaufen?«, fragte Sandra, den Blick auf das Gutachten gerichtet.

»Nichts. Jetzt sag schon, was da drinsteht«, drängte Bergmann.

»Die Hautpartikeln unter den Fingernägeln der Toten waren zum Teil ihre eigenen. Die anderen stammen eindeutig vom Täter. Die DNA ist identisch mit dem Sperma.«

»Überraschung!«, ätzte Bergmann.

»Jetzt warte doch mal ab. Die analysierten Blut- und Spermareste aus dem Gästezimmer und von der Matratze stammen von früheren Gästen. Sie sind definitiv nicht vom Opfer oder vom Täter. Eva Kovacs hat demnach keinen Geschlechtsverkehr in ihrem Zimmer gehabt. Weder freiwilligen noch erzwungenen.«

»Dass das Sperma nicht vom Opfer stammt, war mir von Anfang an klar«, merkte Bergmann grinsend an.

Wenigstens hatte er seinen seltsamen Humor wiedergefunden, nahm Sandra zur Kenntnis. »Wie spitzfindig, Herr Kollege. Vielen Dank für diesen überaus wichtigen Einwand«, erwiderte sie. Dass sich sein Grinsen nach ihrer Antwort zu einem Lächeln ausbreitete, ignorierte sie. Stattdessen sprach sie weiter: »Wenn du nichts dagegen hast, fahre ich jetzt mit dem Forensik-Gutachten fort.«

»Ich bitte darum.« Bergmann kratzte sich am unrasierten Kinn.

»Das blonde Haar am Kopfpolster stammt vom Opfer, weitere waren am Boden und im Waschbecken. Im Badezimmer fanden sich außerdem noch Haare unbekannter Abstammung. Keines jedoch war vom Täter.«

»Die Zimmer putzt die reinliche Wirtin wohl nicht selbst«, stellte Bergmann fest.

»Dafür sind Franziska und Branka zuständig«, erinnerte ihn Sandra.

»Waren das Männer- oder Frauenhaare? Kopfhaare, Körperhaare …?«, wollte Bergmann wissen.

»Ein bisschen was von allem.«

»Hab ich dir eigentlich schon mal von dem Wiener Pathologen erzählt, der die Schamhaare seiner Patientinnen sammelt?«

»Du bist so was von widerlich, Sascha«, meinte Sandra angeekelt.

»Wieso ich? Ich sammle doch keine Schamhaare. Schon gar nicht von Toten.« Bergmann lachte schallend.

»Kann ich jetzt bitte weitermachen?« Sandra wusste nicht, ob sie lachen oder sich ärgern sollte. Sein Lachen verebbte abrupt, und er forderte sie mit einer nonchalanten Handbewegung auf, fortzufahren.

»Es waren auch Hundehaare dabei«, ergänzte sie.

»Vom Schäferhund?«

»Nein. Von einem Chihuahua-Rüden.«

Bergmann brach erneut in Gelächter aus. Sandra hatte keine Ahnung, was er daran so lustig fand, aber er lachte derart herzlich, dass sie nicht anders konnte, als mit einzustimmen. Es dauerte eine Weile, bis sie sich wieder beruhigt hatten und Bergmann sich räusperte. »Sonst noch etwas? Irgendwelche tatrelevanten Spuren?«, kehrte er schließlich zu dem Gutachten zurück, während er sich die Tränen aus den Augenwinkeln wischte.

»Das reinste Spurenchaos. Vor allem, was die Fingerabdrücke anbelangt. Zu viele an den üblichen Stellen. Türklinken, Klospülung et cetera waren förmlich übersät – die meisten total verschmiert und daher nicht zuordenbar. Nur auf der Kaffeetasse und am Weinglas befanden sich brauchbare Fingerabdrücke von der Kovacs. Und ihre Lippenstiftspuren: Chanel, Rouge allure, Passion. In den USA gekauft. Außerdem waren Fingerabdrücke von Maria Oberhauser und Franziska Edlinger auf der Tasse beziehungsweise Untertasse. Und am Weinglas waren welche von Michael Oberhauser. Genauso wie am Lampenschirm und auf der Glühbirne. Da und dort noch ein Fingerabdruck von Branka sowie einige nicht identifizierbare. Ach ja: Am Handtuch und am Badetuch hat sich Hautabrieb des

Opfers befunden. Aber das war's dann. Sonst gibt es keine neuen Erkenntnisse über tatrelevante DNA-Spuren an der Leiche und im Gästezimmer.«

»Und außerhalb? Lass mich raten: Dank der putzwütigen Wirtin gibt es auch im Erdgeschoss keine brauchbaren Spuren«, gab sich Bergmann selbst die Antwort.

Sandra blätterte weiter. »Du sagst es. Erst wieder hinter dem Haus, im Garten, auf dem Weg zum Tatort und am Tatort selbst: Fußabdrücke, Blut, Sperma – jedoch nichts, was uns neue Erkenntnisse liefert.«

»Damit ist anzunehmen, dass der Geschlechtsakt beziehungsweise deren mehrere im Freien stattgefunden haben. Nicht gerade gemütlich …«

»Oder auch ganz wo anders. Vielleicht sollten wir mein Elternhaus von der Tatortgruppe überprüfen lassen«, schlug Sandra vor.

»Mmh. Ja, vielleicht. Aber lass uns doch erst mal das für morgen versprochene Ergebnis des DNA-Abgleichs abwarten, bevor wir eure Bude auseinandernehmen.«

»Du rechnest mit keinem positiven Ergebnis?«, fragte Sandra. Bergmanns Kopfschütteln verriet ihr, dass er noch immer nicht glaubte, dass Mike der Täter war. »Wie war denn dein gestriger Termin beim Haftrichter?«, wollte sie wissen.

»Mike war ziemlich kleinlaut.«

»Mike und kleinlaut? Das kann ich mir gar nicht vorstellen.«

»Er hat wohl fest damit gerechnet, dass er auf Kaution freikommt.«

»Dreimal darfst du raten, wer die wieder bezahlt hätte.«

»Wie geht es deiner Mutter eigentlich?«, erkundigte sich Bergmann.

»Ich weiß es nicht. Und es ist mir auch egal.«

»Ihr habt keinen Kontakt mehr?«

Sandra schüttelte den Kopf.

»Und? Kein schlechtes Gewissen?«

»Nein.«

»Ehrlich nicht?«

»Nein.«

»Du scheinst endlich erwachsen geworden zu sein«, lobte Bergmann sie.

»Das hat Andrea gestern auch gemeint.«

»Ich kenne Andrea zwar nicht, aber sie muss eine kluge Frau sein. Wann kann ich sie kennenlernen?«

»Niemals. Nur über meine Leiche«, sagte Sandra. »Oder besser über deine.«

Ein Klopfen unterbrach ihre Unterhaltung, bevor ein weiterer Kriminaltechniker den Kopf zur Tür hereinsteckte. »Ich hab hier die Datenauswertung von der sichergestellten Festplatte des Michael Feichtinger«, verkündete der IT-Forensiker und trat ein.

Sandras Herz schlug augenblicklich schneller.

»Da sind wir aber mal gespannt«, sagte Bergmann. »Setz dich und leg los!«, forderte er den Kollegen auf, gegenüber seinem Schreibtisch Platz zu nehmen.

»Und?« Sandra konnte es kaum erwarten, zu erfahren, ob Mike mit Eva Kovacs Kontakt gehabt hatte.

»Fehlanzeige. Feichtinger war nicht ein einziges Mal auf der fraglichen Webseite. In seinen E-Mails konnten wir auch nichts finden, was auf einen Datenverkehr mit dem Mordopfer hinweist.«

»Du hattest also recht«, sagte Sandra zu Bergmann. Wenn das morgige DNA-Gutachten nicht das Gegenteil behauptete, war Mike tatsächlich unschuldig. Sandra wusste nicht, ob sie sich darüber freuen sollte oder nicht. Ihr Pulsschlag normalisierte sich allmählich.

»Wie lange braucht ihr noch, um die Identität hinter dem User-Profil herauszufinden?«, wollte Bergmann wissen.

»Das kann ich dir so leider nicht beantworten. Der User hat es ziemlich gut verstanden, sich zu tarnen. Wir sind jedenfalls dran«, versicherte der Experte.

»Dann beeilt euch mal ein bisschen«, drängte Bergmann.

»Das tun wir doch immer. ›Evitas‹ letzte Kontakte, die über die Plattform liefen, kann ich euch bis spätestens Ende der Woche liefern. Was die Backup-Daten betrifft, so müsst ihr euch noch ein paar Tage länger gedulden. Darum kümmern sich die Kollegen für Computer- und Netzwerkkriminalität im Bundeskriminalamt.«

Bergmann kaute nervös auf seiner Unterlippe. »Sobald du die Daten hast, will ich sie sofort sehen. Persönlich«, sagte er streng.

»Geht in Ordnung, Chef. Ich schicke sie dir dann umgehend per E-Mail.«

Das war das erste Mal, dass Bergmann nach irgendwelchen Daten verlangte, wunderte sich Sandra. Normalerweise überließ er nur allzu gern ihr die Fakten, um das Wesentliche danach von ihr zu erfahren und daraus seine Schlüsse zu ziehen. Ob er ihr die gestrige Beinahe-Ermittlungspanne im Restaurant ›Steirer‹ doch übel nahm? Unsinn!, widersprach sie sich selbst. Die Analyse des Forensik-Gutachtens hatte er ihr vorhin doch auch überlassen. Bergmanns plötzlicher Übereifer hatte sicher nichts weiter zu bedeuten. Außer vielleicht, dass er sich durch Oliver Reiterer unter Druck gesetzt fühlte, überlegte Sandra. Der BK-Mann hatte ihn gedrängt, möglichst rasch Ermittlungsergebnisse auf den Tisch zu legen. So viel hatte sie dem vormittäglichen Telefongespräch der Männer entnehmen können. Außerdem hatte Reiterer ihm noch ein paar Anweisungen für die Hausdurchsuchung im Grazer Kovacs-Büro mit auf den Weg gegeben. Als ob er nicht selbst wüsste, wie und was er wen zu fragen habe, hatte sich Bergmann über den BK-Schnösel bei Sandra beschwert. Für die wirtschaftskriminalistischen Fragen sei doch ohnehin der Kollege Jungwirth zuständig, der den Einsatz leitete. Und mit ihm hatte Bergmann längst eine Strategie vereinbart. Jungwirths bevorstehende Enttarnung sollte Robert Quirini einen gehörigen Schreck einjagen. Bisher hatte der Grazer Geschäftsführer der Kovacs GmbH den Kriminalbeamten für einen Immobilienmakler gehalten, der anlässlich der Wirtschaftskrise aus den Vereinigten Staaten in seine Heimat zurückgekehrt war und der nun mit ihnen ins Geschäft kommen wollte. Das Überraschungsmoment, wenn Quirini plötzlich begriff, dass er die längste Zeit vom Bundeskriminalamt beschattet worden war, wollten sie für seine Einvernehmung nutzen.

Am Nachmittag verließen zwei Einsatzfahrzeuge und zwei Zivilwagen das Landeskriminalamt im Konvoi und trafen wenig später am Parkplatz der Kovacs Projektentwicklung & Consulting GmbH ein. Zwei uniformierte Polizisten schritten zügig voran, gefolgt von sechs Kriminalbeamten, die von sechs weiteren Kolleginnen und Kollegen in Uniform begleitet wurden. Kaum hatten die Beamten die Halle des zweistöckigen Gebäudes betreten, griff die Empfangsdame zum Telefonhörer, offenbar um ihren Chef zu warnen. Doch Thomas Jungwirth wusste das zu verhindern. Er zückte seinen Dienstausweis, forderte die Frau auf, den Hörer wieder hinzulegen und führte die SOKO-Einsatztruppe an ihr vorbei. Zwei der uniformierten Kollegen blieben zurück, um den Eingangsbereich zu sichern. Niemand sollte hinein- oder hinausgehen, bis sie hier fertig waren. Die SOKO-Truppe breitete sich wie ein Bienenschwarm in alle Richtungen aus und sorgte bei den Mitarbeitern für entsprechende Verwirrung.

Sandra und Bergmann folgten Jungwirth und dessen Partner direkt ins Büro des Geschäftsführers in der zweiten Etage. Einer der uniformierten Kollegen bezog seinen Posten vor der Tür. Als Robert Quirini Jungwirth erkannte, senkte sich zuerst seine Kinnlade, danach seine Hand samt Telefonhörer. Die Überraschung war den Kriminalisten sichtlich gelungen. Jungwirths Gefolgsmann hielt Quirini den Hausdurchsuchungsbefehl unter die Nase, bevor er sich daranmachte, dessen PC und die Unterlagen auf dem Schreibtisch sicherzustellen. Der Rest der Truppe und Quirini selbst nahmen am Besprechungstisch Platz. Es brauchte nicht viele Worte, um dem verblüfften Geschäftsführer die Ausweglosigkeit der Situation vor Augen zu führen. Die einzige

Chance auf Strafmilderung liege in einer Kooperation mit den SOKO-Ermittlern und in weiterer Folge mit der Staatsanwaltschaft, räumte Jungwirth ein. Er könne ihm daher nur empfehlen, die Karten auf den Tisch zu legen. Quirini hatte die Contenance inzwischen wiedergefunden und bestand darauf, einen Anwalt hinzuzuziehen. Paul Kovacs hatte seinen Grazer Geschäftsführer vermutlich längst vorgewarnt und einige Beweise verschwinden lassen, dachte Sandra. Dass sie allerdings einem Maulwurf aufgesessen waren, damit hatten die Herrschaften sicher nicht gerechnet. Dabei war Jungwirth nicht der einzige verdeckte Ermittler, der in das weitverzweigte Korruptionsnetzwerk eingeschleust worden war, um an Insider-Informationen zu gelangen, wusste sie inzwischen.

»Mittlerweile verfügen wir über ausreichende Beweise, um den Fondsmanager Rupert Raffeis und weitere Verdächtige, die mit ihm unter einer Decke stecken, anzuklagen. Auch Sie, Herr Quirini. Und Ihren Arbeitgeber, Paul Kovacs«, ließ Jungwirth keine Zweifel offen.

Der Geschäftsführer schluckte und schwieg.

»Das ist aber nur die Spitze des Eisbergs«, fuhr Jungwirth fort. »Wir wissen längst, dass wir es mit einem umfangreichen Korruptionsfall zu tun haben. Wir ermitteln gegen mehr als hundert Beschuldigte wegen Bestechung, Bestechlichkeit und Geldwäsche. Darunter finden sich neben Ihnen auch noch weitere Fondsmanager, Architekten und Projektentwickler, aber auch Makler und Bauunternehmer, die alle den Bau, Kauf und Verkauf großer Objekte unter sich abgesprochen haben. Dabei sind Bestechungsgelder in Millionenhöhe quer durch Österreich und Osteuropa geflossen, darunter auch Ihre Schmiergelder«, erklärte Jungwirth dem Geschäftsführer. »Und, Herr Quirini, versuchen Sie bitte nicht, einen der involvierten Herrschaften zu warnen. Es ist längst zu spät, um der Anklage und damit der Justiz zu entkommen.«

Quirini war in sich zusammengesunken und wirkte um zehn Jahre älter. Mit einem diskreten Kopfnicken signalisierte Jungwirth den Kollegen von der Mordgruppe, dass sie die Befragung nun weiterführen konnten. Bergmann übernahm. »Wussten Sie eigentlich, dass Ihnen Eva Kovacs auf die Schliche gekommen war?«, fragte er.

Quirini seufzte und nickte müde.

»Es war Ihnen also bekannt, dass Frau Kovacs an einem Artikel gearbeitet hat, mit dem Ihre Machenschaften wohl oder übel aufgeflogen wären.«

»Ja. Aber Paul hat gemeint, ich solle mir keine Sorgen machen. Er werde seine Frau schon zum Schweigen bringen.«

»Und wie hat er das gemeint?«

»Keine Ahnung«, murmelte Quirini.

»Das kaufe ich Ihnen nicht ab, Herr Quirini. Also, noch einmal: Was hat Herr Kovacs gemeint, als er sagte, er würde seine Frau zum Schweigen bringen?«, wiederholte Bergmann.

»Was weiß denn ich? Eva war Pauls Problem.«

»Ich würde sagen, Sie hatten beide ein Problem. Und wie wollte er das lösen? Indem er seine Frau tötet? Oder sie töten lässt?«

»Dazu kann ich Ihnen nichts sagen.«

»Können Sie nicht oder wollen Sie nicht?«, hakte Bergmann nach.

»Von Mordabsichten war mir jedenfalls nichts bekannt.«

»Herr Quirini«, wandte sich Sandra an ihn. »Wo waren Sie in der Nacht vom 14. auf den 15. September?«

»Warum fragen Sie das nicht Ihren Kollegen«, schlug Quirini vor und deutete auf Jungwirth, der keinerlei Anstalten machte zu antworten.

»Frau Mohr hat aber Sie gefragt«, warf Bergmann ein.

»Ich war mit dem hier anwesenden Herrn Müller ... oder warten Sie, wie war doch gleich Ihr richtiger Name?«, sprach Quirini sein Gegenüber an.

»Jungwirth«, antwortete der Einsatzleiter knapp.

»Jungwirth, richtig. Herr Jungwirth und ich waren in der Innenstadt zum Abendessen verabredet und danach noch in einer Bar.«

Jungwirth nickte und drückte seinen Rücken gegen die Sessellehne. »Kurz nach Mitternacht habe ich die Bar verlassen. Alleine ...«, gab der BK-Mann an.

»Und Sie?« Sandras Frage galt erneut Quirini.

»Ich bin noch in der ›Orchidee‹ geblieben. Bis drei Uhr früh in etwa.«

Sandra notierte die Aussage. »Dafür gibt es Zeugen, nehme ich an«, vergewisserte sie sich.

»Sicher.«

»Sicher. Und haben diese Zeugen auch Namen?«

»Biggy.«

»Und weiter?«

»In der ›Orchidee‹ fragt man nicht nach solchen Details.«

Bevor Sandra etwas erwidern konnte, mischte sich Jungwirth ein. »Die ›Orchidee‹ ist ein Bordell, Frau Kollegin«, klärte er sie auf.

»Ein ziemlich nobles sogar«, fügte Bergmann hinzu.

Wieso kannte Bergmann diesen Laden, wo er doch erst vor einem Monat hierhergezogen war, und sie hatte davon noch nie etwas gehört? Sandra räusperte sich. »Verzeihen Sie die Bildungslücke, meine Herren. Aber ich bin von der Mordgruppe, nicht von der Sitte.« Ihr Blick wanderte von einem Anwesenden zum nächsten und blieb schließlich an Bergmann haften. Dass ausgerechnet er über ihre Unwissenheit grinste, war ja zu erwarten gewesen. Ärgerlich wandte sie sich wieder an Quirini: »Biggy heißt die Dame also, gut. Und Sie haben bis kurz nach drei Uhr früh mit ihr … verkehrt?«

»Ich habe dabei nicht auf die Uhr gesehen.«

»Aber verkehrt haben Sie mit ihr?«, fragte Sandra nach.

»Das ist doch nicht etwa verboten?«

»Nein«, erwiderte Bergmann. »Wir werden Ihr Alibi überprüfen. Das wär's fürs Erste«, beendete er die Befragung.

»Was den Korruptionsverdacht gegen Sie betrifft, so rechnen Sie in den nächsten Tagen mit einer Vorladung. Und verständigen Sie besser gleich Ihren Anwalt. Sie werden seine Unterstützung bitter nötig haben«, empfahl Jungwirth und erhob sich. »Ihren PC und die Unterlagen müssen wir vorerst beschlagnahmen«, fügte er hinzu.

Quirini blieb sitzen und blickte zu seinem Schreibtisch, auf dem sich inzwischen die Unterlagen aus seinem Aktenschrank stapelten. Jungwirths Partner öffnete die Tür und winkte den uniformierten Kollegen vom Gang herein, um ihm beim Abtransport der potenziellen Beweisstücke zu helfen. Wenig später verabschiedeten sich die Beamten und ließen Robert Quirini allein in seinem – bis auf die Möbel – fast leer geräumten Büro zurück.

»Musstest du mir vorhin in den Rücken fallen?«, beschwerte sich Sandra bei Bergmann, kaum dass sie im Wagen saßen.

Bergmann überlegte einen Moment lang. »Und womit genau soll ich dir bitte in den Rücken gefallen sein?«, wollte er wissen.

»Du hast dich vor zwei Kollegen und einem Verdächtigen darüber lustig gemacht, dass ich dieses Bordell nicht kenne.«

»Aber, Sandra. Ich hab mich doch nicht darüber lustig gemacht«, widersprach er.

»Sondern?« Diesmal ließ sie nicht locker.

»Müssen wir das denn unbedingt ausdiskutieren?«

»Ja. Das müssen wir.«

Bergmann seufzte und verdrehte genervt die Augen. »Weiber«, murmelte er.

»Jetzt sag schon, Sascha: Was war daran so witzig? Erklär es mir, bitte.«

»Deine Reaktion … sie war irgendwie …«

»Irgendwie was?«

»Na, irgendwie … niedlich.«

»Niedlich? Ich bitte dich. Das war höchstens peinlich. Und noch peinlicher war es, dass du dich schon wieder wichtigmachen musstest … auf meine Kosten«, brauste sie auf.

»Es braucht dir doch nicht peinlich zu sein, dass du dieses Etablissement nicht kennst. Du zählst schließlich nicht zur Zielgruppe.«

»Aber du?«

»Ich?« Bergmann lachte. »Da muss ich dich enttäuschen. Wie sollte ich mir das denn leisten können? Weißt du, was man dort an einem einzigen Abend ablegt?«

»Keine Ahnung.«

»Na, schätz mal.«

»Sascha, bitte …«

»Unter zwei-, dreitausend Euro kommst du dort nicht raus. Minimum.«

Sandra pfiff durch die Zähne und sah zu Bergmann hinüber. »Nicht schlecht. Und was 'aben die, was isch nischt 'abe?«, fragte sie kokett, mit einem französischen Akzent, wie sie es in einer Parfumwerbung im Kino mal gesehen hatte.

Bergmann presste die Lippen aufeinander und wandte sich ab.

»Du darfst an dieser Stelle gerne lachen, wenn du möchtest«, sagte Sandra und stimmte zum zweiten Mal an diesem Tag in Bergmanns Gelächter ein. Beinahe wäre sie bei Rot über die Kreuzung gefahren.

KAPITEL 8

Donnerstag, 23. September

Sandras Atem ging noch immer schneller. Eben war sie über Stock und Stein gelaufen. Splitterfasernackt. Bergmann war hinter ihr her gewesen, hatte sie durch den dunklen Wald gehetzt. Bis sie stolperte und fiel. Panisch drehte sie sich um und blickte in das aufgedunsene Antlitz ihrer Mutter, die nun an Saschas Stelle über ihr stand. Mit der ausgestreckten Hand lockte sie die Tochter zu sich, wollte ihr helfen, aufzustehen. Doch Sandra wusste intuitiv, dass sie ihre Hand nicht ergreifen durfte. Sie musste sofort weg von hier, sonst war sie tot. Tot wie die Mutter.

Das Handydisplay zeigte drei Uhr achtunddreißig, als Sandra schweißgebadet aus ihrem Albtraum hochschreckte. Bloß nicht gleich wieder einschlafen und womöglich dort weiterträumen, wo sie eben aufgehört hatte, beschwor sie sich selbst. Sie tastete nach der Nachttischlampe, fand den Schalter, knipste ihn an. Vielleicht würde ein wenig fernsehen helfen, die düsteren Schatten ihres Traumes zu vertreiben.

In der Küche schenkte sie sich ein Glas kaltes Wasser ein, das sie in einem Zug leerte. Dann streckte sie sich auf der Couch aus und deckte sich mit der lindgrünen Kaschmirdecke zu, die ihr Andrea zum Geburtstag geschenkt hatte. Mit der Fernbedienung schaltete Sandra den Fernseher ein. Ob ihr Unterbewusstsein ihr etwas mitteilen wollte? Aber was? Sybille, die Esoterikerin, hätte ihre wahre Freude mit der Analyse dieses Traumes gehabt. Für Sandra hatte die Traumdeuterei jedoch weniger mystische als tiefenpsychologische Bedeutung. Wäre sie nicht Polizistin geworden, hätte sie Psychologie studiert. Wahrscheinlich wäre sie dann erst recht bei der Polizei gelandet und würde heute als Profilerin arbeiten. Schon sehr früh hatte sich Sandra für die menschliche Psyche und deren Abgründe interessiert und bisher alle sich ihr bietenden polizeipsychologischen Fortbildungsmöglichkeiten wahrgenommen. Dass sich unter der Oberfläche des Bewusstseins oft Hinweise des Unterbewusstseins versteckten, wusste Sandra auch aus eigener Erfahrung. Dabei waren nicht alle Botschaften so direkt und offensichtlich, wie jene aus ihrer Kindheit, als sie geträumt hatte, dass ihr Hamster gestorben sei. Am nächsten Morgen teilte ihr die Mutter mit, was Sandra längst wusste: Der Hamster hatte in der Nacht tatsächlich das Zeitliche gesegnet. Ähnliche Phänomene hatte sie auch später immer wieder erlebt, wenngleich die Hinweise meistens verschlüsselt und die Zusammenhänge wesentlich komplexer waren als damals.

Sandra nahm nicht an, dass ihre Mutter tot war, nur weil sie das vorhin geträumt hatte. Viel eher vermutete sie, dass ihr Unterbewusstsein sie davon abhalten wollte, der Mutter – im übertragenen Sinn – die Hand zu reichen.

Bergmann war in ihrem Traum aufgetaucht, weil sie seit ein paar Wochen die meiste Zeit mit ihm verbrachte.

Und dass er sie nackt durch den Wald gejagt hatte, war lediglich eine Projektion des Falles, an dem sie gerade so intensiv arbeiteten, versuchte sie ihren Traum zu analysieren.

Irgendwann wandte sie sich dem Fernseher zu und wunderte sich, wie viele Blockbuster zu dieser frühen Morgenstunde liefen. Wenngleich deren Kinopremieren doch schon einige Jahre zurücklagen. Auf dem einen Kanal therapierte Robin Williams den jungen Matt Damon alias ›Will Hunting‹, auf dem anderen ließ sich die alternde Cher ihre grauen Haare färben, um wenig später, herausgeputzt wie ein Filmstar, Nicolas Cage in der New Yorker ›Metropolitan Opera‹ zu treffen. Sandra hatte ›Mondsüchtig‹ schon einige Male gesehen, blieb jedoch erneut bei dieser romantischen Komödie hängen. Irgendwann musste sie auf dem Sofa eingeschlafen sein, denn als sie das nächste Mal auf ihr Handy blickte, war es sieben Uhr fünfzehn. Ihr Nacken war verspannt. Und draußen regnete es. Für dieses Jahr hatte sich der Altweibersommer wohl endgültig verabschiedet. Sandra streckte sich und gähnte. Auf einmal fiel ihr das SOKO-Meeting ein, zu dem sie pünktlich um acht Uhr erscheinen musste. Eilig sprang sie auf und ging ins Badezimmer. Haare waschen konnte sie getrost vergessen, wenn sie nicht zu spät kommen wollte. Wann würde sie endlich lernen, sich bereits am Abend auf den nächsten Tag vorzubereiten und morgens zeitgerecht aufzustehen, wie ihr das die Mutter schon zu Schulzeiten vergeblich einzubläuen versucht hatte? Wahrscheinlich nie, gab sie sich selbst die Antwort und stieg in die Duschkabine. Das warme Wasser, das auf ihren Körper niederprasselte, fühlte sich angenehm an. Max fiel ihr ein. Ob sie ihn anrufen sollte? Eigentlich hatte sie erwartet, dass er sich bei ihr melden würde, auch wenn sie ihn ausdrücklich gebeten hatte, dies nicht zu tun. Eine Wiederholung der letzten gemeinsamen Nacht durfte nicht stattfinden. Sie musste auch diesen Teil der Vergangenheit endlich loslassen. Schade nur um den fantastischen Sex, auf den sie damit ebenfalls verzichtete. Sandra spülte die Seife vom Körper und betäubte das Kribbeln in ihrem Unterleib mit einem kalten Wasserguss aus der Brause. Im Augenblick war keine Zeit dafür, ihre Lust zu befriedigen. Ihre Haare band sie zu einem Pferdeschwanz zusammen, zog die schwarze Hose und – passend zum trüben Wetter – einen grauen Pulli an. Dann schlüpfte sie in die Lederjacke, die sie zu dieser Jahreszeit beinahe täglich trug, und lief, da der Aufzug besetzt war, hinunter in die Garage.

Sandra schaffte es ausnahmsweise, noch vor Bergmann im großen Konferenzraum des Landeskriminalamts einzutreffen. Wie schon am Vortag leitete Novotny das SOKO-Meeting, diesmal jedoch per Videokonferenz aus dem Bundeskriminalamt in Wien.

Nachdem Jungwirth vom Einsatz im Grazer Büro der Kovacs GmbH berichtet hatte, fügte Bergmann die Aussagen des Geschäftsführers zur Befragung im Mordfall hinzu, die den Ehemann des Opfers nicht gerade entlasteten. »Habt ihr Paul Kovacs' Alibi noch einmal überprüfen können?«, wandte er sich schließlich an die Kollegen auf der Leinwand.

»Das haben wir«, antwortete Oliver Reiterer aus Wien. »Caroline Schwarz hat uns das Alibi des Verdächtigen bei der gestrigen Hausdurchsuchung im Wiener Büro der Kovacs Consulting noch einmal bestätigt.«

»Und? Keine Zweifel an ihrer Aussage? Immerhin ist sie die Geliebte des Verdächtigen«, gab Bergmann zu bedenken.

»Wir sehen dennoch keinen Grund, ihr nicht zu glauben. Caroline Schwarz hat gestern ein umfassendes Geständnis zu den Korruptionsvorwürfen abgelegt. Mehr noch: Sie hat uns ihre volle Kooperation bei allen weiteren wirtschaftskriminalistischen Ermittlungen sowie im folgenden Finanzstrafverfahren zugesichert.« Reiterer übergab das Wort an seine Kollegin, die die Aussage der Maklerin in Kurzform wiedergab. Auf der Leinwand erschien ein Foto, das die attraktive Zeugin und Paul Kovacs beim Verlassen eines prunkvollen Wiener Patrizierhauses zeigte. Bergmann näherte sich Sandras Ohr und flüsterte ihr zu: »Das Vögelchen singt also, um sein hübsches Gefieder zu retten.«

Die Fotoaufnahme musste im Zuge der Observierungen der Wirtschaftskriminalisten entstanden sein, vermutete Sandra. »Hübsch ist sie, ja«, antwortete sie Bergmann im Flüsterton. »Mal abgesehen davon scheint unser Herr Kovacs aber kein besonderes Glück mit seinen Frauen zu haben.«

»Da haben wir durchaus etwas gemeinsam, der Herr Kovacs und ich«, meinte Bergmann, den Blick auf die Leinwand geheftet, auf der nun wieder die versammelte Wiener SOKO-Runde zu sehen war.

»Das vollständige Protokoll finden Sie bereits im entsprechenden Ordner am Server«, schloss die junge Kriminalistin aus Wien ihren Bericht ab.

Reiterer übernahm wieder: »Außerdem konnten wir gestern den Mundhöhlenabstrich von Paul Kovacs abnehmen. Die Speichelprobe befindet sich bereits im Labor.«

»So schnell? Da hat sich der Richter aber selbst übertroffen«, erwiderte Bergmann überrascht.

»Eine richterliche Vorladung war gar nicht mehr nötig. Paul Kovacs hat dem Abstrich nun doch noch freiwillig zugestimmt. Auf Anraten seines Rechtsanwalts, schätze ich«, erklärte Reiterer.

Es wurde also eng für Paul Kovacs, dachte Sandra. Heute noch würde sein Bürogebäude in Bratislava durchsucht werden, und die Staatsanwaltschaft arbeitete bereits mit Hochdruck an den Anklagen im Finanzstrafverfahren, wusste Novotny zu berichten.

Sandra stand mit ihrer Zusammenfassung der aktuellen biologischen und technischen Forensikergebnisse als Letzte auf der Agenda des SOKO-Meetings. Beide Gutachten hatte sie bereits gestern auf den Zentralrechner stellen lassen, sodass die Zugriffsberechtigten alle Details jederzeit nachlesen konnten.

Am Ende des SOKO-Meetings wusste jeder Ermittler, was für heute auf dem Programm stand. Von unvorhersehbaren Ereignissen einmal abgesehen. Man trennte sich schließlich nach einer knappen Stunde, um in einen neuen Arbeitstag zu starten.

Noch vor dem Mittagessen hielt Sandra die neuen Laborergebnisse in den Händen. Bergmann hatte mit seiner Vermutung recht gehabt. Mike hatte ausnahmsweise die Wahrheit gesagt. Er hatte weder irgendeinen Kontakt zu Eva Kovacs gehabt, bevor er ihr im Gasthof begegnet war, noch stimmte seine DNA mit den Spuren an der Leiche und am Tatort überein. Er würde noch am selben Nachmittag aus der Untersuchungshaft entlassen werden. Einmal mehr musste sie sich eingestehen, dass sie, was ihren Halbbruder betraf, befangen war. Was immer Mike sagte, sie vermutete stets eine Lüge dahinter. In Zukunft würde sie nicht nur jeglichen privaten, sondern auch den beruflichen Kontakt mit ihm vermeiden, sollte er je wieder in ein Tötungsdelikt verwickelt sein. Wenigstens gab es für sie nach diesem Resultat keinen Grund mehr, den Fall wegen Befangenheit abzugeben.

Das Handyklingeln ließ Sandra hochschrecken. Max Leitgeb rief an. Also doch! Wie gut, dass Bergmann gerade nicht im Büro war. Seine Kommentare konnte sie im Moment am allerwenigsten gebrauchen. Max erkundigte sich nach ihrem Befinden, und Sandra erzählte ihm vom negativen DNA-Abgleich, der ihren Halbbruder entlastete. Max schien erleichtert zu sein, dass dieser als Tatverdächtiger nunmehr ausschied. Wenngleich er Mike nicht besonders mochte, so war er dennoch einer von ihnen. Dass Max inzwischen ebenfalls ein Opfer der dörflichen Sippenhaftung geworden war, gefiel Sandra gar nicht. Sie verbiss sich jedoch eine kritische Bemerkung.

Dann wurde Max persönlich. Er wollte sie am Wochenende treffen. Er habe am Samstag in Graz zu tun, erzählte er ihr.

»Tut mir leid«, wimmelte sie ihn ab. »Ich habe bereits andere Pläne.«

»Und am Sonntag?«

»Da hab ich auch schon was vor«, log sie.

»Verstehe.« Max klang enttäuscht. »Ich hatte gehofft, du denkst vielleicht ein bisschen an mich und hast deine Meinung über ein Wiedersehen inzwischen geändert. Es war so schön mit dir, Sandra. Wie früher ...«, sagte er.

Was sollte sie darauf bloß antworten? Ich liebe dich zwar schon lange nicht mehr, würde aber gerne mit dir vögeln, wenn du mich anschließend wieder in Ruhe lässt? Das war bestimmt nicht das, was Max hören wollte. Sie wollte ihn nicht schon wieder verletzen. Er war noch immer verliebt in sie. Oder schon wieder, was keinen großen Unterschied machte. Sandra rang nach den passenden Worten.

»Du hast einen anderen, stimmt's?«, hörte sie Max schließlich fragen.

»Nein ... ja ... vielleicht ... ich weiß es noch nicht so genau. Ich meine, die Dinge müssen sich erst entwickeln«, log sie weiter. Vielleicht war die neuerliche Abfuhr für Max erträglicher, wenn sie einen anderen Mann in ihrem Leben vorschützte. »Ja, Max, es gibt da jemanden.«

»Aha. Wenn das so ist ... Das muss ich dann wohl akzeptieren.«

»Ja, das musst du wohl.«

»Es ist Bergmann, nicht wahr?«

»Wie bitte? Spinnst du jetzt schon völlig? Wie kommst du denn ausgerechnet auf Bergmann?«, fuhr Sandra ihn an.

»Ich dachte ja nur, weil der Typ auf dich steht.«

»Bergmann steht doch nicht auf mich. Da irrst du dich aber gewaltig«, protestierte Sandra.

»Nein, Sandra. Ich irre mich nicht. Bergmann will dir an die Wäsche. Das musst du doch auch längst bemerkt haben.«

»So ein Unsinn! Hör auf damit, Max!«, wurde Sandra laut.

»Lass die Finger von ihm! Er will dich nur rumkriegen. Danach lässt er dich fallen wie eine heiße Kartoffel. So hat er es mit Petra auch gemacht«, warnte Max.

»Mit Petra? Woher hast du das denn?«, stellte sich Sandra unwissend.

»Von Petra persönlich. Die Ärmste ist am Boden zerstört, dass sich dieser Bastard seit seiner Abreise nicht mehr bei ihr gemeldet hat. Er hebt noch nicht einmal ab, wenn sie ihn anruft. Geschweige denn, dass er sie zurückruft.«

Wie naiv konnte man mit Mitte zwanzig eigentlich noch sein? Und warum musste sich die dämliche Kuh ausgerechnet bei ihrem Kollegen ausheulen, ärgerte sich Sandra über Petra Schreiner. »Solche Geschichten interessieren mich nicht, Max«, sagte sie, bemüht, möglichst beiläufig zu klingen. »Mach dir keine Sorgen um mich«, fuhr sie fort, »du weißt ja, ich bin ein großes Mädchen. Leider muss ich jetzt Schluss machen. Ciao, Max.«

»Warte, Sandra! Du solltest dich vor Bergmann wirklich in Acht nehmen. Er lässt nichts anbrennen.«

»Ach ja? Und woher willst du das wissen?«

»Ich weiß es eben von …«

»Ach, vergiss es, Max. Es interessiert mich nicht.« Sandra verabschiedete sich von ihm, ohne seine absurden Warnungen ernst zu nehmen. Bergmann und sie? Wie kam er bloß auf eine dermaßen groteske Idee? Über die unbegründeten Unterstellungen ihres eifersüchtigen Exfreundes hatte sie sich seinerzeit schon öfters geärgert. Heute war es also wieder so weit. Wenigstens war das schlechte Gewissen, ihn zuletzt nur für ihre Bedürfnisse missbraucht und anschließend abserviert zu haben, mit einem Mal verflogen. Dass Bergmann mit Petra angeblich dasselbe getan hatte, war nun wahrlich nicht ihr Problem.

»Gibt es etwas Neues?«, fragte Bergmann, als er das Büro betrat.

Sandra winkte mit dem neuesten Laborergebnis. »Mike hat ausnahmsweise einmal die Wahrheit gesagt. Er hatte in der Tatnacht keinen Geschlechtsverkehr mit Eva Kovacs. Hier ist der DNA-Abgleich.«

»Dann kommt also nur noch Paul Kovacs als Täter infrage«, meinte Bergmann.

»Oder Novotnys Auftragsmörder von der Immobilienmafia«, ergänzte Sandra.

»Oder es tauchen weitere Tatverdächtige auf. Die Kollegen von der Wiener Mordgruppe stehen mit ihren Ermittlungen noch ziemlich am Anfang«, sagte Bergmann.

»Wir auch. Solange wir die Chat-Kontakte der Kovacs noch nicht überprüft haben. Wenn wir nur endlich die Auswertung bekämen.«

Bergmann überlegte. »Vielleicht sollten wir uns die Wartezeit mit einer weiteren Reise nach St. Raphael verkürzen«, schlug er vor.

»Nein, Sascha, bitte nicht!«, meinte Sandra erschrocken.

»Es könnte doch sein, dass wir etwas übersehen haben.«

»Was denn? Wir haben doch alles und jeden überprüft.«

»Möglicherweise war das noch nicht genug.« Bergmann kratzte sich wie so oft, wenn er nachdachte, am Kinn. »Ich muss jetzt dringend eine Zigarette rauchen. Das hilft mir beim Denken«, sagte er und verschwand aus dem Büro.

»Bloß nicht noch einmal nach St. Raphael fahren«, murmelte Sandra vor sich hin. Dann griff sie zum Telefonhörer und wählte die Durchwahl der Computerabteilung.

»›Evitas‹ Chat-Kontakte gehen voraussichtlich heute am späten Nachmittag per E-Mail an Bergmann«, versprach der Computerexperte am anderen Ende der Leitung.

»Sehr gut. Dann schick sie mir bitte cc«, bat Sandra.

»Aber Bergmann wollte sie zuerst persönlich sehen«, wandte der Kriminaltechniker ein.

»Das hat er doch nicht wörtlich gemeint. Du weißt ja, dass ich diejenige bin, die eure Daten immer zuerst anschaut«, erklärte sie.

»Nichts für ungut, Sandra. Das soll Bergmann mir selber sagen. Dann schick ich dir die Daten umgehend rüber. Bis später.« Damit war das Gespräch beendet.

Sandra konnte es nicht fassen. So ein I-Tüpfelreiter! Was glaubte er denn, was Bergmann mit den Daten vorhatte? Sie hatten doch keine Geheimnisse voreinander. Zumindest keine, die den Fall betrafen. Bergmann und sie arbeiteten miteinander und nicht gegeneinander. Sie zogen beide an einem Strang. Zum ersten Mal wurde Sandra bewusst, dass aus dem arroganten Kotzbrocken und ihr inzwischen ein Team geworden war. Selbst wenn sie von der Aufklärung ihres ersten großen Falls noch meilenweit entfernt zu sein schienen, so waren sie doch wenigstens auf einem guten gemeinsamen Weg.

Bergmann kehrte mit einem Becher Kaffee aus der Zigarettenpause zurück, und Sandra berichtete ihm, dass die Chat-Kontakte des Mordopfers für den Nachmittag angekündigt worden waren. Sie bat ihn, das Missverständnis mit dem Computerheini aus der Welt zu schaffen, damit auch sie die Daten möglichst ohne Zeitverzögerung erhalten würde. Bergmann nickte und hob die Umleitung seiner Anrufe ins Sekretariat wieder auf. Bevor er noch dazu kam, sein Passwort in den Computer zu tippen, klingelte sein Telefon. Nach einem kurzen Blick auf das Display ließ er es weiterläuten, nahm einen Bleistift und drehte diesen mehrmals im Spitzer herum. Immer wieder überprüfte er die Mine, die längst spitz genug war, bis der Apparat wieder verstummte. Bei der dritten Klingelattacke, die er beharrlich ignorierte, riss Sandra der Geduldsfaden. »Willst du nicht endlich abheben, Sascha? Das ständige Telefonklingeln nervt gewaltig. Ich kann mich nicht konzentrieren«, beschwerte sie sich.

»Sorry. Einen kleinen Moment noch, ja?«, entschuldigte er sich und wartete erneut, bis das Telefon zu läuten aufhörte. Dann legte er den Bleistift beiseite und leitete das Telefon kommentarlos wieder ins Sekretariat um. Sandras fragenden Blick ignorierte er, wie es so seiner Art entsprach, und nahm Bleistift und Spitzer wieder auf.

Jetzt klingelte Sandras Telefon. Die Teamassistentin bat sie, Bergmann auszurichten, er möge dringend Frau Petra Schreiner zurückrufen und wollte ihr die Telefonnummer durchgeben.

»Nicht nötig. Sascha hat die Nummer ganz bestimmt«, meinte Sandra und legte auf. Du feiger Hund, dachte sie und sah zu ihrem Kollegen hinüber. Bergmann hatte Bleistift und Spitzer endlich beiseitegelegt und starrte nun in seinen Monitor.

»Sascha?«

»Hm?«

»Du sollst Petra Schreiner zurückrufen.«

»Wen?«, fragte er abwesend.

»Petra … Blondie. Du erinnerst dich?«

»Ach ja. Blondie«, erwiderte er mit einem typischen Bergmann-Grinsen.

»Sie wird nicht aufhören, dich zu nerven, solange du nicht Klartext mit ihr redest.«

Bergmann seufzte. »Warum müsst ihr Frauen bloß immer so hartnäckig sein?«, fragte er.

Sandra musste schmunzeln. Dass Männer ihrer Erfahrung nach auch nicht viel besser waren, behielt sie lieber für sich. Bergmann hatte ohnehin schon viel zu viel von ihrem Privatleben mitbekommen.

»Weißt du was? Wir sollten Blondie mit dem strammen Max verkuppeln«, schlug Bergmann vor, »dann hätten wir beide unsere Ruhe.«

Woher wusste er, dass sie von Max in Ruhe gelassen werden wollte? Manchmal kam es ihr vor, als ob

Bergmann ihre Gedanken lesen konnte, während sie bei ihm meistens im Dunkeln tappte. Dabei hatte sie immer gedacht, über eine gute Menschenkenntnis zu verfügen. Bei Bergmann versagte ihre Fähigkeit anscheinend. Doch sie war zuversichtlich, dass sie mit der Zeit schon noch dahinterkommen würde, was wirklich in ihm vorging. Sein Vorschlag, Max und Petra zu verkuppeln, amüsierte sie jedenfalls, war ihr doch schon dieselbe Idee in den Sinn gekommen. Auch wenn Petra überhaupt nicht Max' Typ war. Er stand nicht auf schlecht blondierte Frauchen mit Arschgeweih, die den Großteil ihres Gehalts ins Sonnen- beziehungsweise Nagelstudio trugen. »Gar keine schlechte Idee«, meinte Sandra. »Nur leider wird das nicht klappen, fürchte ich.«

»Warum denn nicht?«, wollte Bergmann wissen.

Sandra zuckte mit den Schultern und widmete sich wieder ihrer Arbeit. Auch sie konnte geheimnisvoll wirken, wenn sie wollte.

Kurz vor siebzehn Uhr verkündete Bergmann, dass die Daten aus der Computerabteilung nun doch erst am nächsten Vormittag eintreffen würden. Das habe er eben per E-Mail erfahren. Sandra warf einen Blick aus dem Fenster und beschloss, den Arbeitstag früher als geplant zu beenden. Da es nicht mehr regnete, freute sie sich auf eine Joggingrunde auf den Schloßberg hinauf und wieder zurück. Und auf eine Pizza Provenciale, die Andrea gegen acht Uhr vorbeibringen wollte, um einen gemütlichen Mädelsabend mit ihr zu verbringen.

Als Sandra in die Tiefgarage ihres Wohnhauses fuhr, zeigte die Uhr am Armaturenbrett siebzehn Uhr vierzig. In spätestens zehn Minuten würde sie die Wohnung in Joggingmontur verlassen und loslaufen. Voller Vorfreude stieg sie aus und drückte den Knopf auf der Fernbedienung. Wie gewöhnlich hallte das Klicken der Türschlösser durch das Tiefgeschoss. Dann nahm Sandra ein knirschendes Geräusch hinter sich wahr. Instinktiv drehte sie sich um.

»Hallo, Schwesterherz!« Mike kam auf sie zu und stellte sich ihr in den Weg.

Sandra schrie vor Schreck kurz auf. In ihrem Kopf schrillten die Alarmglocken. Mikes Anwesenheit hatte nichts Gutes zu bedeuten, ahnte sie. »Wo kommst du denn her?«, fragte sie. Ihr Puls raste.

»Frag nicht so deppert! Aus dem Knast. Woher denn sonst?«

»Und was willst du von mir?«

»Ich will, dass du dich entschuldigst.«

»Wofür denn? Die Indizien haben alle gegen dich gesprochen.«

»Ich scheiß auf deine Indizien!« Mike packte sie beim Arm.

»Lass mich sofort los, Mike!«

»Ich denk gar nicht dran. Wir beide gehn jetzt in deine Wohnung und reden miteinander.« Sein Griff wurde noch fester.

Mike wollte reden? Das war ja mal ganz was Neues, dachte Sandra. »Ich hab jetzt aber keine Zeit. Ich bin gleich verabredet«, versuchte sie, ihn abzuschütteln.

»Falsch. Du bist jetzt verabredet. Und zwar mit mir«, entgegnete er und zog sie am Arm in Richtung Ausgang.

»Lass mich sofort los«, wiederholte Sandra, »ich warne dich!«

»Halt die Goschn! Und geh weiter, sonst scheppert's!«, schrie er sie an.

Wenn Mike nicht hören wollte, musste er eben fühlen. Sandra hatte im Nahkampftraining zwar nie zu den Besten gezählt, doch die Grundlagen der Selbstverteidigung beherrschte sie allemal. Mit einer blitzschnellen Dreh- und einer kurzen Hebelbewegung befreite sie sich aus seinem Griff und trat ihm in die Kniekehle. Gleichzeitig nahm sie ihn von hinten in den Würgegriff. »Das ist tätlicher Angriff und Bedrohung einer Polizeibeamtin«, zischte sie ihm ins Ohr. »Muss ich dich schon wieder festnehmen?«

»Ich will doch nur mit dir reden ... wegen der Mama«, krächzte Mike und schnappte nach Luft.

Sandra zögerte. Sollte sie ihrem Halbbruder ausnahmsweise einmal glauben? Immerhin hatte er bei den Einvernehmungen die Wahrheit gesagt. Und dass die Mutter in der Nervenheilanstalt war, traf ihn vielleicht härter, als Sandra vermutete. Vielleicht ging es ihr auch schlechter, und Mike wollte ihr das mitteilen. Sandra gab sich einen Ruck. »Okay, Mike. Aber wehe, du greifst mich noch einmal an! Ich warne dich zum letzten Mal.« Sie ließ Mike los und trat zwei Schritte zurück. Dabei beobachtete sie, wie er sich umdrehte, und bereute augenblicklich, dass sie ihm wider besseres Wissen geglaubt hatte. Seine Pistole war auf ihre Brust gerichtet, während ihre Dienstwaffe versperrt in einem Spind im Landeskriminalamt lag.

»Hoch mit den Händen! Na, los! Wird's bald?«, kommandierte Mike.

Sandra verwarf die Idee, das Pfefferspray aus der

Jackentasche zu ziehen. Wenn Mike jetzt abdrückte, würde er sie sicher treffen, kalkulierte sie ihr Risiko. Langsam hob sie die Arme über den Kopf. Woher hatte er nur die ›Glock‹?, überlegte sie. Mutter hatte ihm den Waffenbesitz stets verboten, solange er noch in ihrem Haus wohnte. Aus gutem Grund, wie Sandra nun am eigenen Leib erfahren musste. »Mach keinen Unsinn, Mike. Lass mich gehen, und wir vergessen die Sache«, redete sie beruhigend auf ihn ein.

»Vergessen? Du hältst mich wohl für einen kompletten Idioten? Los, geh weiter! Und denk immer dran: Ich bin direkt hinter dir. Eine falsche Bewegung, und ich schieß dir in deinen Rücken. Verlass dich drauf.«

Mike hatte eindeutig zu viele Ego-Shooter-Games gespielt und virtuelle Gegner aus der eigenen Perspektive abgeknallt, kam es Sandra in den Sinn, während sie von ihrem Angreifer durch die graue Feuertür geschubst wurde, die ins Treppenhaus führte. Wo waren nur die Nachbarn? Warum rannten keine Kinder auf dem Gang auf und ab? So, wie sie es immer taten, wenn sie einmal ausschlafen wollte. Vor dem Aufzug überkam sie das merkwürdige Gefühl, im falschen Film mitzuwirken. Dass ausgerechnet ihr Halbbruder der Erste sein würde, der sie – abseits des harten Polizei-Trainings – mit einer Schusswaffe bedrohen würde, hätte sie trotz aller familiären Auseinandersetzungen niemals angenommen. »In Ordnung, Mike. Lass uns reden. Aber bitte nimm die Pistole runter, bevor etwas passiert, was dir hinterher leidtut«, versuchte sie, ihn zu beschwichtigen.

»Deine Psychotour kannst du dir sparen. Du glaubst doch nicht, dass es mir leidtut, wenn du abkratzt? Los, hol den Aufzug!« Das klang, als würde er es ernst meinen. Sandra befolgte seinen Befehl und drückte auf den Pfeil, der nach oben zeigte. Noch immer war niemand hier, der sie hören oder sehen, geschweige denn ihr helfen konnte. Als sie schließlich in den Lift einstiegen, kroch Panik in ihr hoch. Mit jedem Meter, den der Fahrstuhl sie aufwärts beförderte, spürte Sandra ihr Herz schneller schlagen. Mit zittrigen Händen sperrte sie die Wohnungstür auf. Kaum war diese hinter ihnen ins Schloss gefallen, traf Mikes Faust sie mit voller Wucht im Gesicht. Die Explosion in ihrem Kopf ließ sie vermuten, dass er ihr Nasenbein zertrümmert hatte. Sandra ging sofort zu Boden, wie damals, als er betrunken auf sie eingeschlagen hatte. Ihre Polizeiausbildung und das regelmäßige Training nützten ihr in diesem Augenblick gar nichts. Mike nahm ihr mit einem gezielten Tritt in den Bauch die Luft zum Atmen. Sandra schmeckte Blut, während er sie an den Armen ins Wohnzimmer schleifte. Dort verpasste er ihr weitere heftige Tritte in die Seite. Diese hier wären von der Mutter – mit den besten Grüßen, meinte er und lachte dabei höhnisch. Dann sah er ihr zu, wie sie sich mühsam hochrappelte und es schließlich auf alle viere schaffte. Ihr Blut, das aus Nase und Mund tropfte, bildete rasch kleine Pfützen auf dem hellen Laminatboden. Bevor sich Sandra aufrichten konnte, stand Mike über ihr. Ein kräftiger Hieb mit der Waffe auf den Hinterkopf ließ ihren Schädel erneut explodieren. Danach versank sie in der schwarzen Watte, die sie umgab. Tiefer und immer tiefer.

KAPITEL 9

Immer noch Donnerstag, 23. September

Das rhythmische Pochen dröhnte gnadenlos in ihrem Schädel. Die schrillen Klingeltöne bohrten sich wie Messer in ihr Gehirn. Sandra zwang sich, die Augen zu öffnen, obwohl ihre Lider aus Blei zu sein schienen. Es war dunkel. Wo war sie nur? Und was war geschehen? Diese verdammten Schmerzen!

Die Garage ... Mike ... der Aufzug ... die Angst. Mike hatte sie verprügelt. Und dann? Filmriss. Das neben ihr war ihr Couchtisch, stellte sie fest. Sie lag also auf dem Boden ihres Wohnzimmers – offenbar verletzt. Schwer verletzt? Ihre Nase schmerzte. Und der Brustkorb. Das Atmen fiel ihr schwer. Doch das Schlimmste war der Presslufthammer in ihrem Kopf. Wenigstens waren diese unerträglichen Klingeltöne endlich verstummt. Sie musste versuchen, aufzustehen.

»Sandra?«

War das Mikes Stimme? Das Hämmern in ihrem Kopf wurde intensiver, steigerte sich mit jedem Pulsschlag. Die Panik drohte ihren Schädel zu sprengen.

»Sandra!« Eine Frauenstimme. Schritte. Und dann ein Blitz, der in ihrem Gehirn einschlug. Jemand hatte die Deckenlampe aufgedreht. Sandra schloss ihre Augen reflexartig, um sie vor dem gleißenden Licht zu schützen.

»Rufen Sie den Notarzt!«, hörte sie Bergmann sagen. Sandra blinzelte, um sich zu vergewissern. Ja. Es war wirklich Bergmann, der sich über sie beugte, stellte sie erleichtert fest.

»Der Rettungswagen ist in zehn Minuten hier«, verkündete Andrea, die sich nun ebenfalls neben Sandra auf den Boden hockte. »Oh, mein Gott!« Die Freundin schien erschrocken über ihren Anblick zu sein.

Bergmann warf ihr einen mahnenden Blick zu. »Das wird schon wieder«, beschwichtigte er die beiden Frauen.

Sie musste zum Fürchten aussehen, wenn sich die taffe Andrea mit Tränen in den Augen von ihr abwandte, vermutete Sandra. Kein Wunder, dass ihr alles wehtat.

»Kannst du mir sagen, was passiert ist, Sandra?«, erkundigte sich Bergmann.

»Mike«, flüsterte sie und schloss die Augen. Konnte nicht irgendjemand diese verfluchten Kopfschmerzen abstellen, damit sie endlich schlafen konnte?

»Sandra! Du musst wach bleiben! Komm, sei ein tapferes Mädchen. Der Notarzt ist gleich hier. Alles wird wieder gut. Ich kauf mir Mike«, redete Bergmann auf sie ein.

»Mein Kopf ... so weh«, ächzte Sandra.

»Gleich wird's besser«, flüsterte Bergmann und wandte sich Andrea zu. »Gehen Sie schon mal hinunter, und weisen Sie den Notarzt ein. Und nehmen Sie die Schlüssel mit. Die liegen im Vorzimmer am Boden«, sagte er leise.

Andrea wischte mit dem Handrücken über ihre feuchten Augen, nickte und stand auf. »Ich packe rasch noch frische Wäsche und ihr Zahnputzzeug ein«, sagte sie und verschwand aus dem Raum.

Im Rettungswagen fühlte Sandra, wie die Schmerzen allmählich verebbten. Sie war todmüde, wollte nur noch schlafen. Doch Andrea, die es sich nicht nehmen ließ, sie ins Krankenhaus zu begleiten, plapperte ohne Punkt und Komma auf sie ein, während der Notarzt an ihr rumhantierte. Sie habe die Polizei verständigt, nachdem Sandra ihr nicht geöffnet hatte, erzählte Andrea. Niemand habe ihr helfen wollen, bis sie sich schließlich mit Bergmann verbinden ließ, der sofort zur Stelle war. »Er war der Einzige, der meine Sorge um dich ernst genommen hat«, berichtete sie der verletzten Freundin. »Ich verstehe gar nicht, wieso du ihn mir immer als einen solchen Kotzbrocken beschrieben hast. Der Mann ist doch zuckersüß.«

Sandra wollte auflachen, doch der Versuch endete mit einer schmerzverzerrten Fratze. Zuckersüß war nun wirklich das letzte Attribut, das auf Sascha zutraf. So viel Urteilsvermögen besaß sie selbst noch in ihrem derzeitigen Zustand. Und der war alles andere als erstrebenswert.

Mike hatte ihr zwei Rippen, das Nasenbein und das Jochbein gebrochen. Beide Augen waren inzwischen verfärbt und zugeschwollen. Ihr Körper war mit Hämatomen übersät. Die Platzwunde am Hinterkopf musste genäht werden. Bis auf eine schwere Gehirnerschütterung hatte sie jedoch keine inneren Verletzungen davongetragen, stellten die Ärzte im Krankenhaus fest. Die Patientin würde ein bis zwei Nächte zur Beobachtung hierbleiben müssen und sollte sich danach noch min-

destens zehn Tage schonen, lautete die ärztliche Empfehlung. Sandra war momentan alles egal. Sie war nur
froh, dass sie keine Schmerzen mehr hatte. Vollgepumpt
mit Medikamenten fiel sie bald in einen tiefen, traum-
losen Schlaf.

KAPITEL 10

Freitag, 24. September – Unfallkrankenhaus Graz

Viel zu früh ging am nächsten Morgen das Licht im Krankenzimmer an und die Nachtschwester schob ihren Nirostawagen mit einem lauten »Guten Morgen, die Damen!« zur Tür herein. Sandra fühlte sich wie durch den Fleischwolf gedreht. Ihr Kopf schmerzte noch immer – wenn auch nicht so heftig wie am Vorabend. Das Atmen fiel ihr schwer. Zum einen wegen der Tamponade in ihren Nasenlöchern, durch die sie keine Luft bekam, zum anderen wegen der verletzten Rippen.

Warum musste der Schichtwechsel des Pflegepersonals ausgerechnet zu solch nachtschlafender Uhrzeit stattfinden? Es war stockdunkel draußen, noch nicht einmal sechs Uhr! Sandras Versuch, sich mithilfe des Triangelgriffs, der über ihr schwebte, aufzusetzen, wurde mit einem stechenden Schmerz im Brustkorb bestraft. Die Schwester reagierte sofort auf ihr Stöhnen und zeigte der neuen Patientin, wie sie den Kopfteil des elektrisch verstellbaren Bettes auf Knopfdruck in eine für sie angenehmere Position bringen konnte. Sandra las das Namensschild auf dem üppigen Busen und bedankte sich bei Schwester Cordula. Dabei erschrak sie über die eigene Stimme, die gequetscht und fremd klang. Ihr Mund war völlig ausgetrocknet, und sie bat um ein Glas Wasser, das sie wenig später gegen das Fieberthermometer eintauschte.

»Fieber haben wir keines, Frau Mohr«, stellte Schwester Cordula zufrieden fest und notierte den Wert. Dann reichte sie der Patientin die Leibschüssel.

»Kann ich denn nicht aufs Klo gehen? Das wäre mir lieber«, sagte Sandra leise.

»Wir können es dann probieren. Warten Sie einen Moment. Mit Ihrer Gehirnerschütterung dürfen Sie noch nicht alleine aufstehen«, meinte die rundliche Schwester. »Haben Sie sehr starke Schmerzen?«, erkundigte sie sich.

»Nicht mehr so stark wie gestern. Es geht schon irgendwie …«

»Irgendwie? Aber Kindchen! Sie brauchen bei uns doch nicht die Heldin zu spielen. Zum Glück haben wir Medikamente, die Ihnen die Schmerzen nehmen und die Heilung unterstützen.« Schwester Cordula stellte einen kleinen Plastikbecher mit bunten Pillen auf Sandras Nachtkästchen ab.

»Muss ich die alle schlucken? Was ist da überhaupt drin?« Sandra vermied es, Medikamente zu nehmen, wenn es nicht unbedingt nötig war. Die Schwester blickte von der Infusionsflasche auf und sah sie über den Rand ihrer Lesebrille an. Dass sie mit ihrer Frage auf Unmut stoßen würde, hatte Sandra erwartet. Kritische Patienten waren in Krankenhausbetrieben nicht sonderlich beliebt, da sie die Routine störten und die Abläufe verzögerten und durcheinanderbrachten. Gestern Nacht waren die Schmerzen zu heftig gewesen, als dass Sandra sich darum gekümmert hätte, was in ihre

Venen tropfte. Heute wollte sie jedoch wissen, was man ihr verabreichte. Und vor allen Dingen, warum.

»Die Visite kommt gegen acht Uhr. Herr Primarius Doktor Schubert wird Ihnen alles erklären. Darf ich Ihnen inzwischen wenigstens die Infusion gegen Ihre Schmerzen geben oder möchten Sie lieber weiterleiden?«

»Sehr lieb von Ihnen, danke, Schwester Cordula. Aber das bisschen Leiden halte ich schon aus.«

»Ganz wie Sie meinen, Frau Mohr«, sagte die Schwester und stellte die Infusionsflasche auf den Wagen zurück, bevor sie sich der anderen Patientin im Zimmer zuwandte. Ihre Antwort hatte ein wenig beleidigt geklungen, aber möglicherweise bildete sich Sandra das auch nur ein. Das Verlangen, auf die Toilette zu gehen, war inzwischen übermächtig. Tapfer biss sie auf die Zähne und startete einen zweiten, nicht weniger schmerzhaften Anlauf, sich am Dreiecksgriff hochzuziehen. Diesmal klappte es lautlos. Dann drehte sie sich vorsichtig seitwärts, bis die Beine aus dem Bett baumelten. In ihrem Kopf summten tausende Hornissen. Der Versuch, an der Bettkante nach vorne zu rutschen, um endlich aufstehen zu können, ließ sie erneut aufstöhnen.

»Halt! Wo wollen Sie denn hin? Ich habe Ihnen doch gesagt, Sie dürfen nicht allein aufstehen!«, hörte sie die Schwester schimpfen. Sandra sah sie mit dem Blick eines ertappten Schulmädchens an und deutete zum Badezimmer.

»Wenn Sie schon unbedingt auf die Toilette gehen möchten, müssen Sie sich noch einen Moment gedulden«, wiederholte die Schwester, während sie der

Bettnachbarin gekonnt die Leibschüssel unterschob. In Anbetracht der Tatsache, dass das linke Bein der etwa dreißigjährigen Patientin in einem Metallgestell festgeschraubt war, hatte sich Sandra diese Prozedur wesentlich schwieriger vorgestellt. Doch gelernt war eben gelernt. Und dafür war Sandra der Schwester nun mehr als dankbar. Denn kaum war sie mit deren Hilfe aufgestanden, überkam sie ein heftiges Schwindelgefühl. Sandra hatte den Eindruck, sich mit weichen Knien auf einem Gummiboden fortzubewegen. Mal schwankten die Wände auf und ab, mal waberten sie vor und zurück. Das Krankenzimmer schlingerte wie ein Schiff auf hoher See. Sandra fühlte die Übelkeit in sich aufsteigen. Krampfhaft krallte sie sich an Schwester Cordula fest, bis sie endlich auf der erlösenden Toilette saß. Die Tür stand offen, damit sie um Hilfe rufen konnte, falls ihr noch schlechter wurde, als ihr ohnehin schon war.

Während sich die Schwester wieder um die andere Patientin kümmerte, tobten die Schmerzen in Sandras Kopf immer heftiger. Als schließlich das Gefühl überhandnahm, ihre Schädelplatte würde gleich zerbersten, entschied sie sich doch für die Infusion und verwarf ihren ursprünglichen Vorsatz, einen Blick in den Badezimmerspiegel zu werfen. Zwischen Nasengips und Kopfverband würde sie vermutlich doch nur in zwei geschwollene, blutunterlaufene Augen blicken. Angesichts ihres elenden Zustandes war die Sorge um ihr Aussehen vorerst ziemlich verblasst.

Bis zum Frühstück hatte die Infusion ihre Wirkung getan und die Schmerzen waren weitestgehend betäubt. Sandra hörte sich die Geschichten ihrer Bettnachbarin an, die sich ihr als Katharina vorstellte. Katharina war vor drei Tagen Fahrrad fahrend von einem Auto niedergestoßen worden. Der entgegenkommende Kleinlaster hatte ihren Knöchel überrollt und diesen mehrfach gebrochen. Mehr war ihr bei dem Unfall nicht passiert. So gesehen habe sie Glück im Unglück gehabt, erzählte sie. Und noch einiges andere mehr, das Sandra gar nicht interessierte. Schließlich erkundigte sich die redselige Zimmergenossin, was ihr denn widerfahren sei. Sandra hatte keine Lust, mit ihr über die Ursache der eigenen Verletzungen zu reden. Bisher hatte sie alle Gedanken an Mike und seinen brutalen Übergriff erfolgreich verdrängt, und das sollte, wenn es nach ihr ging, auch so bleiben. Doktor Schubert ersparte Sandra vorerst eine Antwort auf Katharinas Fragen, indem er im richtigen Moment das Zimmer betrat – gefolgt von vier jungen Damen in Ärztekitteln und einer mageren Stationsschwester, deren langer Hals an einen Storch erinnerte. Der Primararzt befragte Sandra nach dem Befinden, bevor er sich in endlosem Fachchinesisch an seinen Tross wandte, der in Ehrfurcht zu erstarren drohte. Erst als er eine medizinische Frage an die Jungärztinnen richtete, wagte es eine der Damen, zu sprechen.

Sandra verstand so gut wie gar nichts von dem Kauderwelsch, außer dass der Chef der Unfallchirurgie über ihre Verletzungen und deren Behandlung referierte. Langsam wurde sie ärgerlich. Schließlich ging es hier um ihre Gesundheit. »Dürfte ich dann bitte auch erfahren, was mit mir los ist? So, dass ich es auch verstehe?«, fragte sie dazwischen.

Doktor Schubert sah seine Patientin überrascht an, während die Stationsschwester den Kopf schüttelte, als wäre Sandra ein vorlautes Kind. Umso erstaunter wirkte der Storch, als der Primarius sich bei der Patientin entschuldigte. »Verzeihen Sie bitte, Frau Mohr. Wir Mediziner tendieren leider immer wieder dazu, in unseren Fachjargon zu verfallen«, meinte er lächelnd. »Am besten Sie merken sich das gleich für Ihre Zukunft, meine Damen«, wandte er sich an die Jungärztinnen, die eifrig nickten. Nur der Storch schien beleidigt zu sein.

»Ihr Jochbein ist angebrochen«, erklärte Doktor Schubert. »Nachdem es jedoch im Wangenbereich zu keinerlei Knochenverschiebungen gekommen ist, konnten wir darauf verzichten, eine Platte einzusetzen. Ihre Nase wurde eingerichtet und durch den Gipsverband ruhiggestellt, sodass sie später wieder gerade sein wird. Die Nasenwurzel wird allerdings deutlich breiter bleiben als zuvor. Aber wenn Sie das stört, können wir das gerne mit einem kosmetischen Routineeingriff korrigieren.«

»Eine Schönheitsoperation meinen Sie?« Üblicherweise machte sich Sandra über derartige Eingriffe lustig. Sie konnte einfach nicht nachvollziehen, warum immer mehr Menschen einem oberflächlichen Schönheitsideal nachjagten, das sie ohnehin nie erreichten. Die meisten übertrieben es zudem maßlos und endeten irgendwann mit einer starren, charakterlosen Fratze, einem überdimensionierten Silikonbusen und lächerlichen Schlauchbootlippen als Karikatur ihrer selbst. Aber das war im konkreten Fall nicht das Thema.

»Wir sprechen hier von wiederherstellender plastischer Chirurgie, Frau Mohr. Mit einer herkömmlichen OP aus rein kosmetischen Gründen hat das – aus meiner ethischen und professionellen Sicht jedenfalls – wenig zu tun«, erwiderte Doktor Schubert ernst. Offenbar war er es gewöhnt, sich mit kritischen Fragen auseinanderzusetzen.

»Glauben Sie denn, dass das nötig sein wird?«, fragte Sandra nun doch ein wenig besorgt.

»Das können nur Sie selbst beurteilen, wenn der Heilungsprozess erst einmal vollständig abgeschlossen ist.«

»Und wann wird das sein?«

»Bis alles abgeschwollen und so weit verheilt ist, werden wohl sechs bis acht Wochen vergehen. Den Gips können wir aber schon in einer Woche abnehmen und die Fäden in Ihrer Kopfhaut in zehn Tagen ziehen.«

Sandra schluckte. »Und wann darf ich hier raus, Herr Doktor Schubert?«

»Gibt es denn jemanden, der Sie morgen abholen und übers Wochenende betreuen könnte?«

»Ja, sicher«, antwortete Sandra, ohne nachzudenken. Sie konnte nur hoffen, dass Andrea morgen Zeit haben und sie vom Krankenhaus abholen würde. Wenn sie erst einmal zu Hause war, würde sie schon allein zurechtkommen, war sie überzeugt. Vorausgesetzt, Andrea füllte vorher ihren Kühlschrank auf, in dem bis auf eine angefangene Flasche Weißwein, einige abgelaufene Zitronen-Joghurts und ein Stück alte Butter Leere herrschte. Ob die Kollegen Mike inzwischen festgenommen hatten? Beim bloßen Gedanken an ihren Halbbruder krampfte sich Sandra der Magen zusammen. Auf eine weitere Begegnung mit ihm konnte sie getrost verzichten. Wenn sie gestern doch bloß ihre Dienstwaffe bei sich getragen hätte.

»Wunderbar«, unterbrach der Herr Primarius ihre aufkeimende Angst. »In diesem Fall können wir Sie morgen gegen neun Uhr dreißig entlassen. Aber bitte schonen Sie sich in den nächsten zehn Tagen. Und nehmen Sie unbedingt Ihre Antibiotika ein, um einer Infektion vorzubeugen.«

Sandra vermutete, dass Schwester Cordula über ihre Medikamentenaversion geplaudert hatte. »Wenn es unbedingt nötig ist«, willigte sie ein. Hauptsache, sie konnte das Krankenhaus bald verlassen, dachte sie erleichtert.

Doktor Schubert verabschiedete sich mit einem breiten Lächeln, das das Weiß seines Ärztekittels vergilbt erscheinen ließ. Als Zahnarzt wäre er selbst seine beste Empfehlung gewesen, dachte Sandra. Als Unfallchirurg schien er ihr nicht weniger kompetent zu sein. Doch dass er als Primararzt bereit war, seine Fehler einzugestehen, machte ihn auch zu einem menschlichen Vorbild. Selbst wenn der alternde Storch das anders sah.

Während Doktor Schubert seine Gefolgschaft ans Nachbarbett führte, nahm Sandra die ›Kleine Zeitung‹, die mit dem Frühstück gebracht worden war, zur Hand und blieb ausgerechnet bei ihrem Horoskop hängen: ›Irgendwie scheinen Sie aus Ihrem Stimmungstief nicht so richtig herauszukommen. Ein Mond-Neptun-Quadrat macht Ihnen zu schaffen. Die Realität gefällt Ihnen momentan ganz und gar nicht. Doch speziell in Sachen Familie und Partnerschaft müssen Sie die Dinge mal sehen, wie sie sind. Dann können Sie Bilanz ziehen und etwas verändern.‹

Na bitte. Wer sagt's denn? Das Mond-Neptun-Quadrat war also schuld an ihrer Misere. Was für ein Humbug! Warum las sie diesen Unsinn überhaupt? Dass gewisse Charaktereigenschaften auf bestimmte Sternzeichen zutrafen, ließ sie sich gerade noch einreden. Aber wer, bitte schön, glaubte an Zeitungshoroskope? Noch dazu, wenn jede Gazette an ein und demselben Tag für ein und dasselbe Sternzeichen etwas völlig anderes vorhersagte. Sandra legte die Zeitung zur Seite und schloss die Augen. Bilanz ziehen und etwas verändern, wiederholte sie im Geiste. Dann schlief sie ein.

Als Sandra wieder erwachte, stand das Tablett mit dem Mittagessen auf ihrem Nachtkästchen.

»Na? Gut geschlafen?«, erkundigte sich Katharina lautstark und nahm die Kopfhörer ab, mit denen sie eben noch ferngesehen hatte.

Sandra nickte und flehte insgeheim, dass ihre Zimmergenossin nicht gleich wieder losquasseln würde. Unter den Plastikclochen, die Sandra von ihren Tellern hob, verbargen sich eine Frittatensuppe und ein gebackenes Fischfilet mit Petersilerdäpfeln. Dazu gab es grünen Salat und zum Dessert Vanillecreme mit Erdbeersauce. Sandra griff zum Suppenlöffel und testete, ob sie den Mund weit genug öffnen konnte, um die Suppe zu essen.

»Du hast deinen Mann verpasst. Er war vorhin zu Besuch«, berichtete Katharina.

Sandra ließ den Löffel wieder sinken. »Mein Mann? Ich bin doch nicht verheiratet«, nuschelte sie.

»Na, dann war's halt dein Freund ... ein fescher Typ jedenfalls. Und er hat dir wunderschöne Blumen vorbeigebracht. Sieh nur!« Katharina deutete zur Vase, die auf dem Tisch beim Fenster stand. Sandra wusste seit dem frühen Morgen, dass der letzte Freund ihrer Bettnachbarin sie mit einer Zweiundzwanzigjährigen betrogen und sie ihn deshalb verlassen hatte, dass sie seither Single war und sich fortan nur noch mit älteren Männern einlassen wollte ... bloß nie wieder mit Gleichaltrigen ... blablabla. Während Sandra inzwischen Katharinas halbe Lebensgeschichte kannte, hatte sie so gut wie nichts über sich preisgegeben. Katharina ahnte nicht einmal, dass sie neben einer Kriminalbeamtin lag.

»Du freust dich ja gar nicht über die Blumen. Gefallen sie dir nicht?«, fragte sie besorgt.

»Doch, doch. Sie gefallen mir«, antwortete Sandra und löffelte weiter. Weiße Gladiolen waren ihre Lieblingsblumen. Wer außer Max konnte das wissen? Die Blumen mussten von ihm sein. Aber wer hatte ihn darüber informiert, dass sie im Unfallkrankenhaus lag? »Wie hat der Mann denn ausgesehen?«, erkundigte sie sich bei Katharina.

»Du wirst doch noch wissen, wie dein Freund aussieht?«, lautete die Gegenfrage.

Wieder bemerkte Sandra diesen besorgten Unterton in Katharinas Stimme, als ob sie einen Gedächtnisverlust bei Sandra befürchtete. Langsam nervte die Frau. »Ich habe weder einen Mann noch einen Freund. Es könnte allerdings mein Exfreund gewesen sein. Also, wie sah er aus?«

»Gut. Verdammt gut sogar. Sehr sexy, wenn ich das so sagen darf. Ist er denn noch zu haben, dein Ex?«, erkundigte sich Katharina und lachte albern.

Jetzt nervte die Frau wirklich. »Sexy ... aha. Geht's noch ein bisschen konkreter? Alter, Größe, Statur, Haarfarbe et cetera«, Sandra ließ nicht locker, während sie sich über die Hauptspeise hermachte. Die Panier war alles andere als knusprig, aber der lauwarme Fisch schmeckte gar nicht mal so übel für Krankenhauskost.

»Man könnte meinen, du wärst bei der Polizei. So, wie du fragst ...«

»Bin ich auch.«

Katharina starrte sie an.

»Genauer gesagt bin ich bei der Kriminalpolizei«, ergänzte Sandra.

»Echt?«, staunte Katharina.

»Echt.«

»Und was machst du da so?«

»Morde aufklären.«

»Echt?«

»Echt. Also, noch einmal: Wie alt war der Mann?«

»Mitte bis Ende dreißig, schätze ich.«

»Wie groß? War er dick, dünn, muskulös, stämmig ...?«

»Normal groß. 1,80 bis 1,85. Schlank, nicht zu muskulös, aber schon sportlich. Er hatte Sportschuhe an, Jeans und eine lässige schwarze Bikerlederjacke.«

»Bravo, gut beobachtet. Und weiter? Ist dir irgendetwas Besonderes an ihm aufgefallen?«

Katharina überlegte kurz, bevor sie weitersprach. »Hm ... Er war unrasiert. Dreitagebart. Wirklich sehr sexy«, schwärmte sie erneut und ließ ihren dunkelbraunen Lockenkopf mit einem kleinen Seufzer auf den Polster zurückfallen.

Sandra musste schmunzeln, obwohl ihr das ihre Nase noch immer übel nahm. Doch langsam gewöhnte sie sich an den Schmerz. Der Besucher konnte keinesfalls Max gewesen sein, überlegte sie. Er behauptete immer, sich dreckig zu fühlen, wenn er unrasiert war. Die Beschreibung passte viel eher auf Bergmann. »Wenn es der Mann war, den ich vermute, dann kannst du ihn getrost vergessen«, sagte sie schließlich zu Katharina.

»Echt?« Diesmal klang ihre Frage enttäuscht.

»Echt. Es sei denn, du lässt dich gerne mit verheirateten Männern ein.«

»Nein danke. Kein Bedarf.« Katharina seufzte erneut. »Es ist einfach ungerecht. Die interessantesten Männer sind alle schon vergeben. Oder schwul«, beschwerte sie sich.

»Wie wahr«, musste Sandra ihr recht geben. »Und manche sind sogar beides.«

»Sag bloß, der ist schwul!« Katharina konnte es nicht fassen.

»Nein, nein«, stellte Sandra klar. »Mein Kollege ist alles andere als das.«

»Das war dein Kollege? Und der schenkt dir so tolle Blumen?«

Die letzte Frage beschäftigte Sandra ebenfalls. Wieso brachte Bergmann ihr Blumen ans Krankenbett? Noch dazu ihre Lieblingsblumen, wunderte sie sich, um im nächsten Augenblick das Rätsel zu lösen: Andrea! Natürlich! Ihre beste Freundin musste ihm den Tipp gegeben haben. Sandra läutete nach der Schwester. Diesmal war der Weg auf die Toilette nicht mehr ganz so mühsam wie am Morgen. Der Boden unter ihren Füßen fühlte sich zwar noch immer gallertartig an, doch die Wände schwankten nur noch, wenn sie hinsah.

Der Blick in den Badezimmerspiegel ließ Sandra erschrocken zurückweichen. Sie hatte in ihrem Leben schon einige Brillenhämatome gesehen. Und auch selbst das eine oder andere blaue Auge davongetragen. Doch diese beiden zugeschwollenen Sehschlitze, die ihr zwischen Kopfverband und Nasengips dunkelviolett entgegenstarrten, ließen sie augenblicklich mit den Tränen kämpfen. Sandra schluckte schwer und stützte sich auf dem Waschbeckenrand ab, unfähig, den Blick von der Fratze im Spiegel abzuwenden. Warum hatte sie sich bloß auf eine Diskussion mit ihrem Halbbruder eingelassen, anstatt gleich ›Feuer‹ zu schreien, wie es in solchen Situationen angeraten war? Sandra rief nach der Krankenschwester, die sie zurück zum Bett begleitete. Hätte sie sich in der Garage oder im Hausflur richtig verhalten, wäre vielleicht doch noch jemand aufgetaucht, der die Kollegen rechtzeitig verständigt hätte. Dass sie ihre psychologischen Fähigkeiten dermaßen überschätzt und völlig falsch reagiert hatte, machte ihr fast mehr zu schaffen als die körperlichen Konsequenzen. Bei jedem anderen Polizeieinsatz wäre sie um einiges cleverer vorgegangen, redete sie sich ein, um vor sich selbst nicht als komplette Versagerin dazustehen.

Das Nachmittagsprogramm im Fernsehen konnte Sandras Laune auch nicht heben. Doch war es allemal besser, die Kopfhörer aufzusetzen und einer anspruchslosen Telenovela zu folgen, als Katharinas noch banalerer Lebensgeschichte zu lauschen. Sandras einziger Lichtblick war die Aussicht auf ihren baldigen Abschied vom Krankenhaus, auch wenn sie noch etwas wackelig auf den Beinen war. Die höllischen Kopfschmerzen, die sich nach der morgendlichen Infusion verabschiedet hatten, waren nur ganz allmählich und in erträglicher Stärke zurückgekehrt.

Der wahre Lichtblick war jedoch Andrea, die Sandras unfreiwilligen Fernsehnachmittag beendete, um mit ihr das Krankenzimmer zu verlassen und in die Cafeteria zu gehen. Wie es Andreas Art entsprach, machte sie sich – nach einer ersten Schrecksekunde – über Sandras Aussehen lustig und nannte sie fortan nur noch Zombie. Sandra bat die Freundin, ihren Humor ausnahmsweise zu zügeln, da ihr das Lachen immer noch Schmerzen bereitete. Dass sie ihren Mitmenschen einen schrecklichen Anblick bot, entging Sandra nicht. Die meisten Leute starrten sie an, um sich sofort erschrocken wieder abzuwenden, sobald sie deren neugierige Blicke freundlich erwiderte. Sogar die Kellnerin der Krankenhaus-Cafeteria, die schon Einiges gesehen haben musste, vermied es beharrlich, ihr ins entstellte Gesicht zu sehen. Dagegen kam Sandra Bergmanns Unart, ihren Blicken auszuweichen, vergleichsweise harmlos vor.

»Hast du Bergmann erzählt, dass ich weiße Gladiolen mag?«, wandte sie sich an Andrea, nachdem die Kellnerin ihren grünen Tee serviert hatte.

»Die waren von Bergmann?« Andrea waren die Blumen im Krankenzimmer also nicht entgangen.

»Den Beschreibungen meiner Bettnachbarin nach könnte der Mann, der die Blumen gebracht hat, während ich geschlafen habe, Bergmann gewesen sein. Obwohl ich noch immer bezweifle, dass er zu so einer netten Geste überhaupt fähig ist. Wahrscheinlich war es ein Bote von Max, der die Blumen geliefert hat«, spekulierte Sandra laut.

»Ich tippe auf Bergmann«, widersprach die Freundin Sandras zweiter Theorie. »Du tust dem Mann ziemlich unrecht, Sandra. Du hättest einmal sehen sollen, wie besorgt Sascha um dich war.«

»Sascha? Ihr seid also schon per Du? Ich kann dich nur warnen, Andrea. Finger weg von ihm!«

»Du willst ihn wohl für dich alleine haben?« Andrea lachte und nahm einen Schluck von ihrem Cappuccino.

»Unsinn. Du weißt doch, dass ich ihn nicht ausstehen kann. Die meiste Zeit jedenfalls nicht. Er ist arrogant, ungehobelt und oberflächlich. Und außerdem ist er verheiratet.«

»Aber er lebt doch schon lange nicht mehr mit seiner Frau zusammen«, verteidigte ihn Andrea.

Sandra wäre beinahe die Teetasse aus den Fingern gerutscht. »Woher zum Teufel weißt du das denn schon wieder? Was habt ihr beiden eigentlich getrieben, während ich hier wieder zusammengeflickt und mit Medikamenten vollgepumpt wurde?«

»Gar nichts. Wir haben uns nur ein wenig unterhalten.«

»Ein wenig? Du weißt nach einer einzigen Begegnung mehr über meinen Partner als ich nach einem ganzen Monat.«

»Wahrscheinlich hast du nicht die richtigen Fragen gestellt.«

»Ich hab ihm überhaupt keine Fragen gestellt. Jedenfalls nicht über sein Privatleben. Es geht mich doch nichts an, was mein Kollege privat treibt.«

»Ach ja? Dass er diese Tussi in St. Raphael flachgelegt hat, ist dich aber schon etwas angegangen.« Andrea grinste provokant.

»Das war etwas völlig anderes. Er hat eine Kollegin gevögelt. So etwas macht man einfach nicht.« Sandra wusste genau, mit welcher Antwort sie als Nächstes zu rechnen hatte. »Besser, du sagst jetzt nichts«, warnte sie die Freundin, bevor diese sie daran erinnern konnte, dass sie in jener Nacht ebenfalls Sex mit einem Kollegen gehabt hatte. Andrea schwieg und grinste von einem Ohr zum anderen, während Sandra bereute, nicht wenigstens dieses intime Geheimnis für sich behalten zu haben. Sosehr sie Andrea mochte und ihr vertraute, so sehr nervte sie manchmal ihre vermeintliche Überlegenheit in Liebesangelegenheiten.

»Du bist jetzt aber nicht sauer auf mich?«, fragte Andrea scheinheilig.

»Nein. Ich bin selbst schuld.«

»Stimmt, Zombie.«

Statt mit einem Lachen antwortete Sandra mit einem schmerzverzerrten Grinsen.

Andreas Miene wurde wieder ernst. »Wenn es dir lieber ist, rede ich nie wieder mit Sascha Bergmann.«

»Nein. Das ist schon okay. Ihr seid schließlich beide erwachsen. Du musst selber wissen, was du tust.«

»Keine Sorge. Ich hab nicht vor, mich mit einem Polizisten einzulassen. Mir reicht es schon, dass ich mir um dich ständig Sorgen machen muss.«

»Sag mal, Andrea: Könntest du mich morgen um halb zehn hier abholen und nach Hause fahren?«

»Lassen sie dich etwa schon heraus? So, wie du aussiehst?« Andrea schnitt eine Grimasse, um Sandras malträtiertes Gesicht zu imitieren.

»Du bist so gemein«, beschwerte sich Sandra und bemühte sich erneut, nicht zu lachen.

»Klar hol ich dich morgen ab. Kann ich sonst noch etwas für dich tun?«

»Ein bisschen was einkaufen vielleicht. In meinem Kühlschrank herrscht wie immer gähnende Leere.«

»Darf's denn irgendetwas Besonderes sein?«

»Nur das Übliche. Du weißt ja, was ich mag und was nicht. Tee hab ich noch genug daheim.«

Andrea nickte und winkte die Kellnerin zum Zahlen herbei. »Danke, Andrea. Was täte ich nur ohne dich?«, meinte Sandra.

Andrea zuckte wortlos mit den Schultern und bezahlte die Rechnung, da Sandra ihre Geldbörse nicht dabeihatte.

»Bis morgen, dann. Neun Uhr dreißig im Foyer.« Sandra küsste die Luft neben Andreas Wangen und lehnte ihr Angebot, sie noch nach oben zu begleiten, ab. Mittlerweile traute sie sich zu, den Rückweg, der hauptsächlich aus einer Liftfahrt bestand, alleine anzutreten. Andrea versprach noch einmal, sie am nächsten

Morgen pünktlich abzuholen. Dann machte sie sich auf den Heimweg.

Als Sandra in ihr Krankenzimmer zurückkehrte, stand eine weitere Vase mit weißen Gladiolen auf dem Tisch. Der zweite Strauß war jedoch nicht annähernd so prächtig wie der erste. Dafür steckte ein Kuvert zwischen Stängeln und Blättern.

»Die hat die Schwester eben für dich gebracht«, kommentierte Katharina ihren überraschten Blick.

Die Handschrift war Sandra vertraut: ›Baldige Besserung! In Liebe, dein Max.‹

»Und? Von wem sind diese Blumen?«, wollte Katharina wissen.

»Von meinem Ex«, antwortete Sandra kurz angebunden.

»Echt?«

»Bitte, Katharina. Sei mir nicht böse. Ich möchte mich jetzt nicht mit dir unterhalten. Ich bin ziemlich erschöpft.«

»Schon gut. Ich habe verstanden.« Katharina setzte ihre Kopfhörer auf, um fortan mit beleidigter Miene in den Fernseher zu glotzen. Welch eine Wohltat für Sandra. Sie holte ihr Handy, das sie vergangene Nacht auf lautlos gestellt hatte, aus der Nachttischlade. Der Blick auf die Anruferliste zeigte ihr, dass Bergmann seit heute Morgen dreimal angerufen, aber keine Nachricht auf der Mobilbox hinterlassen hatte. Andreas Anruf, mit dem er ihren nachmittäglichen Besuch ankündigte, hatte Sandra ebenfalls verpasst, wie ihr die Aufzeichnung auf der Sprachbox verriet. Max hatte geschlagene neunmal versucht, sie zu erreichen. ›Bitte, Sandra. Geh doch endlich an dein Handy! Ich mach mir langsam wirklich Sorgen! Außerdem muss ich dir was Wichtiges erzählen. Bitte, ruf mich zurück. Es ist dringend‹, lautete Max' letzte Botschaft, die er erst vor einer Viertelstunde hinterlassen hatte. Inhaltlich unterschied sie sich nicht wesentlich von seinen anderen Nachrichten. Außer von der ersten, in der er ihr mitteilte, dass sie Mike soeben in seinem Haus festgenommen hatten. In *seinem* Haus? Das Haus gehörte doch wohl immer noch ihrer Mutter, wenngleich zu befürchten war, dass diese es längst verpfändet hatte, um dem Sohn aus der Patsche zu helfen. Aber das war Sandra mittlerweile egal. Sie war erleichtert, dass Mike ihr zumindest im Moment nichts mehr anhaben konnte, verspürte jedoch keine Lust, mit Max darüber zu reden. Schon gar nicht, solange ihre neugierige Bettnachbarin lauschte. Sie bedankte sich per SMS für seine Blumen und beruhigte ihn, dass sie am nächsten Morgen bereits entlassen werden würde. Ihren Rückruf versprach sie für das bevorstehende Wochenende. Dann leitete sie die gute Nachricht über Mikes Festnahme an Andrea weiter. Kaum hatte sie die letzte SMS gesendet, folgte prompt Max' Antwort. ›Wenn es dir besser geht, melde dich! Es ist dringend! Kuss, Max.‹

Was konnte denn schon so dringend sein, dass es nicht noch ein paar Tage warten konnte? Das Wichtigste wusste sie doch bereits: Mike war hinter Schloss und Riegel und würde nicht so schnell wieder freikommen. Dafür würde sie schon sorgen, wenn sie erst einmal wieder gesund war.

KAPITEL 11

Samstag, 25. September

Noch vor dem morgendlichen Verbandswechsel packte Sandra ihre Sachen und wickelte den schöneren der beiden Gladiolensträuße in Zeitungspapier ein. Den von Max überließ sie Katharina. Nach der Visite zog sie sich an und verabschiedete sich von ihrer Bettnachbarin. Sie wünschte Katharina baldige Besserung und verschwand, wie sie hoffte, auf Nimmerwiedersehen. Vorerst in die Patientenaufnahme, wo die Entlassungspapiere auf sie warten sollten. Das Gegenteil war der Fall: Sandra musste auf ein Formular warten, auf dem noch die Unterschrift des diensthabenden Arztes fehlte, bevor sie das Krankenhaus endgültig verlassen durfte. Sie beschloss, die Wartezeit in der Cafeteria zu überbrücken. Andrea hatte nicht übertrieben: Noch immer begegneten ihr die Menschen wie einem leibhaftigen Zombie. Ihre Freundin hatte ihr den Spitznamen wohl zu Recht verliehen. Sandra hatte sich inzwischen fast an den eigenen Anblick gewöhnt. Genauso wie an die Schmerzen, die sie da und dort in nunmehr erträglichem Ausmaß verspürte. Gerade als ihr Pfefferminztee serviert wurde, rief Andrea aus dem Supermarkt an. Sandra lotste sie in die Cafeteria und wechselte zu Bergmanns Anruf, der im selben Moment in der Leitung anklopfte.

»Hallo, Partnerin! Na? Geht's dir schon besser?«

»Sobald die Entlassungspapiere unterschrieben sind, hau ich hier ab. Ich bin schon so gut wie zu Hause.«

»Tapferes Mädchen«, lobte Bergmann sie, »von Mike hast du übrigens nichts mehr zu befürchten. Der sitzt in U-Haft.«

»Weiß ich schon.«

»Ach ja, Max ...«

»Max, ja. Ich nehme an, du weißt von ihm, dass ich weiße Gladiolen mag?«

»Weiße Gladiolen?« Das Grinsen in seiner Stimme war nicht zu überhören.

Wie hatte sie nur annehmen können, dass die Blumen von Bergmann stammten, dachte Sandra peinlich berührt und wechselte das Thema. »Nicht so wichtig. Gibt es etwas Neues in unserem Fall?«

»Kann man wohl sagen. Paul Kovacs' DNA ist nicht identisch mit jener des Täters.«

»Shit. Und wenn Novotny nun doch recht hat? Vielleicht hat Kovacs wirklich jemanden angeheuert, um seine Frau zu beseitigen. Zuzutrauen wäre es ihm.«

»Sicher. Und dass Kovacs ein verdammt starkes Motiv hatte, wissen wir längst.«

»Hat sich denn der Korruptionsverdacht gegen ihn inzwischen erhärtet?«

»Nicht nur das. Der Verdacht hat sich gewissermaßen bestätigt. Caroline Schwarz hat geplaudert wie ein Wasserfall. Kovacs, Quirini, Raffeis und eine Reihe anderer erfolgsverwöhnter Herren atmen bereits gesiebte Luft.«

»Das ging ja flott. Und was hat die Schwarz erzählt?« Sandra nahm einen Schluck von ihrem Pfefferminztee.

»Paul Kovacs und einige andere Geschäftspartner, die den Hals nicht voll kriegen konnten, haben diesen Raffeis – du weißt schon, den Fondsmanager von der Bank – bestochen, damit er ihnen gewinnbringende Hinweise zu den Auftragsvergaben liefert.«

»Illegale Absprachen, also ...«

»Es kommt noch viel besser. Raffeis hat darüber hinaus beim Ankauf der Immobilienprojekte Provisionszahlungen von seinem Arbeitgeber, der Bank, kassiert.«

»Da muss ja einiges an Kohle zusammengekommen sein.«

»Er hat inzwischen gestanden, in den letzten drei Jahren allein an Schmiergeldern etwa eine halbe Million Euro eingestrichen zu haben. Die Provisionen ergeben sicher auch noch ein ganz hübsches Extra-Sümmchen, welches ich allerdings noch nicht kenne.«

Sandra stellte erfreut fest, dass ihr der leise Pfiff durch die Zähne keine nennenswerten Schmerzen bereitete. Dass die Damen vom Nachbartisch erstaunt zu ihr herüber blickten, um sich anschließend wieder erschrocken von ihr abzuwenden, störte sie nicht weiter. An derlei Reaktionen war sie inzwischen gewöhnt.

»Das Korruptionsnetzwerk ging tatsächlich quer durch Österreich und Osteuropa«, erklärte Bergmann. »Die involvierten Architekten, Projektentwickler, Baufirmen und Makler haben den Bau, Kauf und Verkauf großer Objekte untereinander abgesprochen. Raffeis hat diese Bauprojekte in die Immobilienfonds der Bank aufgenommen, in die vorwiegend Kleinanleger investiert haben. Bürogebäude, Wohnhäuser und Gewerbeimmobilien, allesamt in bester Lage und mit zwei- bis dreistelligen Auftragsvolumen. Die Bestechungsgelder wurden einfach in die Baukosten eingerechnet. Alle Beteiligten haben in Saus und Braus gelebt, gezahlt haben letztendlich die Kleinanleger.«

»Solche Typen sind echt das Letzte. Zum Glück sind wir dafür nicht zuständig.«

»Genau. Da lob ich mir doch ehrlichen Mord und Totschlag.«

»Sehr witzig. Gibt es etwas Neues von der Sexfront?« Sandra bereute ihre unbeabsichtigt zweideutige Formulierung, kaum, dass sie diese ausgesprochen hatte.

Bergmanns Antwort fiel dementsprechend eindeutig aus: »Leider nein. Seit wir aus St. Raphael zurückgekehrt sind, hatte ich keinen Sex mehr. Außer mit mir selbst.«

»Sascha, bitte! Ich meinte die Sexpartnerbörse. Seid ihr da weitergekommen?«

»Ach so«, meinte er scheinheilig, »die Liste mit den Kontakten wird noch überprüft. Unsere bisherigen Befragungen haben jedoch noch keinen konkreten Verdacht ergeben.«

»Und wissen wir schon, wer sich hinter Mikes virtueller Identität verbirgt?«

»Nein, der Typ ist ziemlich clever vorgegangen. Der wusste scheinbar ganz genau, wie man Spuren im Internet verwischt.«

»Was ist mit den Log-Dateien?«

»Hoppla! Bist du über Nacht zur Expertin mutiert?«

»Nein. Das mit den Logs hat mir Max letztens erklärt.«

»Max. Schon wieder. Vielleicht ist er ja unser Täter.«

»Du und deine Scherze.«

»Ich muss dich enttäuschen, die Logs sind gelöscht.«

»Scheiße.«

»Sag mal, wie lange muss ich eigentlich noch auf deine nette Gesellschaft verzichten?«, erkundigte sich Bergmann.

»Ich bin für die ganze nächste Woche krankgeschrieben. Aber wenn es nur irgendwie geht, komme ich schon früher ins Büro. Das gibt's doch nicht, dass wir in diesem Mordfall nicht weiterkommen.«

»An deiner Stelle würde ich nichts überstürzen«, riet er ihr, »die Kollegen sind noch nicht in Halloween-Stimmung.«

Während Bergmann über seinen taktlosen Witz lachte, entkam Sandra nur ein lautstarkes »Arschloch!«. Wieder drehten sich die Damen nach ihr um. Diesmal mit einem erbosten Kopfschütteln. Bergmanns Gelächter verebbte allmählich.

»Halte mich auf dem Laufenden, ja?«, bat Sandra.

»Mach ich.«

Kaum hatte Sandra aufgelegt, betrat Andrea die Cafeteria. »Bilde ich mir das ein? Oder siehst du heute schon ein bisschen besser aus?« Andrea setzte sich grinsend zu ihr.

»Bitte! Verarsch du mich nicht auch noch. Bergmann hat sich eben über meine Halloween-Visage lustig gemacht. Das reicht mir für heute.«

Andrea biss sich auf die Lippen. »Ich verarsch dich doch nicht. Die Schwellung um die Augen ist wirklich ein wenig zurückgegangen. Dafür sind die Hämatome noch dunkler als gestern«, stellte sie fest. Andrea musterte Sandras Gesicht wie ein Kunstwerk. »Irgendwie erinnerst du mich heute an, warte … ja, du erinnerst mich an einen Pandabären. Wie niedlich!« Andrea konnte sich nicht länger beherrschen und lachte los. Sandra stimmte mit ein, was nicht mehr ganz so schmerzhaft war wie noch am Vortag.

Nachdem Sandra ihren Tee bezahlt hatte, begleitete Andrea sie in die Patientenaufnahme, um die unterschriebenen Papiere und Rezepte abzuholen. Auf dem Heimweg hielt die Freundin vor der Apotheke an und besorgte die Medikamente, die Sandra versprochen hatte einzunehmen. Wie immer hatte Andrea unglaubliches Glück bei der Parkplatzsuche. Auch als sie ihren feuerwehrroten Mini wenig später direkt vor Sandras Wohnhaus parkte. »Man muss einfach an sein Glück glauben. Dann kommt es von ganz allein«, verkündete Andrea beim Aussteigen.

»Du klingst ja beinahe wie Sybille.«

»Willst du mich beleidigen? Wie kannst du mich nur mit dieser selbst ernannten Hobbyschamanin vergleichen?« Andrea unterstrich ihre Empörung, indem sie die Autotür um einiges fester als nötig zuknallte. Andrea konnte Sybille nicht ausstehen. Dabei war sie es gewesen, die ihr Sandra vorgestellt hatte. Damals war Sybilles Esoteriktrip allerdings noch nicht ganz so ausgeprägt gewesen, erinnerte sich Sandra. Heute versuchte sie, alle und jeden mit ihrem verrückten Weltbild zu beglücken.

»Ich wollte dich nicht beleidigen. Verzeih mir, bitte«, entschuldigte sich Sandra bei Andrea.

»Schon gut.« Andrea drückte ihr die Gladiolen in

die Hand und stellte die Segeltuchtasche auf dem Gehsteig ab. Dann hievte sie zwei volle Einkaufstaschen aus dem Kofferraum, während Sandra vorsichtig ihre Tasche schulterte.

»Schaffst du das?«, erkundigte sich Andrea.

»Sicher. Was hast du denn da alles eingekauft?«

»Wirst schon sehen«, meinte Andrea und trabte voran.

Das Aufsperren der Haustür ersparte sich Sandra, da Frau Gangl aus dem zweiten Stock soeben das Haus verließ. Andrea ging an der alten Dame vorbei durch die offene Glastür, während Sandra stehen blieb und sich bedankte. Die Nachbarin hielt inne und betrachtete sie argwöhnisch.

»Ich bin es, Frau Gangl. Sandra Mohr aus der Wohnung über Ihnen.«

»Jessas!« Frau Gangls Hand wanderte ruckartig zu ihrem Mund. »Was ist denn mit Ihnen passiert?«, fragte sie sichtlich entsetzt.

»Ich hatte einen Unfall. Ist halb so schlimm, wie es aussieht«, beschwichtigte Sandra.

»Das wird schon wieder«, versicherte Andrea aus dem Hintergrund.

Wäre ihr die Nachbarin doch bloß am Donnerstagabend begegnet, als sie dringend Hilfe gebraucht hätte, haderte Sandra kurz mit ihrem Schicksal. Die Gangl hätte zumindest die Polizei verständigen und damit vielleicht das Schlimmste verhindern können.

»Mein Gott, Sie Arme«, unterbrach Frau Gangl ihre Gedanken. »Dass ausgerechnet einer hübschen, jungen Person wie Ihnen so etwas passieren muss.« Die

Gangl schüttelte den Kopf. »Die Welt ist ungerecht und grauslich.«

»Sie hat aber auch ihre guten Seiten«, tönte es aus dem Hausflur.

Typisch Andrea, dachte Sandra. Immer ein positives Wort auf den Lippen. Genau dafür liebte sie ihre Freundin so sehr.

Frau Gangl seufzte schwer, wünschte Sandra baldige Besserung und schlurfte noch immer kopfschüttelnd davon. Andrea stand in der offenen Aufzugtür, um diese am Schließen zu hindern. »Kommst du, Sandra?«

Kaum hatte sich die Fahrstuhltür geschlossen, kehrten die Bilder der letzten Liftfahrt mit Mike zurück. Und mit ihnen die Angst. Sandras Herz raste. Sie schloss die Augen und lehnte sich mit dem Rücken gegen die Fahrstuhlwand.

»Ist dir schlecht?«, fragte Andrea besorgt.

Sandra reagierte nicht auf die Frage. Ihr Hals war wie zugeschnürt.

»Was ist denn mit dir los?«

Sandra öffnete die Augen und sah die Ziffer Eins über der Fahrstuhltür auf die Zwei springen. Im selben Moment spürte sie ihren Herzschlag aussetzen. Die Drei leuchtete auf. Ihr Herz raste weiter. Der Lift hielt an. Andreas Worte drangen wie aus weiter Ferne an ihre Ohren: »Wir sind da, Sandra. Kannst du allein aussteigen?«

Sandra zitterte. »Nein«, krächzte sie mit starrem Blick.

»Warte einen Augenblick. Ich hol dich gleich hier raus.«

Nachdem sich die Lifttür hinter der Freundin geschlossen hatte, hörte Sandra nur noch das laute Pulsieren des eigenen Bluts in ihren Ohren. Langsam glitt sie mit dem Rücken die Fahrstuhlwand hinab, bis sie schließlich ängstlich auf dem Boden hockte. Als die Tür wieder zur Seite glitt, glaubte Sandra erneut, ihr Herzschlag habe ausgesetzt. Der Gedanke, dass Mike davor stehen könnte, lähmte sie endgültig.

»Sandra! Komm! Gib mir deine Schlüssel.« Andrea kniete sich neben Sandra und nahm ihr den Schlüsselbund ab, den diese krampfhaft umklammerte. Dann hob sie die Blumen und die Tasche vom Boden auf und packte die Freundin bei der Hand.

Sandra ließ sich hochziehen und folgte ihr auf wackeligen Beinen zur Wohnungstür. »Schau bitte nach, ob da wer drin ist«, flüsterte sie, ohne die Hand der Freundin loszulassen.

»Da ist niemand. Mike ist im Gefängnis, und dort wird er auch eine Weile bleiben«, versicherte ihr Andrea.

»Trotzdem, bitte, schau nach.«

Andrea sperrte die Tür auf und rief in den leeren Raum hinein: »Hallo? Ist da jemand? Hallo!« Nichts regte sich. »Siehst du? Alles in Ordnung.« Andrea schubste die Freundin sanft ins Vorzimmer. »Mike ist im Gefängnis«, wiederholte sie.

›Mike ist im Gefängnis.‹ Der Satz ging wie ein Mantra durch Sandras Kopf. Sie war in Sicherheit. ›Mike ist im Gefängnis.‹ Er konnte ihr nichts anhaben. Sandra hängte ihre Jacke an die Garderobe und zog die Schuhe aus. ›Mike ist im Gefängnis.‹ Sie zwang sich, das einge-

trocknete Blut auf dem Wohnzimmerboden zu igno-
rieren und klammerte sich noch fester an die Hand der
Freundin. Andrea zog sie weiter bis ins Schlafzimmer.
Dort half sie ihr, sich auszuziehen und hinzulegen.

»Soll ich einen Arzt rufen?«, fragte Andrea besorgt.

»Nein. Es geht schon wieder. Aber ein Glas Wasser
wäre fein. Und bitte, bleib noch eine Weile bei mir«,
flehte Sandra.

»Wenn du möchtest, kann ich das ganze Wochenende
hierbleiben. Du musst mir nur mit frischer Wäsche aus-
helfen. Und mit einer Zahnbürste.«

»Im Badezimmerschrank müsste noch eine Reser-
vebürste sein.«

»Gut. Dann hol ich jetzt mal die Taschen vom Gang
und bring dir ein Glas Wasser. Danach sehen wir weiter.«

»Lass bitte die Schlafzimmertür offen!«, rief Sandra
ihr hinterher. Dann schloss sie die Augen und atmete
so tief es ging in den Bauch. ›Mike ist im Gefängnis.‹
Sie konzentrierte sich darauf, die Luft kontrolliert wieder auszuatmen. ›Mike ist im Gefängnis.‹ Sandra zog
die Decke über den Kopf. Allmählich beruhigte sie sich
wieder. Andrea brachte ihr ein Glas Wasser und stellte
es auf dem Nachtkästchen ab. ›Mike ist im Gefängnis.‹
Erschöpft schlief Sandra ein.

Der Suppenduft drang als Erstes in Sandras Bewusst-
sein. Die zertrümmerte Nase funktionierte also noch.
Wie spät war es eigentlich? Sandra wollte nach ihrem
Handy greifen, doch es lag nicht wie gewöhnlich auf
dem Nachttisch. »Andrea?«

Schritte eilten herbei. »Na? Hast du gut geschlafen?«
Andrea stand im Türrahmen.

»Ja, danke. Was riecht denn da so gut?«

»Ich hab uns ein Süppchen gekocht. Hühnerbrühe
mit frischem Gemüse. Möchtest du lieber Nudeln oder
Backerbsen?«

»Nudeln.«

»Einmal Nudelsuppe kommt sofort. Wünschen Sie
im Bett zu speisen, Madame?« Andrea deutete einen
Diener an.

»Nein, ich esse lieber am Tisch. Kannst du mir bitte
aus dem Bett helfen?«

»Sicher. Was soll ich tun?«

Sandra zog sich an den Händen der Freundin hoch.
Der stechende Schmerz in den Rippen war nicht so heftig, wie sie es erwartet hatte. »Hast du mein Handy gesehen?«, fragte sie, nachdem sie es aus dem Bett geschafft
hatte.

»Nein. Aber ich habe vorhin ein gedämpftes Klingeln aus dem Vorzimmer gehört.« Andrea reichte ihr die
gewünschte Jogginghose und eine Sweaterjacke aus dem
Kleiderschrank und half ihr hinein. Dann verschwand
sie wieder in der Küche. Sandra holte ihr Handy aus
der Lederjacke. Es überraschte sie nicht, dass das Display zwei unbeantwortete Anrufe von Max anzeigte.
Obwohl sie ihn doch gebeten hatte, ihren Rückruf
abzuwarten. Auf die Sprachbox hatte er diesmal nicht
gesprochen. Als kleine Lektion für seine Penetranz
würde sie ihn erst morgen zurückrufen, beschloss Sandra. Sie folgte Andreas Ruf zu Tisch und freute sich
über die Gladiolen, die den Esstisch im Wohnzimmer

zierten. Auch wenn sie immer noch nicht wusste, von wem die Blumen stammten.

»Na, dann: Mahlzeit!«, wünschte ihr Andrea.

»Guten Appetit! Und danke dir fürs Kochen.«

»Also, von wem sind jetzt diese Blumen?«, wollte die Freundin wissen.

»Keine Ahnung. Jedenfalls nicht von Bergmann. Ich hab ihn gefragt.«

»Von Max?«

»Nein. Der hat einen zweiten Strauß geschickt. Den hab ich meiner Bettnachbarin überlassen.«

»Obwohl sie dich so sehr genervt hat? Sehr großzügig von dir. Und von wem ist dann der erste Blumenstrauß?«

Sandra zuckte mit den Schultern.

»Vielleicht von deiner Mutter?«

Sandras Blick verfinsterte sich. »Das würde mich aber sehr wundern. Die schickt mir sicher keine Blumen, weil sie von ihrer missratenen Tochter doch auch keine bekommen hat. Aber lassen wir das. Mit ihr bin ich endgültig durch.«

Andrea lächelte verständnisvoll und wechselte das Thema. »Und was will Max so Dringendes von dir?«

»Keine Ahnung. Ich nehme mal an, er will über unsere gemeinsame Zukunft sprechen«, sagte Sandra, »die es nicht geben wird«, beeilte sie sich hinzuzufügen.

KAPITEL 12

Wieder war es ein köstlicher Duft, der Sandra weckte. An diesem Sonntagmorgen roch es nach frischem Gebäck und Kaffee. Sandra überlegte, ob sie es schon ohne Andreas Hilfe schaffte, aufzustehen. Vorsichtig rückte sie mit dem Hinterteil an die Bettkante und ließ die Beine knieabwärts aus dem Bett gleiten. Die Stiche in ihrer linken Seite erinnerten sie an die Medikamente, die sie zum Frühstück einnehmen musste. Sandra biss die Zähne zusammen. Sie konnte sich doch nicht ewig aus dem Bett helfen lassen. Sie musste lernen, allein klarzukommen. Auch mit ihrer Panik. Mit einem Arm tastete sie nach dem Boden. Auf diesen gestützt, schwang sie auch den anderen Arm zur Seite und landete schließlich nach einem kurzen schmerzhaften Ruck auf allen vieren kniend neben dem Bett. Aus dieser Position gelang es ihr, sich aufzurichten und den Weg ins Badezimmer anzutreten.

»Guten Morgen, Andrea! Und? Wer ist der Mörder?«, begrüßte sie die Freundin, die mit einer Tasse Kaffee am kleinen Küchentisch saß und über der ›Presse am Sonntag‹ brütete. Sandra sah ihr an, dass sie wieder einmal versuchte, den sonntäglichen Rätselkrimi zu lösen.

»Ich komm nicht drauf ... Hey! Guten Morgen! Du bist ganz alleine aufgestanden? Ist ja großartig!«, lobte Andrea sie. »Möchtest du auch ein Spiegelei?«

»Ja, sehr gerne! Ich geh nur rasch duschen und mach mich ein wenig hübsch!«, rief Sandra zurück.

»Sagtest du ›rasch‹?« Andrea kicherte.

»Du solltest die schlechten Scherze Bergmann überlassen!« Dass Sandra ihr Handy aus dem Schlafzimmer klingeln hörte, beachtete sie nicht weiter. Es war sicher wieder nur Max. Wäre sein Anliegen wirklich so dringend, konnte er dieses genauso gut auf ihre Mobilbox sprechen, überlegte sie und wandte sich ihrem Spiegelbild zu. Der Anblick erschreckte sie längst nicht mehr. Im Gegenteil. Die Schwellungen im Gesicht waren seit dem Vortag deutlich zurückgegangen, stellte sie erfreut fest. Erstmals war sie zuversichtlich, in absehbarer Zeit wieder fast so auszusehen wie zuvor, wenngleich der Nasengips noch mitten in ihrem Gesicht prangte und ihre Haare erst in einer Woche gewaschen werden durften, nachdem die Fäden aus der Kopfhaut gezogen worden waren.

Andrea zeigte ihr nach dem Frühstück, wie sie die Hämatome im Gesicht mit Make-up abdecken konnte. Und wie sie mit ein paar geschickten Handgriffen das Pflaster über der etwa hühnereigroßen rasierten Wunde am Hinterkopf verbergen konnte, bis die Haare wieder nachgewachsen waren. Andrea toupierte eine breite Strähne auf Sandras Oberkopf an und legte sie über das Pflaster. Dann glättete sie vorsichtig das Deckhaar und fixierte es mit Haarspray. Sandra pfiff anerkennend durch die Zähne, als sie sich neuerlich im Spiegel betrachtete. Sie beschloss, dem Rat der Freundin zu folgen, sich Trockenshampoo zu besorgen, damit ihre Haare wenigstens gepflegt wirkten, wenn sie schon nicht gewaschen werden durften.

Als die Haustürglocke läutete, schreckten beide Frauen hoch. Sandra rief sich sofort ihr Mantra ins Gedächtnis: ›Mike ist im Gefängnis.‹

»Erwartest du Besuch?«, fragte Andrea.

Sandra schüttelte den Kopf und setzte sich nur zögerlich in Bewegung. »Ja ... bitte?«, sprach sie in die Gegensprechanlage, während ihr Herz bis zum Hals schlug.

»Ich bin's, Max! Lass mich bitte rauf, Sandra. Ich muss unbedingt mit dir reden! Es ist wirklich wichtig.«

Sandra fiel ein Stein vom Herzen. Im nächsten Moment verdrehte sie genervt die Augen. »Das darf doch nicht wahr sein«, murmelte sie, drückte auf den Türöffner und entriegelte das Sicherheitsschloss der Eingangstür. Vielleicht war mit ihrer Mutter etwas passiert, überlegte sie, während sie im Vorzimmer wartete.

Max tauchte wenig später im Türspion auf. Er wirkte nervös, trat von einem Bein aufs andere.

Sandra öffnete die Tür. »Ich hoffe, dass du einen wirklich guten Grund hast, mich unangemeldet zu besuchen«, begrüßte sie ihn nicht gerade freundlich.

»Den habe ich. Darf ich reinkommen?«

Sandra trat beiseite. »Komm schon! Das mit dem Küssen lassen wir lieber. Mein Gesicht ist noch ziemlich lädiert«, sagte sie und reichte ihm die Hand.

»Ehrlich gesagt hab ich es mir viel schlimmer vorgestellt, als es aussieht.«

»Ist es auch. Andrea hat mich vorhin geschminkt.«

»Ist sie denn noch hier?«

Sandra nickte. »Sie stört dich doch nicht etwa, oder?«

Max nahm eine DVD aus der Innentasche seines Parkas und hängte ihn an die Garderobe. »Ich bin nicht privat hier, Sandra. Es geht um den Fall Kovacs. Es ist also besser, du schickst Andrea weg.«

»Was hast du denn noch mit dem Fall Kovacs zu tun?«, wunderte sich Sandra.

»Das erzähl ich dir unter vier Augen.« Max bückte sich, um seine Schuhe auszuziehen.

»Deine Schuhe kannst du ruhig anbehalten. Gästepantoffeln hab ich keine. Ist mir zu spießig.«

Andrea schlug vor, zum Bahnhof zu fahren und Trockenshampoo zu besorgen, damit die beiden Polizisten ungestört miteinander reden konnten.

Sandra winkte ab. »Fahr ruhig nach Hause. Ich komme schon klar. Wir können ja später noch mal telefonieren. Und danke dir für deine Hilfe!« Irgendwann musste sie ohnehin allein mit der Situation zurechtkommen, warum also nicht gleich? Nachdem sie die Freundin verabschiedet hatte, setzte sich Sandra zu Max an den Esstisch.

»Schön, dass du die Blumen mit nach Hause genommen hast«, freute er sich.

Sandra beschloss, ihm die Wahrheit über den Verbleib seiner Gladiolen lieber zu verschweigen. »Also, was gibt es so Dringendes zu besprechen? Und was hast du mit dem Fall Kovacs zu tun?«, kam sie zur Sache.

»Als ich Mike am Freitag festgenommen habe, bin ich auf einen höchst interessanten Hinweis gestoßen.«

Sandra sah Max erwartungsvoll an.

»Mike hat unter anderem über eine gewisse ›Evita‹ gelästert«, fuhr er fort. »Die Schlampe von der Sexpartnerseite hätte ihm das eingebrockt. Wäre sie noch am Leben, hätte er die Kovacs ebenfalls zu Brei geschlagen. So in etwa lauteten seine Worte.«

»Das klingt für mich ganz nach Mike.«

»Hellhörig wurde ich, als er den Namen ›Evita‹ erwähnte und mir klar wurde, dass er zu Eva Kovacs gehört hat. Auf diesen Nickname bin ich nämlich schon vor Kurzem einmal gestoßen. Allerdings in einem anderen Zusammenhang.«

»Ich kann dir nicht ganz folgen ...«

Max schob die DVD zu Sandra hinüber.

»Was ist das? Jetzt mach's nicht so spannend. Raus damit!«

»Du erinnerst dich doch daran, dass ich Bergmanns Laptop repariert habe?«

»Ja, und?« Sandra verstand noch immer nicht.

»Ich hab dir doch erzählt, dass ich ein paar gelöschte Dateien wiederhergestellt habe, mit so einem neuen genialen Programm, das ...«

»Max, bitte! Die Technik interessiert mich nicht. Was hast du auf Bergmanns Laptop gefunden?«

Max sah ihr in die Augen. »Dein Partner hatte Kontakt mit dieser ›Evita‹.«

Sandra traute ihren Ohren nicht. »Wie bitte?« Ihre Stimme überschlug sich.

»Bergmann muss Eva Kovacs von der Sexpartnerseite gekannt haben. Sie hatten regen E-Mail-Verkehr miteinander. Und der war alles andere als jugendfrei.«

»Und diese E-Mails befinden sich auf dieser DVD«, vermutete Sandra richtig.

»Nicht nur die. Du wirst darauf auch ein paar heiße Bilder und Videos zu sehen bekommen.«

»Das hätte er mir nicht verheimlichen dürfen. Das gibt richtig Ärger. Wie konnte er mir das nur verschweigen? Und warum? Meinst du etwa, er ist … er hat …« Sandra wagte es nicht, ihren schlimmsten Verdacht auszusprechen.

»Das musst du herausfinden. Für mich zählt er damit jedenfalls zum Kreis der Verdächtigen. Deshalb hab ich ihm auch ein Ultimatum gestellt.«

»Du hast mit ihm gesprochen?«

»Ich hab mit ihm telefoniert, ja. Wenn er es bis morgen nicht selbst tut, werde ich seine Verbindung zum Mordopfer offiziell melden.«

»Ich muss sofort mit Bergmann reden. Ich glaub das einfach nicht.«

»Glaub es ruhig. Dein Freund hat gehörig Dreck am Stecken.«

»Er ist nicht mein Freund. Er ist mein Partner. Dachte ich jedenfalls bisher«, stellte Sandra klar.

»Eine Suspendierung ist das Mindeste, was Bergmann droht. Aber das muss ja zum Glück nicht ich entscheiden. Ich wollte dich nur persönlich informieren, bevor du es auf offiziellem Weg erfährst.«

»Danke, Max. Das ist sehr anständig von dir.«

»Schon gut.«

»Tut mir leid, dass ich nicht ans Telefon gegangen bin. Ich dachte, du wolltest …«

»Das wollte ich auch. Aber was nützt es mir, wenn

du es nicht auch willst. Keine Sorge, Sandra. Ich habe inzwischen akzeptiert, dass wir keine gemeinsame Zukunft haben.«

Sandra wich seinem Blick aus. Ihr brummte der Schädel. Sosehr sie sich auch zu konzentrieren versuchte, sie vermochte keinen klaren Gedanken zu fassen.

Max stand auf. »Ich fahr dann mal wieder zurück nach St. Raphael. Sieh dir die DVD an, bevor du mit Bergmann sprichst«, riet er ihr.

Sandra folgte ihm ins Vorzimmer. »Lass mir den Matthias und die Anita schön grüßen, und gib der Leni ein Küsschen von mir«, sagte sie, während er in seine Jacke schlüpfte. Was Besseres fiel ihr im Moment nicht ein.

»Mach ich. Ich wünsche dir alles Gute, Sandra«, sagte er mit ernster Miene. Dann schloss er die Tür hinter sich. Sandra holte tief Luft. Zu tief für ihre verletzten Rippen, die sie mit einem stechenden Schmerz straften. Sie griff sich an die Seite, lehnte sich gegen die Wand und schloss ein paar Sekunden lang die Augen. Dann holte sie ihr Handy und wählte Bergmanns Nummer.

»Störe ich?«, fragte sie, nachdem er sich etwas atemlos gemeldet hatte.

»Ich würde lügen, wenn ich Nein sage.«

Du lügst doch schon die ganze Zeit, ging es Sandra durch den Kopf. Im Hintergrund hörte sie eine Frau kichern. Wahrscheinlich legte Bergmann gerade wieder eine seiner Tussis flach, dachte sie ärgerlich. »Ich muss trotzdem sofort mit dir reden. Es gibt wichtige Neuigkeiten in unserem Fall.«

»Wie? Aber ... du bist doch krankgeschrieben«, meinte er verblüfft.

»Drauf geschissen. Kannst du zu mir kommen? Jetzt gleich?«

»Wenn es wirklich so dringend ist ...«

»Ja, das ist es.« Wieder vernahm Sandra die Frauenstimme im Hintergrund. Sie sprach zu leise, als dass Sandra ihre Worte verstehen konnte.

»Na, schön. Ich kann in einer halben Stunde bei dir sein«, willigte Bergmann schließlich ein.

»Gut. Bis dann.« Sandra trennte die Verbindung und fuhr ihren Laptop hoch.

Wieder und wieder fragte sie sich, wie Bergmann sie so belügen konnte. Wie hätte er langfristig verbergen wollen, dass er Kontakt zum Mordopfer gehabt hatte? Spätestens wenn die Userdaten des Plattformbetreibers eintrafen, musste er doch befürchten, aufzufliegen. Sandra hielt es für unwahrscheinlich, dass ihr Kollege es verstanden hatte, seine Spuren im Netz zu verwischen. Er hatte noch weniger Ahnung von Computern als sie. Ein weiterer Verdacht keimte in ihr auf: Hatte Bergmann die Originallisten aus der Computerabteilung etwa deshalb selbst angefordert, damit er sie manipulieren konnte, bevor Sandra oder ein anderer Ermittler diese zu Gesicht bekamen? In diesem Fall musste er nicht nur mit einer Suspendierung rechnen. Das würde sein sicheres Ende bei der Polizei bedeuten. Wie gut kannte er Eva Kovacs? Ob er sie jemals persönlich getroffen und Sex mit ihr gehabt hatte? Konnte ihr Partner der gesuchte Täter sein? Mit zittrigen Händen steckte Sandra die DVD ins Laufwerk ihres Laptops und öffnete die erste E-Mail, die ›Evita‹ an ›Sheriff‹ geschickt hatte. Dem Datum nach zu schließen, hatten sie sich in jenem Zeitraum kennengelernt, in dem die Kovacs für ihren Artikel über die Sexpartnerbörse recherchiert haben musste. Sandra fiel ein, dass sie in der Story auch über einen ›Sheriff‹ gelesen hatte. Das war Bergmann gewesen! Sie versuchte, sich an die Details zu erinnern, als das schrille Läuten der Türglocke sie aus ihren Gedanken riss. Wieder bestritt sie den kurzen Weg ins Vorzimmer mit Herzklopfen, immer wieder betete sie sich ihr Mantra vor, bis endlich Bergmanns Stimme aus der Gegensprechanlage ertönte.

Er begrüßte sie mit einem breiten Grinsen, als wäre nichts geschehen. Er musste doch ahnen, dass sie ihm auf die Schliche gekommen war, so wie sie am Telefon geklungen hatte und nach Max' Ultimatum, wunderte sie sich einmal mehr über ihren seltsamen Partner. »Komm herein! Ich muss dir etwas zeigen.« Sandra führte ihn direkt ins Wohnzimmer.

»Du siehst bedeutend besser aus, als ich dachte«, stellte er fest.

Sandra überging sein Kompliment. »Setz dich an den Laptop und sieh selbst, warum ich dich so dringend sprechen wollte.«

Bergmann nahm am Esstisch Platz und blickte auf den Bildschirm. Sandra setzte sich ihm gegenüber und wartete eine Weile, bis er seine Sprache wiederfand. »Das hatte ich befürchtet«, sagte er schließlich.

»Und? Weiter? Mehr fällt dir dazu nicht ein?«

»Was soll ich denn noch dazu sagen? Max ist ein Idiot.«

»Max ist ein Idiot?« Sandra konnte es nicht fassen. »Du bist der Idiot, Sascha! Du hast mich die ganze

Zeit belogen und für dumm verkauft. Hast du wirklich gedacht, dass du deine Kontakte zur Kovacs verheimlichen kannst? Hältst du dich für so schlau? Du hast entscheidende Hinweise unterschlagen und die Ermittlungen in einem Mordfall behindert. Was wäre denn als Nächstes gekommen? Hättest du die Beweismittel manipuliert? Oder hast du es gar schon getan?«

»Unsinn! Ich hätte das mit Reiterer geklärt. Wenn es sein muss, auch mit Novotny.« Bergmann stand auf.

»Das wirst du jetzt wohl müssen. Klär das schleunigst mit Novotny, sonst übernimmt Max das für dich.«

Bergmann setzte seinen Weg zur Tür schweigend fort.

»Warum hast du nicht gleich die Karten auf den Tisch gelegt?«, fragte Sandra im Aufstehen. Bergmann schwieg noch immer, als er das Wohnzimmer verließ. Sandra folgte ihm ins Vorzimmer. »Wir hätten diesen Fall niemals übernehmen dürfen«, sagte sie und hielt ihn bei der Wohnungstür auf. »Eine Frage noch, Sascha: Bist du Eva Kovacs jemals persönlich begegnet? Hattest du was mit ihr?«, wollte sie von ihm wissen.

Bergmann antwortete, ohne sich umzudrehen. »Ist das ein Verhör?«

»Nenn es, wie du willst. Ich möchte endlich die Wahrheit hören. Und schau mir einmal in deinem Leben in die Augen.«

Bergmann drehte sich um, vermied es jedoch, sie anzusehen. Stattdessen fuhr er sich mit den Fingern durchs zerzauste Haar und ließ seinen Blick durchs Vorzimmer schweifen. »Das erste Mal bin ich der Kovacs im Leichenschauhaus begegnet. Und ich schwöre dir, ich hatte keine Ahnung, wer da vor mir lag.« Sein Blick wanderte zu seinen Schuhspitzen. »Erst, als du mir ihren Artikel über die Sexpartnerbörse gezeigt hast, wurde mir klar, wer die Frau war.«

»Und warum hast du zu diesem Zeitpunkt nichts gesagt?«

»Ich schätze, ich habe den richtigen Moment verpasst.« Bergmann wandte sich wieder ab und hielt kurz inne. »Es tut mir leid, Sandra«, sagte er leise. Dann verließ er die Wohnung.

Sandra starrte eine ganze Weile grübelnd auf die Wohnungstür. Warum musste Bergmann sie ausgerechnet jetzt so enttäuschen? Nachdem sie sich endlich zusammengerauft hatten. Und wer war da draußen am Korridor? Die Schritte kamen unaufhaltsam näher. Die Panik kroch in Sandra hoch. Das Klopfen an der Wohnungstür ließ sie unwillkürlich zurücktaumeln. War Bergmann zurückgekehrt? Hatte er etwas vergessen? Sandras Kehle schnürte sich zu. ›Mike ist im Gefängnis‹, redete sie sich ein. Doch diesmal schaffte sie es nicht einmal, durch den Spion zu blicken, um nachzusehen, wer an ihre Tür klopfte. Das Schrillen der Glocke ließ Sandra schlagartig erstarren. Dann begann sie zu zittern. Wer zum Teufel war da draußen? ›Mike ist im Gefängnis‹ betete sie sich diesmal laut vor. ›Mike ist im Gefängnis‹ … Noch immer war sie unfähig, einen Schritt zu tun.

»Sandra? Bist du da?«, drang es von draußen an ihre Ohren.

»Andrea!« Die Panik lockerte ihre lähmenden Krallen, und Sandra atmete erleichtert auf. Die Freundin war zurückgekehrt. Mit zittrigen Händen öffnete sie die Tür. »Du hast mich fast zu Tode erschreckt, Andrea. Warum hast du denn nicht angerufen und mir Bescheid gegeben, dass du wiederkommst?«

»Tut mir leid. Mein Akku ist leer. Gerade als ich unten anläuten wollte, ist Bergmann aus dem Haus gekommen. Deshalb hab ich es bleiben lassen und bin gleich zu dir hinaufgefahren. Mein Gott, du bist ja weiß wie die Wand.« Andrea hakte sich bei Sandra unter und zog sie mit sich ins Wohnzimmer. »Setz dich erst einmal hin. Möchtest du vielleicht eine Tasse Tee?«

Sandra nickte, während Andrea eine Spraydose aus ihrer Handtasche zog. »Da, schau! Ich hab dir das Trockenshampoo besorgt.«

Sandra lächelte schwach. »Das ist lieb von dir«, bedankte sie sich bei der Freundin. Ihre Pulsfrequenz war annähernd auf ein normales Niveau gesunken.

»Ich hatte einfach kein gutes Gefühl, dich heute Nacht hier allein zu lassen«, erklärte Andrea und stellte die Spraydose auf dem Couchtisch ab.

»Wie es aussieht, hattest du recht mit deinem Gefühl.« Spätestens nach diesem Zwischenfall war Sandra klar, dass sie ihr Trauma nicht ohne professionelle Hilfe bewältigen würde. Den Fahrstuhl konnte sie zwar vermeiden und die Treppen nehmen, um der Erinnerung an den Überfall auszuweichen. In der Garage war das jedoch schon erheblich schwieriger. Aus ihrer Wohnung wollte sie sich von den Gespenstern der Vergangenheit keinesfalls verdrängen lassen. Sie hatte viel zu hart dafür gearbeitet, um sich ihre eigenen vier Wände leisten zu können, obgleich sie noch lange nicht ganz ihr gehörten. Sandra beschloss, am nächsten Morgen einen Termin mit dem polizeipsychologischen Dienst zu vereinbaren. Die Therapeuten dort hatten schon so manchem Kollegen erfolgreich aus der Krise geholfen.

»Was wollte Bergmann eigentlich hier?«, erkundigte sich Andrea.

»Es gab in unserem Mordfall etwas zu besprechen«, blieb Sandra vage. Auch wenn sie Andrea die meisten privaten Geheimnisse anvertraute, waren die kriminalpolizeilichen tabu.

»Aber du bist doch krankgeschrieben«, warf Andrea ein.

»Ja, eh …« Sandra nahm die Spraydose zur Hand und tat, als würde sie den Packungstext lesen.

»Und Max? Was wollte der so Dringendes von dir?«, fragte Andrea weiter.

»Das war ebenfalls beruflich«, sagte Sandra.

»Wie … er hat dir keinen Antrag gemacht?« Andrea sah sie grinsend an.

Sandra schüttelte den Kopf und seufzte. Der prüfende Blick der Freundin heftete an ihr wie eine Klette.

»Schon gut«, gab sich Andrea geschlagen, »ich frage nicht mehr weiter. Ich geh in die Küche deinen Tee machen.«

Wie gut, dass Andrea genau wusste, wann es genug war. Sandra musste sich nicht erst an Katharinas indiskrete Art erinnern, um zu wissen, dass diese Eigenschaft keineswegs selbstverständlich war.

KAPITEL 13

Montag, 27. September

Sandra hatte nur kurz und sehr unruhig geschlafen, als sie gegen drei Uhr morgens erwachte. Seither kreisten ihre Gedanken unaufhörlich um Bergmann. Nicht auszudenken, was der Kollege ihr noch alles verheimlichte ... Sandra drehte sich zur Seite, auf der Andrea schlief. Der Atem der Freundin ging tief und regelmäßig – im Gegensatz zu ihrem eigenen. Durch die Nasenbein- und Rippenverletzungen atmete Sandra noch immer viel zu flach und zumeist durch den Mund. Doch momentan beschäftigten sie Bergmanns charakterliche Unzulänglichkeiten mehr als ihre körperlichen. Wie alle Kriminalbeamten hatte Sandra eine intensive Ausbildung in angewandter Psychologie und dazu zahlreiche Fortbildungsseminare bei einschlägigen Koryphäen auf den unterschiedlichen kriminalpsychologischen Gebieten durchlaufen, und dennoch war sie nicht in der Lage, den eigenen Partner, mit dem sie tagtäglich zu tun hatte, einzuschätzen. Sie war psychologisch darauf getrimmt, Mörder zu verhören, einer Mutter mitzuteilen, dass ihr Kind bestialisch ermordet wurde, und sie schaffte es sogar, nicht selbst an der Brutalität auf der einen und dem Leid auf der anderen Seite zu zerbrechen. Doch Bergmann war und blieb ihr ein Rätsel.

Wenigstens hatte er sich bei ihr entschuldigt, versuchte sie etwas Positives zu finden. Dieser Schritt musste ihn jede Menge Überwindung gekostet haben, vermutete sie. Aber was wusste sie schon über diesen Mann? Dabei kaufte sie ihm seine dürftige Ausrede vom verpassten Zeitpunkt sogar ab. Genau genommen war das gar keine Ausrede. Bergmann hatte sich noch nicht einmal die Mühe gemacht, eine solche zu finden. Aber vielleicht glaubte sie ihm gerade deswegen, überlegte sie weiter.

Als Andrea sich leise schnaufend umdrehte, beschloss Sandra aufzustehen. An Schlafen war ohnehin nicht mehr zu denken. Nur wenig später saß sie mit einer Tasse Tee an ihrem Laptop und arbeitete sich durch die E-Mails, die Bergmann und Eva Kovacs einander geschrieben hatten. Sandra wusste selbst nicht, wonach sie genau suchte, doch vielleicht verbarg sich irgendwo ein brauchbarer Hinweis, ein kleiner Stein in dem großen Puzzle, das es endlich zusammenzusetzen galt. Möglicherweise fand sich etwas, das ihr noch mehr über die Kovacs oder über Bergmann verriet. Die Korrespondenz der beiden war jedenfalls sehr direkt in der Wortwahl, dennoch nicht ganz so vulgär, wie Sandra es befürchtet hatte. Von Gewalt fehlte jegliche Spur. An Bergmanns sexuellen Fantasien ließ sich soweit nichts Abartiges erkennen. Im Gegenteil. Bei so mancher Zeile musste sie die eigene aufkeimende Lust verdrängen, indem sie sich immer wieder in Erinnerung rief, wer diese E-Mails geschrieben hatte: das spätere Mordopfer, dessen malträtierter Anblick sich für immer in Sandras Gedächtnis eingebrannt hatte, und ihr mysteriöser Kollege Bergmann. Am 15. Januar dieses Jahres hatte Eva

Kovacs ihn um ein Video gebeten, das ihn beim Onanieren zeigte, verriet ihr die letzte E-Mail. Er sollte das Video auf die Plattform stellen, damit sie und die Community sich daran aufgeilen konnten. Die Kovacs liebte es angeblich, Männern dabei zuzusehen, wie sie es sich selbst besorgten. Ihrer Bitte war Bergmann nicht nachgekommen, woraufhin der Kontakt zwischen ihnen abgebrochen war. Jetzt erinnerte sich Sandra auch wieder an den im Clinch-Artikel erwähnten ›Sheriff‹. Die Journalistin hatte ihn in die Gruppe der Verbalerotiker eingereiht, die in realen sexuellen Beziehungen nicht ihren Mann stehen konnten. Zumindest was Bergmann betraf, hatte sie sich da wohl getäuscht, vermutete Sandra. Mit Petra Schreiner war der Sex allem Anschein nach doch sehr real gewesen, wenn sie Max' Bericht und dem eigenen Eindruck am Korridor der ›Goldenen Gans‹ Glauben schenken durfte. Aber was durfte sie überhaupt noch glauben? In dem Telefongespräch unmittelbar vor ihrer Entlassung aus dem Krankenhaus hatte ihr Bergmann versichert, dass die bisher befragten Kontakte der Kovacs keinen neuen Verdacht ergeben hätten. Stimmte das? Oder hatte er mögliche Hinweise, die ihn belasteten, bereits unter den Teppich gekehrt? Am liebsten wäre Sandra sofort in Bergmanns Wohnung gefahren, um ihn noch ausführlicher zu befragen. Doch um halb fünf Uhr morgens war das keine besonders gute Idee. Noch dazu, wo sie annahm, dass ihr Partner das Bett mit der Inhaberin jener Frauenstimme teilte, die sie bei ihrem letzten Telefongespräch im Hintergrund vernommen hatte. Sandra entschied, sich in den LKA-Server einzuloggen und nach den Log-Files von

Eva Kovacs' E-Mail-Verkehr zu suchen. Nachdem sie nichts dergleichen finden konnte, ging sie noch einmal die gesammelten digitalen Daten der Akte Kovacs durch. Und plötzlich keimte eine Idee in ihr auf, die sie nicht mehr losließ. Wie hatte sie das nur übersehen können? Aufgeregt griff Sandra nun doch zu ihrem Handy. Bergmann würde den frühen Anruf schon verkraften. Und die Kollegen von der Tatortgruppe waren an Einsätze im Morgengrauen ebenfalls gewöhnt. Sie hatten keine Zeit mehr zu verlieren, wenn sie den Mord an Eva Kovacs endlich aufklären wollten.

Dass sie krankgeschrieben war, hatte Sandra längst vergessen, als sie vierzig Minuten später neben Bergmann ins Auto einstieg. Er war tatsächlich kein besonders guter Fahrer. Wenigstens was das anbelangte, hatte er ihr die Wahrheit gesagt. Hätte der verdammte Nasengips in ihrem Gesicht die Sicht nicht dermaßen eingeschränkt, wäre Sandra spätestens zu diesem Zeitpunkt selbst hinterm Steuer gesessen. »Jetzt gib doch endlich einmal Gas, Sascha!«, drängte sie, noch bevor sie die Autobahnauffahrt erreicht hatten.

»Wenn es in der ›Goldenen Gans‹ tatsächlich noch etwas zu finden gibt, wird es ein paar Minuten später auch noch dort sein. Entspann dich doch einfach.«

»Zuerst beantwortest du mir aber noch ein paar Fragen.«

»Ach ja?«

»Das bist du mir schuldig.«

»Na, dann schieß mal los.« Bergmann trat aufs Bremspedal, obwohl das grüne Licht an der Ampel eben erst zu blinken begonnen hatte.

»Bist du nun eigentlich auf den Log-Files dieser Sexpartnerseite zu finden oder nicht?«, fragte Sandra ohne Umschweife.

»Nein. Die Daten werden nur ein halbes Jahr lang archiviert.«

»Weiß ich. Aber was ist mit den alten Backups?«

»Nachdem ich nicht versucht habe, anonym zu bleiben, bin ich dort zu finden. Ja.«

»Und das ist niemandem aufgefallen?«

Bergmann grinste. »Doch.«

»Ja, und?«, brauste Sandra auf.

»Nichts und. Offizielle Ermittlungsarbeiten.«

»Hast du das behauptet?«

Bergmann nickte. »Klingt doch plausibel. Einige der Kollegen vom Bundeskriminalamt hatten, wie du weißt, ebenfalls mit der Kovacs zu tun. Auch die befinden sich unter ihren Kontakten.«

»Ich hätte dir das nicht so einfach abgekauft. Immerhin ist damit bewiesen, dass du als Ermittler in einem Mordfall das spätere Opfer gekannt hast. Du könntest doch auch ein Motiv für die Tat gehabt haben. Immerhin warst du ziemlich intim mit ihr«, unterstellte sie ihm.

»Himmelherrgott! Ich war nicht intim mit ihr. Ich habe diese Frau doch gar nicht persönlich gekannt. Ich schwöre dir, ich wusste nicht, wer hinter dieser ›Evita‹ steckt. Bis zu dem verdammten Artikel«, echauffierte sich Bergmann.

»Dumm nur, dass du Max deinen Laptop überlassen hast.«

Bergmann seufzte. »Was muss der Idiot denn auch herumschnüffeln?«

»Er ist Polizist, schon vergessen? Und er kann dir gehörig ans Bein pinkeln, indem er offiziell Beschwerde einreicht. So wie ich ihn einschätze, wird er das auch tun.« Dass sie genau das Gegenteil von Max erwartete, behielt sie für sich. Bergmann hatte es verdient, ein wenig ins Schwitzen zu geraten.

»Soll er mich ruhig anschwärzen. Ich rede heute noch mit Novotny. So oder so.« Bergmann hatte seine Gelassenheit scheinbar wiedergefunden.

»Du hättest zu allererst mit mir darüber reden sollen«, warf ihm Sandra erneut vor.

Bergmann raufte sich die Haare und hatte Mühe, das Fahrzeug mit nur einer Hand am Steuer gerade zu halten. »Das hatten wir doch schon«, maulte er.

»Ja, das hatten wir schon. Ich frage mich nur, wie ich dir je wieder vertrauen soll.«

»Als ob du das jemals getan hättest.«

Sandra hätte Bergmann gerne widersprochen. Doch er hatte recht. Sie hatte ihm von Anfang an nicht über den Weg getraut. Und jetzt war es an der Zeit, ihn endlich zu fragen, wonach sie ihn gleich hätte fragen sollen. »Warum siehst du mir eigentlich nie in die Augen, Sascha?«

Bergmann stieg unerwartet heftig aufs Gaspedal. Sandras Oberkörper wurde in den Sitz gepresst, was ihr ihre Rippen ziemlich übel nahmen. Sie schrie auf. Was zum Teufel hatte Bergmann mit dem LKW vor, auf dessen Heck er nun zuraste? Sandra verkrallte sich in ihrem Sitz. War der Kollege jetzt völlig übergeschnappt? Sie hielt die Luft an und kniff die Augen zusammen. Endlich riss er das Lenkrad herum, um den LKW zu überholen, der die leichte Steigung der Autobahn nur mühsam bewältigte. Obwohl ihr zu Bergmanns miserablem Fahrstil einiges einfiel, sagte Sandra nichts, sondern blies erleichtert die Luft aus, als das Überholmanöver endlich vorbei war.

»Alles in Ordnung?«, erkundigte sich Bergmann.

Sandra rang sich ein gequältes Lächeln ab und nickte.

»Ich hab dir doch gesagt, dass ich kein besonders guter Autofahrer bin«, entschuldigte er sich.

»Und damit hast du nicht übertrieben. Aber meine Frage von vorhin hast du noch immer nicht beantwortet.«

»Die Antwort erspare ich uns lieber.«

»Indem du fährst wie ein Irrer und uns umbringst?«

Bergmann lachte.

Sandra hatte die Hoffnung auf eine ernsthafte Antwort schon aufgegeben, als er plötzlich zu reden begann.

»Du willst also unbedingt eine Antwort.«

»Ja. Warum siehst du mir nie in die Augen?«, wiederholte Sandra ihre Frage. »Was hast du vor mir zu verbergen?«

»Warum …«, murmelte Bergmann und fuhr nach einem kurzen Moment des Schweigens fort. »Es gibt tatsächlich etwas, das ich lieber für mich behalten möchte. Und es ist nicht der Kontakt zu Eva Kovacs. Nur damit das klar ist«, versuchte er, ihrer Frage erneut auszuweichen.

Doch diesmal ließ Sandra nicht locker. »Aber du siehst doch anderen Leuten auch in die Augen. Warum ausgerechnet mir nicht?« Kaum hatte sie ihre letzte Frage laut ausgesprochen, keimte ein Verdacht in ihr auf. Sie fühlte die Hitze in ihre Wangen steigen. Das konnte doch nicht wahr sein! Hatte Max am Ende richtig gelegen? War Bergmann in sie verknallt?

»Du bist doch nicht wirklich so naiv, oder?«, fragte er.

Was sollte sie darauf bloß antworten? O ja! Ich bin so naiv, so dämlich, so unsensibel, dass ich einfach nicht bemerkt habe, dass mein Partner und Vorgesetzter in mich verliebt ist. Aber war es nicht noch viel naiver, sich so zu verhalten wie er? Sandra war froh, dass er das Sprechen übernahm.

»Bitte vergiss es. Es ist alles viel zu kompliziert. Ich bin zu kompliziert. Ich bin für so was nicht geschaffen.«

Sandra schluckte. »Ich auch nicht«, würgte sie hervor. »Außerdem bist du doch verheiratet«, erinnerte sie sich und ihn.

»Meine Frau und ich leben, seit ich in Graz bin, getrennt. Manuela ist in Wien geblieben und hat die Scheidung eingereicht. Möchtest du sonst noch etwas wissen?«

»Waren die Gladiolen von dir?«

Bergmann nickte. »Wie gesagt: Am besten, du vergisst das alles wieder. Außerdem bist du mir momentan viel zu hässlich«, fügte er hinzu, ohne den Blick von der Straße zu nehmen. Sandra betrachtete ihn von der Seite. Er verzog noch nicht einmal einen Mundwinkel. Sie konnte nicht anders, als loslachen. Dass ihre Rippen erneut rebellierten, war ihr herzlich egal.

Als sie beim Gasthof ›Zur Goldenen Gans‹ ankamen, warteten bereits die Kollegen von der Tatortgruppe, die wie sie in aller Herrgottsfrühe aus Graz angereist waren, in ihrem Van am Parkplatz hinter dem Haus. Kein Wunder, dass die Kriminaltechniker früher am Zielpunkt angelangt waren als sie – bei dem Schneckentempo, das Bergmann an den Tag gelegt hatte, wenn man von dem einen gewagten Überholmanöver einmal absah. Mephisto bewachte den Weg zum Hintereingang. Er lag in der Morgensonne und spitzte die Ohren. Erst als die Besucher aus ihren Autos stiegen, sprang er auf und lief bellend auf sie zu, um Bergmann schwanzwedelnd zu begrüßen.

»Was für ein Glück, dass es hell ist«, meinte Sandra und wich zwei Schritte zurück, um den für sie angemessenen Respektabstand zu dem Schäferhund einzuhalten. Bergmann kraulte Mephisto hinterm Ohr, als Michl aus dem Haus trat.

»Mephisto, hierher!«, rief der Gastwirt und ging auf die Kriminalbeamten zu. Der Hund sah auf und trabte an seinem Herrchen vorbei durch die offene Hintertür ins Haus. »Was soll denn der Auflauf? Ich hab gedacht, ihr seids hier fertig«, erkundigte sich Michl, nachdem er die Truppe begrüßt hatte.

»So kann man sich täuschen, Herr Oberhauser! Nichts für ungut. Wir dürfen uns doch noch einmal bei Ihnen umsehen?«, fragte Bergmann.

Sandra hielt ihm den Durchsuchungsbefehl unter die Nase, der noch von der letzten Hausdurchsuchung stammte. Michl verzichtete ohnehin darauf, diesen genauer zu begutachten. Stumm trat er beiseite und ließ die Polizeibeamten eintreten. »Wir brauchen die Zimmerschlüssel, Michl. Und zwar alle«, erklärte ihm Sandra im Vorbeigehen.

»Außer der Nummer zwei. Dort finden wir bestimmt nichts mehr«, ergänzte Bergmann, der direkt vor Michl das Haus betrat. »Ihr wartet am besten hier«, wies er die Männer von der Tatortgruppe vor dem Treppenhaus an. Dann folgte er dem Wirt und Sandra zur Rezeption.

»Mama! Kommst du bitte? Die Polizei aus Graz ist da!«, rief Michl in Richtung Gaststube.

Augenblicke später erschien Maria Oberhauser in der Tür und wischte ihre Hände in einem Küchentuch ab, das sie sich anschließend über die Schulter warf. »Griaß di Gott, Sandra! Herr Chefinspektor … Brauchts leicht schon wieder ein Zimmer bei uns?«, begrüßte sie die vermeintlichen Hausgäste freundlich. Erst als sie die vier Männer in ihren weißen Overalls im Flur stehen sah, verschwand ihr Lächeln, wusste sie doch noch vom letzten Besuch, was deren Aufgabe war.

»Frau Oberhauser, wir müssen uns nochmals hier umsehen«, erklärte Bergmann knapp.

»Aber ihr habts doch eh schon alles umgedreht. Was wollts denn noch bei uns finden?«, fragte Mizzi fast weinerlich.

»Spuren, Frau Oberhauser, Spuren«, meinte Bergmann lapidar.

Mizzis Gesicht nahm einen zornigen Ausdruck an. »Im Zimmer von der Toten werdets aber nix mehr finden. Das habts ja eh schon komplett auseinandergenommen«, protestierte sie.

»Ja, Mizzi. Wir haben Zimmer Nummer zwei auf Spuren untersucht«, bestätigte Sandra, »genau wie den Flur, den Bereich beim Hintereingang, den Garten bis hinauf zum Leichenfundort im Wald und den gesamten Umkreis. Was uns jedoch noch fehlt, sind die anderen Gästezimmer.«

»Aber wieso? Dort gibt's doch nix zum Finden«, wiederholte Mizzi.

»Abwarten«, sagte Bergmann.

Mizzi rieb sich nervös die Hände, während Michl langsam einen Zimmerschlüssel nach dem anderen vom Haken nahm und vor den beiden Kriminalbeamten auf das Rezeptionspult legte. »Ich will euch nimmer in meinem Haus haben. Schleichts euch endlich!«, wurde Mizzi laut.

»Mama, bitte!«, bremste Michl seine Mutter ein und schob sie sachte, aber bestimmt zur Seite.

Sandra kontrollierte die Zimmerschlüssel auf dem Pult. »Was ist mit der Nummer fünf?«, wandte sie sich an Michl.

»Ach, der Fünfer.« Michl griff unters Pult und zog den gesuchten Schlüssel hervor. Sandra hätte schwören können, dass sie bei ihrer Ankunft alle Schlüssel an ihren Haken hängen hatte sehen. Ebenso sicher war sie, dass Michl den kurzen Moment der Ablenkung durch den lautstarken Auftritt seiner Mutter dazu genutzt hatte, um diesen einen Schlüssel unbemerkt verschwinden zu lassen. Entweder hielt er sie für dämlich, oder – was wahrscheinlicher war – er versuchte verzweifelt, sie von eben jenem Zimmer fernzuhalten.

Bergmann nahm nun auch den letzten Schlüssel an sich. »Wir beginnen mit Zimmer Nummer fünf!«, verkündete er lautstark und bewegte sich zügig auf die Kriminaltechniker zu. »Hier unten, gleich rechts, meine Herren«, fügte er hinzu und ging ihnen voraus.

»Wir sprechen uns später noch«, wandte sich Sandra an Michl, »und mit der Franzi möchte ich dann auch noch mal reden.« Die beiden Oberhausers blieben an der Rezeption zurück, während Sandra den Kollegen hinterhereilte. Vor dem Gästezimmer zog Bergmann Überschuhe über seine Nikes, um Fußabdrücke zu vermeiden. Sandra blieb vor der offenen Türe stehen und schnupperte hinein. »Irre ich mich, oder riecht es hier nach frischer Farbe?«, fragte sie in die Runde.

»Feines Näschen, Frau Kollegin!«, lobte sie der junge Chemiker, über seinen Tatortkoffer gebeugt.

Bergmann lachte als Erster über den Witz, der dem Mann unabsichtlich über die Lippen gekommen war. »Bitte entschuldigen Sie«, sagte er, als er endlich Sandras eingegipste Nase wahrnahm. Die anderen Männer amüsierten sich köstlich.

»Unser Jürgen tappt einfach in jeden Fettnapf, der sich ihm bietet«, erklärte sein älterer Kollege.

»Schon gut«, vergab Sandra dem Jüngeren, der sich nun der Wand hinter dem Bettende näherte.

»Dann lasst uns doch mal ein bisschen von der frischen Farbe abkratzen«, sagte er. Mit einer kleinen Spachtel nahm der Mann an mehreren Stellen Farbe ab und steckte eine Probe nach der anderen in kleine Plastikbeutel, während sich ein anderer Kollege den Fingerabdrücken auf den Möbeln widmete. Ein Dritter nahm sich inzwischen das Badezimmer vor.

»Die Matratzen können wir uns getrost sparen. Die sind offenbar noch nie verwendet worden«, sagte der vierte Mann, der die Unterbetten nach etwaigen Spuren und Resten von Körperflüssigkeiten absuchte. Die

Bettwäsche hatte er bereits sichergestellt. Nun sprühte er den Luminolspray auf jene Wandstellen, die der Kollege zuvor abgekratzt hatte. Unter dem Schwarzlicht waren sie nun deutlich zu erkennen, obwohl sie übermalt worden waren: feine Blutspritzer direkt über dem linken Kopfende des Bettes.

»Bingo!«, drang es aus dem Badezimmer. Hier sind ein paar Haare im Siphon!«

Bergmann war bereits auf dem Sprung ins Bad, als Sandra ihn zurückpfiff: »Sascha, warte! Kommst du bitte mal?«

»Was gibt es denn?«

»Komm einfach her«, blieb Sandra hartnäckig.

Bergmann trat zu ihr auf den Korridor. Sandra zog ihn beiseite. »Du solltest da drinnen nicht einfach so rumlatschen. Ich meine, wenn jetzt auch noch ein Haar von dir am Tatort gefunden wird, könnte es eng für dich werden«, flüsterte sie ihm zu.

»Glaubst du denn wirklich, dass ich damit etwas zu tun habe?« Entweder war Bergmann ein grandioser Schauspieler, oder er war ernsthaft betroffen, dass sie ihm ein derartiges Verbrechen zuzutrauen schien.

»Nein. Aber andere könnten das vielleicht denken. Du musst doch zugeben, dass die Indizien gegen dich sprechen würden, wenn jetzt auch noch deine DNA hier auftaucht. Ich wäre lieber vorsichtig an deiner Stelle«, sagte sie leise.

Bergmann nickte. »Okay. Wir haben hier eh nichts mehr zu suchen. Lassen wir die Tatortgruppe ihre Arbeit machen«, stimmte er Sandra zu und zog die schützenden Überschuhe der Tatortermittler aus.

»Was dagegen, wenn ich Max zu den Einvernehmungen hinzuziehe?«, fragte Sandra.

»Ausgerechnet? Wozu brauchen wir denn den hier?« Bergmann schnaubte verächtlich.

»Vielleicht kann er uns Dinge über Michl Oberhauser verraten, die dieser uns nicht so ohne Weiteres auf die Nase binden würde. Die beiden sind gut befreundet. Zumindest waren sie das früher einmal«, erklärte Sandra.

»Na, ich weiß nicht …«

»Aber ich. Jetzt komm schon! Oder glaubst du, dass der Michl freiwillig ein Geständnis ablegt?«

»Bist du dir denn so sicher, dass der Oberhauser unser Mann ist?«

Sandra überlegte. Obwohl sie es Michl noch immer nicht zutraute, sprach im Moment alles dafür, dass er mit Eva Kovacs sexuell verkehrt und sie anschließend umgebracht hatte. Warum sonst sollten er und seine Mutter versuchen, belastende Spuren vor den Ermittlern geheim zu halten, indem sie ein anderes Zimmer für jenes der Kovacs ausgaben, als diese tatsächlich bezogen hatte? Und dass Mizzi am Morgen nach der Tat die Böden zufällig aufgewischt hatte, hielt Sandra inzwischen auch für ein Märchen. »Ich bin mir ziemlich sicher, dass Michl der Täter ist, ja«, antwortete Sandra.

Bergmann kratzte sich an den Bartstoppeln. »Sieht zumindest danach aus. Dann nichts wie los! Verschaffen wir uns hundertprozentige Sicherheit. Holen wir uns seine DNA.«

Sandra und Bergmann trafen den Wirt hinter der Schank an. Den Stammtisch hatten inzwischen zwei

Männer aus dem Nachbarort besetzt, die ihr Geld offenbar lieber in Bier als in ein ordentliches Frühstück investierten. Sandra verspürte Hunger. Das Hämmern des Schnitzelklopfers aus der Küche tat sein Übriges dazu. Wiewohl er auch zu den pochenden Kopfschmerzen beitrug, die sich in ihrem Schädel ausbreiteten. Doktor Schuberts Medikamente hatte sie in der Eile zu Hause vergessen. Doch solange sie hier nicht fertig waren, konnte es sich Sandra nicht leisten, die Konzentration zu verlieren. »Hast du ein Kopfwehpulver und ein Glas Wasser für mich?«, wandte sie sich an Michl.

»Und für mich einen Großen Schwarzen«, beeilte sich Bergmann, seine Bestellung anzubringen, noch bevor Michl auf Sandras Frage geantwortet hatte.

»Kommt sofort«, antwortete der Wirt und verschwand in der Küche.

Sandra folgte Bergmann an den Tisch, während sie Max' Nummer wählte. »Hallo! Kannst du bitte ins Gasthaus kommen? Wir brauchen dich hier dringend ... Ja, natürlich in die ›Goldene Gans‹. Wohin denn sonst?«, antwortete sie auf seine Nachfrage. »Das erklär ich dir später. Jetzt komm erst einmal hierher. Und beeil dich, bitte«, drängte sie Max. Dann trennte sie die Verbindung.

»Ich brauch jetzt endlich einen Kaffee und eine Zigarette«, quengelte Bergmann.

»Dein Kaffee kommt doch gleich«, versicherte ihm Sandra. Ausnahmsweise ließ sie seinen Wunsch nach einer Zigarette unkommentiert. Sollte er doch eine rauchen, wenn es unbedingt sein musste. Noch schlimmer konnten ihre Kopfschmerzen davon nicht werden.

Sie schloss die Augen und massierte ihre Schläfen, bis sie Michls Stimme vernahm: »Da, Sandra. Dein Thomapyrin.« Sandra bedankte sich und bestellte einen Tee mit Zitrone. Dann spülte sie die Pille mit einem Schluck Wasser und der Hoffnung hinunter, dass diese bald wirken möge.

»Wollts was essen?«, erkundigte sich Michl.

»Nein danke. Wir sind eigentlich nur hier, um dich noch einmal einzuvernehmen«, wehrte Sandra ab.

»Kann ich noch rasch der Franzi Bescheid geben? Einer muss sich ja schließlich um die Gäste kümmern.«

»Und um meinen Kaffee«, urgierte Bergmann seine Bestellung, bevor Michl erneut den Weg in die Küche antrat.

»Diese Franziska sollten wir uns unbedingt noch mal vorknöpfen. Ich glaub, die weiß viel mehr, als sie uns bisher erzählt hat«, meinte Bergmann, seinen Blick auf die Fliege geheftet, die kleinste Essensreste vom Tischtuch aufnahm.

»Stille Wasser sind tief, meinst du?«, fragte Sandra.

Wie aufs Stichwort kam Franziska aus der Küche, begrüßte die Gäste mit einem Kopfnicken und machte sich umgehend an der Espressomaschine zu schaffen.

Bergmann stürzte sich gierig auf den Kaffee, der wenig später mit Sandras Tee serviert wurde. »Bringen Sie mir doch gleich noch einen Kaffee, ja?« Bergmanns Blicke folgten Franziska zur Schank. »Hast du ihre Schuhe gesehen?«, flüsterte er Sandra zu.

»Nein. Was ist damit?« Sandra versuchte, einen Blick auf Franziskas Schuhe zu werfen, doch die waren bereits hinter dem Tresen verschwunden.

»Die Frau hat nicht nur riesige Hände, sie hat auch Füße wie ein Gardedoffizier.«

»Sie ist halt eine große Frau.«

»Wir sollten sie nach ihrer Schuhgröße fragen.«

»Du glaubst doch nicht, dass … Franzi …?«, entkam es Sandra viel zu laut.

Franziska warf ihnen einen fragenden Blick zu, als erwarte sie eine weitere Bestellung.

»Bringst du uns bitte einen Aschenbecher, Franzi?«, entsprach Sandra ihrer Erwartung.

»Heißt das, ich hab deinen Segen, in deiner Gegenwart eine Zigarette zu rauchen?«, fragte Bergmann überrascht.

»Eine. Ausnahmsweise. Aber gewöhn dich lieber nicht dran.«

Bergmann lächelte dankbar und fischte die Zigarettenpackung aus der Innentasche seiner Jacke.

»Wenn das da draußen wirklich Franziskas Schuhabdrücke waren, von wem stammt dann das Sperma?«, fragte Sandra leise.

Bergmann zündete sich genüsslich eine Zigarette an und nahm einen tiefen Zug.

»Vom Michl Oberhauser«, versuchte sich Sandra ihre Frage selbst zu beantworten. »Mord aus Eifersucht?«, überlegte sie laut. Langsam fügten sich die Puzzlesteine zusammen, dachte sie, als der örtliche Inspektionskommandant zur Tür hereinstürmte.

»Morgen!«, grüßte Max lautstark und strebte auf den Tisch der Kollegen aus Graz zu. »Bringst du mir bitte einen Verlängerten, Franzi?« Franziska nickte.

»Servus, Max! Setz dich doch«, begrüßte ihn Sandra.

»Morgen«, murmelte Bergmann beiläufig und blies dem uniformierten Kollegen den Rauch ins Gesicht, wofür er von diesem prompt einen bösen Blick kassierte. Die beiden führten sich auf wie zwei Gockelhähne, dachte Sandra und verdrängte sowohl die Erinnerung an ihre letzte Liebesnacht mit dem einen als auch das Liebesgeständnis des anderen, das ihr inzwischen wie ein reichlich skurriler Traum vorkam.

»Was kann ich für dich tun, Sandra?«, erkundigte sich Max, ohne Bergmann eines weiteren Blickes zu würdigen. Der schien ohnehin mit der lästigen Fliege beschäftigt zu sein, die ihn fortwährend umschwirrte.

»Du könntest mir ein paar Fragen über deinen Freund Michl beantworten«, flüsterte Sandra. Als sie Franziska mit den Kaffeetassen kommen sah, deutete sie Max, zu schweigen. Erst als sich die Bedienung wieder entfernt hatte, sprach Sandra leise weiter. »Du bist doch ganz gut mit dem Michl. Weißt du, wie es um seine Computerkenntnisse bestellt ist?«

Max räusperte sich. »Ausgezeichnet. Er ist der Einzige in der Ortschaft, der eine Ahnung von Computern hat. Außer mir natürlich.«

Warum hatte sie ihm diese Frage nicht längst gestellt, wunderte sich Sandra über das eigene Versäumnis.

»Du glaubst doch nicht etwa, dass Michl ...?« Max schien den Gedanken, dass sein Freund mehr mit dem Mordopfer zu tun gehabt haben könnte, als er bisher zugegeben hatte, völlig absurd zu finden.

»Warum denn nicht?«, fragte Bergmann ruhig, während sich seine Hand langsam der Fliege auf seinem Unterarm näherte. »Wenn Sie nicht der ominöse Kontakt sind, der die Kovacs hierhergelockt hat, ohne Spuren im Netz zu hinterlassen, ...« Bergmanns Hand schnappte blitzartig zu. Die Fliege war in seiner Faust gefangen. Mit einem triumphierenden Lächeln auf den Lippen sprach er seinen Satz zu Ende: »... könnte es doch genauso gut Michael Oberhauser gewesen sein.«

»Pah. Da redet genau der Richtige«, konterte Max viel zu laut. Franziska, die eben am Stammtisch abkassierte, sah irritiert herüber.

»Schluss jetzt mit den gegenseitigen Anschuldigungen«, flüsterte Sandra, »habt ihr sie eigentlich noch alle? Lasst gefälligst eure persönlichen Befindlichkeiten aus dem Spiel und helft mir, diesen verdammten Fall zu klären.« Bergmann öffnete seine Faust und sah der flüchtenden Fliege nach.

Die Männer vom Stammtisch verabschiedeten sich und verließen das Lokal. »Pfiat euch!«, rief Michl, der eben wieder auftauchte, seinen Gästen hinterher.

»Setzen Sie sich doch zu uns, Herr Oberhauser.« Bergmann winkte ihn an den Tisch.

»Und? Geht's deinem Kopf schon besser?«, erkundigte sich Michl bei Sandra.

»Ja. Danke. Du hast doch nichts dagegen, dass ich deine Aussage aufzeichne?« Sandra schaltete ihr Aufnahmegerät an.

»Nein. Und habts schon was g'funden in den Gästezimmern?«, wollte der Wirt wissen.

»Die Kollegen werden wohl noch eine Weile beschäftigt sein«, antwortete Sandra wahrheitsgemäß. »Sag mal, Michl, du hast doch einen Computer?«

»Sicher.«

»Den müssen wir dann beschlagnahmen«, meinte Bergmann.

»Aha. Und warum? Verdächtigts ihr jetzt leicht mich?«, fragte Michl erstaunlich gefasst und zündete sich eine Zigarette an.

»Wir haben jedenfalls unsere Gründe, dich und den Gasthof noch mal genauer zu überprüfen«, sagte Sandra absichtlich laut und sah im Augenwinkel, wie Franziska hinter der Schank kurz hochblickte und sich bekreuzigte.

»Ich hab die Frau aus Wien nicht umgebracht. Das schwör ich euch«, beteuerte Michl.

»Dann sind Sie sicherlich bereit, uns eine Speichelprobe zu überlassen«, meinte Bergmann.

Michl schluckte.

»Ihre DNA-Probe bekommen wir so oder so«, setzte Bergmann hinzu.

»Besser wär's, du sagst uns gleich die ganze Wahrheit«, mischte sich Max ein. Wieder bekreuzigte sich Franziska.

»Franzi, kannst du mal zu uns rüberkommen?«, sprach Sandra sie laut an.

»Ich? Jessas!«

»Bitte«, sagte Sandra, »setz dich doch kurz zu uns. Vielleicht kannst du dem Michl ins Gewissen reden. Du bist doch eine gläubige Katholikin. Du weißt doch, dass man immer die Wahrheit sagen muss.«

Als Franziska auf sie zukam, war jegliche Farbe aus ihrem Gesicht gewichen. In ihren Augen glänzten Tränen. Sandra fiel nun auch auf, dass sie ungewöhnlich große Füße für eine Frau hatte. Franziskas Hände zitterten, während sie sich neben Michl setzte.

»Lassts doch die Franzi in Ruh. Ich weiß selber, was richtig ist. Auch wenn ich nicht jeden Sonntag in die Kirche renn«, sagte Michl und dämpfte seine Zigarette aus.

Franziska wischte sich mit dem Handrücken über die Augen. Michl seufzte. »Ich hab diese Frau im Internet kennengelernt.«

Franziska senkte verschämt ihren Blick.

»Ich wollte mich doch nur ein bisschen abreagieren. Bis zu unserer Hochzeit. Ich bin doch auch nur ein Mann«, verteidigte sich Michl.

»Du bist ein Schwein, wie alle Männer«, presste Franziska leise hervor. »Ich halt das nimmer aus. Darf ich auf die Toilette gehn?« Franziska sah Sandra aus feuchten, geröteten Augen an.

»Geh nur, Franzi«, sagte Sandra, »am besten, du wartest dann bei der Rezeption. Ich hol dich später von dort ab. Dann machen wir mit deiner Befragung weiter.« Alle Augen folgten Franziska, die mit zuckenden Schultern weinend aus der Gaststube floh. Bis auf Bergmann, der einen der beiden erkalteten Zigarettenstummel aus dem Aschenbecher fischte und diesen in einem Plastikbeutel sicherstellte. Dann hob er das Beweisstück mit spitzen Fingern hoch. »Ihre DNA, Herr Oberhauser. Besser, Sie sagen uns jetzt die Wahrheit.«

Michl sackte sichtlich in sich zusammen. Er schluckte, bevor er fortfuhr. »Wie schon gesagt: ›Evita‹ und ich haben uns auf dieser Webseite getroffen. Irgendwann haben wir dann begonnen, uns regelmäßig Mails und Fotos von … na ja, von intimen Details zu schicken. Später hab ich diese kleinen Filmchen aufgenommen, die sie sich von mir gewünscht hat.«

»Was denn für Filmchen?«, fragte Bergmann scheinheilig.

Michl räusperte sich und sah Sandra fragend an. Sie nickte ihm zu, um zu signalisieren, dass er ungeniert weiterreden konnte. »Wie soll ich sagen? Sie liebte es besonders, mir beim Wichsen zuzuschauen. Unter der Dusche, im Auto, in der freien Natur …«

»Beim Onanieren, aha, interessant«, unterbrach Bergmann seine Ausführungen. Sandra und Max warfen sich vielsagende Blicke zu. Jeder der hier Anwesenden wusste über die erotischen Vorlieben der Kovacs Bescheid.

»Zuletzt wollte sie mich unbedingt persönlich kennenlernen und es mir besorgen«, erzählte Michl weiter. »Ich hab ihr geschrieben, dass sie auf keinen Fall herkommen soll, weil ich doch verlobt bin. Ich wollte die Franzi nicht betrügen. Niemals. Nicht richtig, mein ich. Das im Internet zählt doch nicht wirklich. Ich hab ja nur selbst Hand angelegt.«

Die Grenzen des Betrugs waren bekanntlich sehr subjektiv, dachte Sandra. Und meistens wurden sie von denjenigen, die ihn begingen, weitaus großzügiger ausgelegt als von den Betrogenen.

»Jedenfalls ist die Frau an jenem Abend völlig überraschend als unser Hausgast in Fleisch und Blut vor mir gestanden und hat sich nach einem Michael erkundigt. Ich hab gedacht, mich trifft der Schlag.«

»Haben Sie sie denn gleich erkannt?«, fragte Bergmann.

»Ja, sicher«, antwortete Michl.

»Sicher«, wiederholte Bergmann und wirkte dabei nachdenklich.

266

»Sie hat dich aber nicht erkannt, weil du Mikes Foto verwendet hast, richtig?«, vergewisserte sich Sandra. Ihr schauderte, als sie den Namen ihres Peinigers aussprach.

Michl nickte.

Sandra zwang sich, den Gedanken an Mike zu verdrängen und die Befragung fortzusetzen: »Wie ist Frau Kovacs denn überhaupt auf die ›Goldene Gans‹ gekommen?«, fragte sie.

»Sie wusste von mir, dass ich Michael heiße und in St. Raphael wohne.«

»Sie war Enthüllungsjournalistin. Logisch, dass sie im einzigen Wirtshaus des Dorfs nachfragt«, sagte Bergmann. »Weil Sie jedoch Mike Feichtingers Foto ins Netz gestellt haben, hat sie sich ihm an den Hals geworfen, nachdem sie ihn in der Gaststube erkannt hat, nicht wahr?«, fuhr er fort.

Wieder nickte Michl.

»Wieso hast du ausgerechnet dieses Foto verwendet?«, wollte Sandra wissen.

»Es war noch auf meiner Kamera. Ich wollte mein Gesicht keinesfalls öffentlich zeigen. Wegen der Franzi. Man weiß ja nie, wer sich alles auf solchen Seiten herumtreibt und einen womöglich erkennt.«

»Und verrät«, ergänzte Bergmann und warf Max einen anklagenden Blick zu. »Außerdem ist Mike Feichtinger als Mann nicht ganz unattraktiv. Rein optisch jedenfalls«, fügte er hinzu.

Sandra drehte sich der Magen um. ›Mike ist im Gefängnis‹, rief sie sich in Erinnerung und atmete tief durch.

»Stimmt. Die Weiber sind schon immer auf den Mike g'standen«, bestätigte Michl.

»Ein echter ›Womanizer‹ eben«, sagte Bergmann, »und schon wären wir bei Ihrem Nickname.«

»Und ich Vollkoffer hab mich mit dir noch stundenlang über die neuesten Methoden in der Bekämpfung von Internetkriminalität unterhalten«, warf Max ein.

»Wenn das mal keine Konsequenzen für Sie hat, Leitgeb«, ätzte Bergmann.

Der Punkt ging an ihn, dachte Sandra und verbiss sich ein Grinsen. »Kehren wir zurück zu jenem Abend. Du bist Eva Kovacs dann doch nähergekommen, als du es ursprünglich vorgehabt hattest? Hast du dich ihr zu erkennen gegeben?«, fragte sie weiter.

»Nach dem Zwischenfall mit Mike hab ich sie auf ein Glas Wein eingeladen und ein wenig mit ihr geredet, damit sie sich wieder beruhigt. Irgendwann hab ich mich dann verraten. Ich hatte wohl auch schon etwas zu viel intus.«

»Und? Wie hat sie dein Geständnis aufgenommen?«

»Erst überrascht. Dann ziemlich locker. Sonst hätte sie mich später nicht auf ihr Zimmer gebeten«, erzählte Michl.

»Zimmer Nummer fünf?«, hakte Bergmann ein.

Michl bestätigte den Verdacht mit einem kurzen Nicken.

»Die Sachen von der Kovacs hast du nachträglich ins andere Zimmer geschafft?«, unterstellte ihm Sandra.

»Ja. Und ihre gebrauchten Handtücher sowie ein paar Haare aus ihrer Bürste, die ich am Bett und im Badezimmer verteilt habe«, gestand Michl. »Den Zimmerschlüssel hab ich auch noch innen angesteckt, damit es so aussieht, als hätte sie ohne ihn das Zimmer verlassen.«

»Hatten Sie Geschlechtsverkehr mit Eva Kovacs?«, kam Bergmann auf den Punkt.

»Ja.«

»Wie oft?«

»Keine Ahnung. Ein paarmal.« Michl zündete sich eine weitere Zigarette an.

»Sie war eine sehr leidenschaftliche Frau ...« Bergmanns Bemerkung klang wie eine Feststellung, nicht wie eine Frage.

Wenigstens Michl schien das nicht zu bemerken. »Ja, das war sie. Sie konnte nicht genug bekommen.«

»Und Sie offenbar auch nicht. Wir haben eine enorme Spermamenge sichergestellt. Alles von Ihnen ...«, meinte Bergmann.

»Die Franzi darf ich ja nicht anrühren. Sie will erst nach der Hochzeit Sex mit mir haben«, rechtfertigte sich Michl.

»Ziemlich hart«, meinte Bergmann. »Aber mussten Sie Eva Kovacs deshalb gleich umbringen?«

Michl schüttelte den Kopf. »Das war ich nicht. Ich hatte doch gar keinen Grund, sie umzubringen.«

»Das behaupten Sie. Vielleicht hat die Kovacs Ihnen ja gedroht, Ihrer Verlobten von dem intimen Treffen zu erzählen?«

Michl blies hörbar den Zigarettenrauch aus. »Nein.«

Sandra wich dem Qualm aus, der in ihre Richtung zog. »Was ist denn dann passiert, Michl? Wer hat Eva Kovacs so zugerichtet, wenn du es nicht warst?« Sie bemühte sich, ihre Stimme so sanft und verständnisvoll wie möglich klingen zu lassen.

Michl seufzte erneut, als plötzlich ein markerschütternder Schrei an ihre Ohren drang, der von Mephistos aufgeregtem Bellen begleitet wurde. Der Schnitzelklopfer in der Küche verstummte. Sandra und Max sprangen instinktiv auf. Vilko und Branka stürmten aus der Küche.

»Bleiben Sie, wo Sie sind!«, rief Bergmann ihnen zu. »Leitgeb, Sie bleiben hier und passen auf die Leute auf! Keiner verlässt den Raum!« Bergmann erhob sich nun ebenfalls. »Komm, Sandra!«

Mizzi lehnte kreidebleich an der Wand gegenüber den Gästetoiletten und presste beide Hände gegen den Mund. Auch nachdem Sandra sie angesprochen hatte, starrte die wimmernde Wirtin mit weit aufgerissenen Augen auf die Tür, die zur Damentoilette führte. Sie brachte kein vernünftiges Wort hervor. Mephisto bellte und kratzte an derselben Tür, bis Bergmann ihn am Halsband packte und nach draußen verfrachtete. Im selben Moment eilten zwei der Kriminaltechniker aus dem Flur herbei. »Was ist passiert?«, fragte der eine.

»Kümmert euch um die Frau. Schafft sie hier weg«, ordnete Bergmann an.

»Bringt sie am besten da hinein und ruft auf alle Fälle den Notarzt«, ergänzte Sandra und deutete in Richtung Gaststube. »Die Frau steht unter Schock.«

Bergmann pirschte sich mit gezogener Waffe von der Seite an die Toilettentür heran, dicht gefolgt von Sandra. Vorsichtig drückte er die Klinke hinunter. Dann verpasste er der Tür einen Tritt, woraufhin diese aufschwang.

Bergmann stürmte als Erster in den Waschraum.

»Verdammte Scheiße! Los, Sandra! Hilf mir!«, hörte sie ihn rufen, noch bevor sie selbst eingetreten war. Zuerst sah sie nur Bergmann von hinten in der offenen Kabine stehen. Danach erst registrierte sie den Körper, der vor ihm von der Decke baumelte. Franziskas Wangen waren fahl wie die Kacheln an der Wand, ihr Kopf merkwürdig vornübergeknickt, als gehöre er nicht mehr zum Körper. Bergmann umfasste ihre Oberschenkel und hob den wuchtigen Körper an. Sandra zwängte sich in der engen Kabine nur mühsam an den beiden vorbei. Dann stieg sie auf den Klodeckel, um den Gürtel, der Franziskas Hals mit dem Abflussrohr über ihrem Kopf verband, zu lösen. Bergmann ließ den voluminösen Leib so sanft wie möglich zu Boden sinken und schleifte ihn an den Armen aus der Kabine in den Waschraum.

Sandra konnte keinen Puls fühlen und begann sofort mit der Mund-zu-Mund-Beatmung, während Bergmann Franziskas Herz massierte. Nach einigen Minuten überprüfte Sandra den Puls erneut. »Nichts. Weiter!«, stellte sie fest und beugte sich wieder über das bleiche Antlitz.

»Der Notarzt ist bereits unterwegs!« Jürgen von der Tatortgruppe stand in der Tür. »Braucht ihr Hilfe?«, erkundigte er sich bei ihnen.

Bergmann hielt kurz inne. Auf seiner Stirn hatten sich kleine Schweißperlen gebildet. »Wir kommen schon klar. Schick den Arzt gleich hier rein. Und informier ihn, dass wir es mit einer Strangulationsverletzung zu tun haben. Keine Vitalfunktionen bisher«, erklärte er knapp, während er Franziskas Brustkorb wieder massierte.

»Okay. Wir machen dann am besten mit unserer Arbeit weiter«, sagte der Kriminaltechniker. »Die heißeste Spur scheint uns nach wie vor Zimmer Nummer fünf zu sein«, fügte er hinzu.

Bevor Bergmann ihm antworten konnte, bemerkte er den Rechnungsblock, der unterhalb der hochgerutschten Bluse aus Franziskas Hosenbund lugte. »Kannst du hier mal kurz übernehmen?« Jürgen eilte herbei und setzte die Herzmassage fort. Bergmann zog den Block aus dem Bund und überflog die wenigen handgeschriebenen Zeilen. »Ihr Abschiedsbrief«, sagte er schließlich und wandte sich wieder an den Kollegen: »Könnt ihr den sicherstellen? Ich mache jetzt wieder weiter«, sagte er und setzte die druckvolle, rhythmische Massage fort, die das Herz unter seinen Händen wieder zum Schlagen animieren sollte.

Dass er und Sandra sich vergeblich bemüht hatten, stellte der Notarzt wenige Minuten später fest. Franziska Edlinger musste sofort tot gewesen sein. Nicht nur ihre Kehle, auch das Genick war unter ihrem stattlichen Körpergewicht gebrochen. »Sie muss wild entschlossen von der Klomuschel gesprungen sein, sonst hätte sie im Todeskampf relativ leicht wieder Halt auf der Toilette finden und sich selbst retten können«, erklärte ihnen der Notarzt, der bereits einige Erfahrung mit Strangulationsopfern vorweisen konnte. Immerhin war auch er es gewesen, der vor einem guten Jahrzehnt schon einmal eine Leiche vom Dachbalken der ›Goldenen Gans‹ geschnitten hatte, nachdem Michls Vater seinen jahrelangen Kampf gegen die Depressionen und den Alkohol aufgegeben hatte, erzählte er ihnen.

Im Gegensatz zu Franziska hatte der lebensmüde Wirt damals nicht einmal einen Abschiedsbrief hinterlassen. Franziskas letzte Worte verrieten hingegen nicht nur, dass sie freiwillig aus dem Leben geschieden war, da sie mit ihrer Schuld nicht länger leben konnte, sondern auch, dass sie Eva Kovacs im Affekt erschlagen hatte. Der Herrgott möge ihren beiden sündigen Seelen gnädig sein, lautete Franziskas letzter Wunsch, was Sandra ziemlich vermessen fand. Waren Untreue und Mord tatsächlich gleichwertige Sünden vor Gott?

Mizzi Oberhauser genehmigte sich einen Zirbenschnaps, als Sandra und Bergmann in die Gaststube zurückkehrten. Eine Untersuchung durch den Notarzt sowie jede weitere Behandlung verweigerte die Wirtin. Auch Michl machte kurz nach dem Freitod seiner Verlobten einen ziemlich gefassten Eindruck. Womit sich für Sandra wieder einmal bewahrheitete, dass Steirerblut kein Himbeersaft war, wie es der Volksmund behauptete. Demnach konnte niemand ohne großes Aufsehen so viel Leid und Schmerz wegstecken wie ihre Landsleute. Grazer einmal ausgenommen. Die waren genauso verweichlicht und wehleidig wie alle anderen Städter, hatte es schon in ihrer Kindheit immer geheißen. Warum das Steirervolk dermaßen hart zu sich selbst war, hatte ihr bisher aber noch niemand erklären können.

Bergmann unterbrach ihre Gedanken: »Wir gehen nunmehr davon aus, dass Franziska Edlinger Eva Kovacs ermordet hat«, berichtete er den Anwesenden. Sandra überprüfte ihr Aufnahmegerät, das noch immer lief. »Können Sie uns vielleicht verraten, wie es zu dieser Tat gekommen ist?«, wandte Bergmann sich an die beiden Oberhausers.

»Den Teufel werden wir euch verraten«, antwortete Mizzi und beäugte dabei skeptisch das Aufnahmegerät.

»Geh, Mizzi! Jetzt mach doch nicht alles noch viel schlimmer, als es eh schon ist. Helfts uns den Fall aufzuklären, der Franzi zuliebe … du willst doch auch, dass ihre arme Seele in Frieden ruhen kann.«

Fehlte nur noch, dass Max sich bekreuzigte, dachte Sandra beinahe belustigt. Mit der bigotten Taktik hatte er zweifellos die besseren Chancen, Mizzi einen wertvollen Hinweis zu entlocken. Noch dazu als Einheimischer. Einen derartigen Triumph vergönnte ihm sein Kontrahent jedoch nicht. Bergmann riss das Wort wieder an sich: »Gute Frau, Sie haben die Spuren eines Kapitalverbrechens beseitigt. Das macht Sie zur Mitwisserin. Vielleicht sogar zur Mittäterin«, meinte er scharf.

»Jetzt redet der schon wieder so g'schwollen daher«, beschwerte sich Mizzi bei Max.

»Mama! Halt's zamm! Jetzt red ich!« Michls Tonfall ließ seine Mutter augenblicklich verstummen und den ungewohnt aufmüpfigen Sohn fassungslos anstarren.

»Mir ist das jetzt wurscht. Ich will, dass die Wahrheit ans Licht kommt. Die Franzi ist tot. Also wozu soll ich noch lügen?«, fuhr Michl fort.

Mizzi griff zur Flasche und schenkte sich einen weiteren Schnaps ein.

»Die Franzi hat mich mitten in der Nacht mit der Eva im Bett erwischt. Sie war total hysterisch und hat mir den Sessel am Buckel zerdroschen. Ich hab keine

Luft mehr bekommen und war eine Weile unfähig, mich zu bewegen. Die Eva hat's am Kopf erwischt. Die ist in ihrer Panik pudelnackert aus dem Zimmer gerannt, die Franzi wutentbrannt hinter ihr her. Ich hab mich so schnell es ging angezogen und bin den beiden gefolgt. Vorher hab ich noch g'schwind die Taschenlampe aus der Schank g'holt und bin dann durch die Hintertür aus'm Haus.«

»War die Hintertür denn offen?«, unterbrach ihn Sandra.

»Ja.«

»Aber Franzi hatte doch angeblich keinen Schlüssel.«

»O ja. Sie hatte einen.«

»Was? Aber ich hab dir doch verboten …«, beschwerte sich Mizzi.

»Frau Oberhauser, möchten Sie lieber draußen warten?«, brachte Bergmann sie erneut zum Schweigen. Mizzis bösen Blick ließ er wie immer gekonnt an sich abprallen. »Und dann?«, wandte er sich wieder an Michl.

»Ich hab einen Schrei gehört und bin in den Wald gerannt.«

»Waren Sie denn dabei, als der Mord geschehen ist?«

»Wie ich die beiden Frauen im Wald gefunden hab, ist die Eva regungslos am Boden gelegen, und die Franzi hat wie eine Wahnsinnige auf sie eingedroschen. Ich nehm an, dass die Eva da schon tot war.«

»Und womit hat die Franzi auf ihr Opfer eingeschlagen?«, fragte Sandra.

»Mit einem Ast. Ein ziemlicher Prügel. Ich hab's irgendwann geschafft, ihr den abzunehmen. Dabei ist sie gestolpert und umgeknickt.«

»Welche Schuhe hatte die Franzi denn an?«, fragte Sandra.

»Sportschuhe.«

»Nikes?«

»Ja. Die hab ich letztens für sie im Abverkauf erstanden.«

»Sie müssen ihr eine halbe Nummer zu groß gewesen sein«, bemerkte Bergmann, der Franziskas Schuhe auf deren Größe überprüft hatte, unmittelbar nachdem der Arzt ihren Tod festgestellt hatte.

»Sie hat gemeint, Nikes braucht sie immer ein bisserl größer. Die sind nämlich so schmal geschnitten.«

»Und was geschah, nachdem die Franzi umgeknickt war?«, fragte Sandra weiter.

»Sie ist heulend am Boden gesessen. Und ich hab nachg'schaut, ob der Eva noch zu helfen ist. Aber zu diesem Zeitpunkt war sie schon tot. Da war kein Lebenszeichen mehr.«

»Und wo ist die Tatwaffe hingekommen?«, fragte Bergmann.

»Den Prügel hab ich der Franzi mitgegeben, damit sie ihn zu Hause im Kamin verbrennt. Ich hab sie auf ihr Radl gesetzt und bin dann zurück in den Gasthof – ins Zimmer von der Eva, um die Spuren zu beseitigen.«

»Und ich hab dem armen Buam dabei g'holfen.« Mizzi schien auf ihre tatkräftige Unterstützung stolz zu sein.

»Mama, schweig!«, warnte Michl seine Mutter.

»Reden Sie ruhig weiter, Frau Oberhauser«, ermunterte Bergmann sie. »Waren Sie also doch wach in jener Nacht?«

»Ich hab g'schlafen, als ich irgendwann von der Schreierei aufgewacht bin«, fuhr sie fort. »Bevor ich noch im Schlafrock war, hab ich auch noch den Mephisto bellen g'hört und hab aus dem Fenster g'schaut. Die blonde Frau ist nackert über die Wiese in den Wald g'rennt. Und ich hab 'glaubt, der hinter ihr her läuft, ist der Michl.«

»Du hast die Franzi für deinen Sohn gehalten?«, fragte Sandra.

»Ich hab doch nicht g'wusst, dass die Franzi im Haus war. Und im Finstern hab ich die zweite Gestalt nicht so genau erkennen können«, rechtfertigte sich Mizzi.

»In der Tatnacht war es sternenklar und beinahe Vollmond«, merkte Bergmann an.

»Na und?« Mizzi zuckte mit den Schultern. »So gut sind meine Augen nimmer.«

»Gut genug, um die Spuren eines Mordes zu beseitigen«, erinnerte Bergmann sie.

»In dem Zimmer hat's ausg'schaut, als hätte eine Bombe eing'schlagen. Da waren überall Trümmer, Blutspritzer am Bettzeug und an der Wand … Ich hab vielleicht einen Schrecken bekommen.«

»Sie Ärmste«, warf Bergmann süffisant ein.

»Was?«

»Nix, gnädige Frau.«

»Es war meine Idee, dass wir ein anderes Zimmer als das der Toten ausgeben.« Wieder etwas, worauf Mizzi offensichtlich stolz war. »Ich schau gern CSI – drum weiß ich, dass es heutzutage fast unmöglich ist, bei einem Mord keine Spuren zu hinterlassen. Früher war das alles viel einfacher«, erklärte sie eifrig.

»Wie viele Leichen haben Sie denn schon spurlos verschwinden lassen? Im wörtlichen Sinn, meine ich«, fragte Bergmann.

»Sind S' doch nicht so deppert«, antwortete Mizzi erbost.

»Mama«, ermahnte Michl seine Mutter erneut.

»Ich darf Sie beide bitten, uns zur weiteren Einvernahme ins Landeskriminalamt zu begleiten«, sagte Bergmann, »Leitgeb, Sie fahren die beiden nach Graz, ja?«

»Jawohl«, erwiderte Max wenig erfreut.

»Und der Gasthof?«, fragte Mizzi sichtlich entsetzt.

»Bleibt vorerst geschlossen, bis alle Spuren sichergestellt sind«, sagte Bergmann. Sandra schaltete das Aufnahmegerät ab und steckte es in die Tasche.

»Aber das geht doch nicht«, protestierte Mizzi.

»Das muss gehen, Mizzi«, meinte Sandra streng. »In der nächsten Zeit wirst du noch öfters Termine in Graz wahrnehmen müssen. Die Staatsanwaltschaft wird euch nicht einfach so davonkommen lassen.«

»Wir kommen doch nicht ins Gefängnis?« Allmählich dämmerte es Mizzi, dass sie kein Kavaliersdelikt begangen hatte.

»Das haben nicht wir zu entscheiden«, antwortete Bergmann. Mizzi holte Luft. Noch bevor sie etwas sagen konnte, packte Michl sie beim Arm.

»Mama, du gehst jetzt am besten in die Küche und gibst dem Vilko Bescheid, dass wir wegen einem Todesfall vorübergehend geschlossen haben. Er soll sich um alles kümmern.«

»Du willst dem Depp'n meinen Gasthof anvertrauen?«

278

»Der Vilko ist nicht so deppert, wie du glaubst. Der macht das schon«, sagte Michl bestimmt.

»Und was ist mit dem Mephisto? Vor dem scheißt sich der Vilko doch an«, meinte Mizzi.

»Wie lange werden wir denn brauchen in Graz?«, wandte sich Michl an Sandra.

»Ich schätze, am späten Nachmittag könnt ihr wieder hier sein«, antwortete sie.

»Sofern Sie kooperieren«, sagte Bergmann an Mizzi gewandt.

»Sie können mich …«

»Mama, schleich dich jetzt endlich in die Kuchl«, unterbrach Michl seine Mutter. Mizzi gehorchte ohne weitere Widerrede.

»Zeigen Sie uns bitte Ihren PC, Herr Oberhauser«, sagte Bergmann und erhob sich.

»Weißt du eigentlich, wo der Laptop von Eva Kovacs geblieben ist?« Sandra blieb sitzen, während Michl aufstand.

»Den hab ich versenkt.«

»Und wo, wenn ich fragen darf?«, fragte Bergmann

»Im Etrachsee.«

»Ich nehme an, der ist nicht allzu weit weg von hier?«

»Zehn Minuten in etwa«, antwortete Sandra.

»Leitgeb, lass dir die Stelle auf dem Weg nach Graz zeigen. Falls es nötig sein sollte, kann Frau Mohr ja später Taucher anfordern. Aber so wie ich das sehe, ist der Fall ohnehin geklärt. Dann bin ich mal gespannt, was Novotny zu diesem erfreulichen Ermittlungsergebnis sagen wird.« Bergmann sah auf Max herab, der ihn keines Blickes würdigte, geschweige denn antwortete. »Gehen wir«, wandte sich Bergmann an Sandra.

»Geht ihr beiden doch schon mal voraus. Ich möchte noch kurz mit Max reden«, sagte Sandra.

»Kommen Sie«, brummte Bergmann und folgte dem Wirt aus der Gaststube.

Max sah Sandra erwartungsvoll an.

»Hast du Michl mit Insidertipps versorgt?«, fragte Sandra ohne Umschweife.

»Nicht wirklich. Das waren Gespräche unter Freunden. Ich wollte ihm beweisen, dass ich nicht ganz ahnungslos bin. Aber der Michl hätte das alles auch in Fachzeitschriften oder im Internet nachlesen können.«

»Okay. Dann sorge ich dafür, dass Bergmann dir keinen Strick daraus dreht.«

»Danke. Ich hatte übrigens auch nicht vor, ihn bei Novotny anzuzünden. Schließlich hat er kein Verbrechen begangen. Ich wollte ihm nur zeigen, dass er es in St. Raphael nicht mit lauter Vollidioten zu tun hat.«

»Ich fand es auch nicht in Ordnung, wie er euch, vor allem wie er dich behandelt hat«, pflichtete ihm Sandra bei.

»Vergessen wir den Idioten. Wie geht es dir denn so?«

»Eigentlich ganz gut. Wenn nur dieser Scheißgips endlich runter wäre. Na ja, und dann ist da noch diese Angst ... vor dem Fahrstuhl, der Garage, meiner Wohnung ...«

Max griff nach ihrer Schulter. »Kann ich dir irgendwie helfen?«

»Danke. Das ist lieb von dir.« Sandra stand auf. Max

tat es ihr gleich. »Ich werde unseren psychologischen Dienst um Hilfe bitten. Sobald der Fall hier erledigt ist.«

»Dann wünsche ich dir alles Gute, Sandra.« Ein wehmütiges Lächeln huschte über seine Lippen.

»Ich dir auch, Max.«

»Ich warte im Wagen auf die Zeugen.« Max setzte seine Kappe auf. »Sperrst du hinter mir die Tür zu?«

Sandra nickte wortlos und folgte ihm zum Haupteingang.

»Mach's gut«, verabschiedete er sich von ihr.

»Du auch«, antwortete Sandra. Dann schloss sie hinter Max die Tür ab.

ENDE

Weitere Titel finden Sie auf den
folgenden Seiten und im Internet:

WWW.GMEINER-SPANNUNG.DE

LKA-Ermittler Sandra Mohr und Sascha Bergmann ermitteln:

GMEINER SPANNUNG

WWW.GMEINER-VERLAG.DE
Wir machen's spannend

Weitere Titel von Claudia Rossbacher:

Enter ermittelt
ISBN 978-3-8392-1371-1

Enter ermittelt in Wien
ISBN 978-3-8392-1877-8

**Wer mordet schon
in der Steiermark?**
ISBN 978-3-8392-1775-7

SOKO Graz – Steiermark
ISBN 978-3-8392-2078-8

Hillarys Blut
ISBN 978-3-8392-2516-5

Drehschluss
ISBN 978-3-8392-2709-1

**Lieblingsplätze in der
Steiermark**
ISBN 978-3-8392-0387-3

GenussSpur Steiermark
ISBN 978-3-8392-2517-2

SPANNUNG

GMEINER

WWW.GMEINER-VERLAG.DE
Wir machen's spannend